ÉCRITS ▣ ▣ ▣ ▣
▣ D'AMATEURS
ET D'ARTISTES

(Cousu à la Couverture)

5872

MÉMOIRES DE MA VIE

Par CHARLES PERRAULT ▣ ▣ ▣ ▣ ▣ ▣ ▣ ▣ ▣

VOYAGE A BORDEAUX (1669)

Par CLAUDE PERRAULT ▣ ▣ ▣ ▣ ▣ ▣ ▣ ▣ ▣

Publiés par Paul BONNEFON

CHARLES

ET

CLAUDE PERRAULT

ÉCRITS D'AMATEURS ET D'ARTISTES

EN PRÉPARATION :

Caylus, par André Fontaine.
Reynolds, par Louis Dimier.

Pl. 1.

PORTRAIT DE CHARLES PERRAULT,
Peint par Le Brun (1665), gravé par Baudet.

ÉCRITS D'AMATEURS ET D'ARTISTES

MÉMOIRES DE MA VIE

PAR CHARLES PERRAULT

VOYAGE A BORDEAUX

(1669)

PAR CLAUDE PERRAULT

Publiés avec une Introduction, des Notes et un Index.

PAR

PAUL BONNEFON

Ouvrage illustré de 16 planches hors texte.

PARIS

LIBRAIRIE RENOUARD, H. LAURENS, ÉDITEUR

6, RUE DE TOURNON, 6

1909

CHARLES

ET

CLAUDE PERRAULT

INTRODUCTION

Bien que publiés déjà par trois éditeurs différents, les *Mémoires* de Charles Perrault ne l'ont jamais été conformément au texte de l'auteur. L'architecte Patte, qui les mit au jour pour la première fois, en 1759, confessait y avoir fait « quelques légers changements pour la correction du style » ; et revenant dix ans après sur ce volume, il le désignait comme « un extrait fait d'après un manuscrit de la bibliothèque du roi ». Ceci était plus juste, car les modifications de l'éditeur ne se bornent pas à des corrections de style : non seulement les expressions de Perrault sont changées et sa pensée exposée différemment, mais encore des phrases sont retranchées, des passages omis qui sont bons à connaître et servent à marquer la véritable personnalité de l'auteur.

C'est pourtant ce texte arbitrairement établi qu'ont suivi Collin de Plancy, en 1826, quand il réimprima les *Mémoires* dans les *Œuvres choisies de Ch. Perrault*, et aussi Paul Lacroix qui les a publiés deux fois, en 1842, dans un recueil d'œuvres diverses, et séparément, en 1878, dans un volume de la collection des *Petits chefs-d'œuvre*, chez le libraire Jouaust. Paul Lacroix déclare avoir cherché en vain, au Cabinet des manuscrits de la Bibliothèque nationale, le manuscrit auto-

1

graphe de Perrault, et prend aisément son parti de ne l'y avoir pas trouvé. Cependant ce manuscrit n'était ni perdu, ni égaré, et une comparaison avec la publication de Patte eut bien vite montré combien il en différait. Le lecteur pourra en juger, s'il le désire, par la confrontation des deux textes, bien que nous n'ayions pas cru devoir signaler ici leurs divergences. Nous nous sommes tenus à la reproduction absolue du manuscrit autographe de Perrault, aujourd'hui conservé à la Bibliothèque nationale, sous le n° 23.997 du Fonds français, après avoir fait partie, au XVIIIe siècle, des livres de la Bibliothèque de Notre-Dame de Paris. Intitulés dans l'original : *Mémoires de ma vie*, ces souvenirs sont surtout le récit des circonstances notables de l'existence de Charles Perrault pendant la période qu'on en peut appeler administrative. Mais il se trouva mêlé alors à tant d'événements divers, il collabora si bien aux entreprises réformatrices de Colbert qu'il est question de bien d'autres choses que de lui-même sous sa plume. Et il ne saurait être indifférent de posséder sur tous ces points son témoignage authentique, dans la forme même où il a été jeté sur le papier. C'est pour cela que nous en avons scrupuleusement reproduit ici le manuscrit, dans une publication qui, à défaut d'autre avantage, aura certainement celui de l'exactitude.

Les mérites des frères Perrault avaient été trop discutés, même de leur vivant, pour que celui d'entre eux qui maniait le mieux la plume et qui, d'ailleurs, mourut le plus tard, ne prît pas la précaution de protéger le bon renom de sa famille. Il songeait moins à la postérité qu'à ses propres descendants, et voulait surtout laisser à ceux-ci des éléments positifs d'information sur leurs prédécesseurs. De ce sentiment procèdent les *Mémoires* et aussi un recueil fort curieux, aujourd'hui perdu, qui fournissait à cet égard des indications variées et précises. En 1693, au plus fort de la querelle qui opposa Boileau à Charles Perrault sur la question des anciens et des

modernes, celui-ci avait songé à réunir les dessins architec-
turaux de son frère Claude et à les accompagner d'un commentaire explicatif. Emporté par l'ardeur de la dispute, Boileau avait contesté à Claude Perrault le mérite d'avoir construit la colonnade du Louvre, l'Observatoire et l'Arc de
Triomphe du faubourg Saint-Antoine, et il s'offrait d'établir,
papiers sur table, que les plans suivis étaient ceux d'autres
architectes. L'assertion était dangereuse : pour y couper
court, Charles Perrault s'était hâté de grouper tous les documents susceptibles de montrer le contraire. Lavis, dessins,
croquis, coupes et élévations, avaient été rassemblés et
classés dans deux portefeuilles, qui passèrent, au xviii° siècle, dans les collections de la Surintendance des bâtiments
royaux, à Versailles, pour venir, au xixe, après quelques
détours au temps de la Révolution, prendre place, sous
Louis XVIII, dans les rangs de la bibliothèque du Louvre. Ce
qui aurait dû les sauvegarder fut la cause de leur perte : les
flammes allumées par la Commune en 1871 détruisirent,
comme tout le reste de ces collections, les dessins de Claude
et le texte dont Charles Perrault les avait accompagnés,
privant ainsi l'avenir de tous les détails, de tous les renseignements biographiques qui eussent servi à faire mieux connaître la personnalité des deux frères.

C'étaient là les premières confidences que Charles Perrault avait faites sur son frère et sur lui-même. A peine si
quelques fragments en ont été sauvés, soit dans l'*Architecture
française* de J.-F. Blondel (t. IV, *passim*), soit dans les papiers
de Colbert publiés par Pierre Clément. Nous n'avons pas
manqué de les recueillir soigneusement ici et de les rappro-
cher des passages des *Mémoires* auxquels ils peuvent se
joindre. De la sorte, on aura sous les yeux tous les éléments
d'appréciation sur la sincérité de Perrault. Écrivant ses
Mémoires à la fin de sa vie — lui-même les date de 1702, dans
un paragraphe inédit qu'on trouvera ci-dessous, — son sou-

venir a pu être moins fidèle que dix ans auparavant, quand
il retraçait des faits moins éloignés. Par contre, à écrire ses
Mémoires ainsi au cours de sa vieillesse, Perrault y a mis
une bonne grâce souriante, un agrément de pensée et de
style qui rappelle l'auteur des *Contes* fameux composés peu
auparavant. Comme les *Contes*, les *Mémoires de ma vie* s'adres-
saient aux enfants de l'auteur. Mais le père eut la douleur
de perdre prématurément celui de ses fils qui donnait le plus
d'espérances, et sans doute que cette circonstance contribua autant que les fatigues de l'âge à arrêter les confidences que Perrault faisait tout d'abord si allègrement. Il n'a
rien dit des vingt dernières années de sa vie, de celles qu'il
consacra aux lettres et qu'il passa au sein de sa famille.
Peut-être est-ce dessein prémédité d'un homme qui veut être
muet sur ses joies domestiques. En tout cas, il est moins
utile à la postérité de connaître le détail de cette existence
paisible que d'être bien informée sur la partie active de la
vie de Charles Perrault, celle qu'il vécut aux côtés de Colbert, à un moment significatif de l'histoire du roi et de son
ministre, et de savoir quelle part le commis put prendre
à l'élaboration des projets réalisés par son chef.

Dans ses *Mémoires*, Charles Perrault nous dit abondamment d'où il sortait. Il est moins précis sur ceux dont il pro-
cédait. Suppléons-y à l'aide d'autres documents. Le chef de
la famille, Pierre Perrault, était avocat au Parlement de
Paris, et, dit-on, originaire de Tours. Il avait épousé
Paquette Leclerc, dont il eut au moins sept enfants. A sa mort
en 1652, il fut inhumé dans l'église Saint-Etienne-du-Mont,
sa paroisse. C'est là également que sa femme fut déposée,
huit ans plus tard, et que plusieurs de leurs enfants le furent
aussi à diverses époques. Une épitaphe, qui se trouve dans
les papiers de Perrault à la Bibliothèque nationale, nous in-
forme avec certitude de tout cela, et nous fournit quelques
autres renseignements précis. Elle mentionne une fille,

Marie Perrault, qui mourut encore enfant, et deux fils : l'aîné
de tous, Jean, avocat comme le père, mort et enterré à
Bordeaux, en 1669, durant le voyage dont on trouvera le
récit plus loin, et Nicolas Perrault, le docteur de Sorbonne,
qui, né le 7 juin 1624, mourut en 1662, après avoir pris une
part très active aux querelles théologiques qui passionnèrent
les esprits d'alors. Quant aux survivants, ceux des Perrault
qui firent poser cette plaque commémorative en l'honneur
de leurs parents défunts, c'étaient : Pierre Perrault, le receveur général des finances à Paris, qui, né le 2 avril 1611,
trépassa postérieurement à 1675; Claude Perrault, le médecin qui devint architecte, né le 25 septembre 1613, mort le
11 octobre 1688 ; enfin Charles Perrault, conseiller du Roi
et contrôleur de ses bâtiments, le futur auteur des *Contes*
et des *Mémoires*, né le 13 janvier 1628, mort le 15 mai 1703.

Celui-ci, en parlant de lui-même, aura maintes fois l'occasion de parler de ses frères et de fournir sur eux de nombreux renseignements. Sous l'apparente diversité de leurs
carrières, ils avaient des traits communs : une certaine indé-
pendance d'esprit, le goût des nouveautés, le mépris de la
routine et un amour des lettres et des arts très sincère et très
vif. Du seul frère aîné, nous ne saurions dire exactement
comment ses aptitudes se manifestèrent; mais les autres
sacrifièrent aux muses diverses, et même le docteur de
Sorbonne, autant que le lui permettait son état. Tout ceci
est ingénieusement rapporté dans les *Mémoires* qui vont
suivre, et on y distingue tour à tour la physionomie du
théologien Nicolas, du financier Pierre, traducteur de la
Secchia rapita et fervent partisan de la gloire des modernes,
et surtout les traits de Claude le médecin architecte, dont
les œuvres diverses sont si longuement analysées. Tous
sont de bons compagnons que n'effarouchent pas les imaginations plaisantes et qui ne se figent pas dans la routine de
leur vie ou de leur profession. Dès son adolescence, Charles

Perrault donnait des preuves de cette liberté d'humeur qu'il partageait avec les siens. Son éducation fut-elle aussi originale qu'il le dit? Peut-être a-t-il un peu exagéré, pour rendre son récit plus piquant, mais rien ne nous permet maintenant de rectifier ces faits si personnels. Nous sommes mieux informés des premières tentatives de Charles Perrault et comment ses frères prirent leur part dans ces jeux d'un esprit débridé. Le burlesque était de mode, mis en honneur par Scarron ; les Perrault s'y exercèrent, de compte à demi, et surent trouver sur Virgile des imaginations plaisantes qui firent pâmer d'aise Cyrano lui-même.

Mais tout ceci n'était qu'amusette pour des gens de bonne humeur. Charles Perrault, jeune et gai compère, heureux de vivre, se répandait dans les sociétés précieuses et fréquentait aussi les poètes de cabaret, sans omettre de prendre le vent et de se diriger dans le sens où il soufflait. La fortune de Colbert commençait à poindre, et, à son influence, s'épanouissait celle de Chapelain. C'est de ces deux hommes que Charles Perrault essaya de se faire bien venir, par des moyens retracés au long dans ses *Mémoires*. Il était ambitieux et souple, savait voir déjà dans les questions ce qu'elles avaient de pratique, le dégager et l'exécuter. Il devait donc être un collaborateur utile. L'activité de Colbert était prodigieuse : celle de Perrault s'efforça de la suivre, pour ce qui était de sa charge. Officiellement il remplissait celle de commis aux bâtiments du Roi, et avait pour fonction de veiller aux travaux qu'on y exécutait. Ce n'était pas une sinécure à l'heure où on bâtissait un peu partout, au Louvre surtout et à Versailles, sans négliger Saint-Germain ou Fontainebleau. Perrault fit de son mieux face à tout : de nombreuses pièces manuscrites, contrats de marchés, mémoires contrôlés, ordres de paiement, nous montrent à l'œuvre cet employé diligent et avisé, tout occupé à plaire au surintendant, et par là à bien servir le roi.

Si ces fonctions étaient absorbantes, elles étaient mal définies, et l'ingéniosité de Perrault trouvait à s'exercer de bien des façons. Lui-même a indiqué les plus importantes dans ses *Mémoires*, et montré comment cette collaboration incessante, et si diverse, lui avait donné une large influence sur l'esprit de Colbert. Peut-être en abusa-t-il. L'histoire de la construction de la colonnade du Louvre est significative à cet égard. Perrault s'est complu à la narrer en détail et on y voit que cet habile homme, s'il avait le sentiment des talents de sa famille, n'ignorait pas la façon de les mettre en valeur. C'est en somme fort naturel, et il ne paraît pas, quoi qu'on ait pu croire, que Perrault se soit, dans la circonstance, servi de moyens condamnables pour réussir dans ses desseins. Si son adresse y fut pour beaucoup, la maladresse du Bernin n'y contribua pas moins, et c'est une impression qui se dégage nettement des divers témoignages que nous connaissons maintenant à ce sujet.

Au surplus l'eût-il fait, que quiconque admire la perfection de cette majestueuse ordonnance ne saurait se montrer sévère à l'instigateur du projet. Aujourd'hui que les passions sont éteintes, la cause est entendue : Claude Perrault demeure pour la postérité l'architecte de la colonnade aussi bien que celui de l'Observatoire. Nous suivons seulement, avec un intérêt amusé, sous la plume de son frère, le récit des intrigues que ces constructions amenèrent : les manœuvres de Cassini pour modifier l'Observatoire et surtout la lutte d'influences entre les prôneurs du Bernin et la sûre psychologie des frères Perrault : Bernin emphatique et maladroit jusque dans son adresse même, les Perrault prudents, avisés, sachant profiter des travers de l'adversaire et ne pas se fâcher de ses rebuffades. Toutes ces manœuvres sont fort instructives sur l'état des esprits au temps où Louis XIV commença surtout à bâtir. A leur détail, on voit quelles compétitions se donnaient carrière autour des fan-

taisies du monarque, de quelles façons sa volonté était cir-
convenue et comment d'habiles procédés pouvaient même
l'amener à changer ce qu'elle avait décidé et inauguré solen-
nellement. Ce n'était pas un mince succès de la diplomatie
de Colbert, aidée par l'adresse de Charles Perrault. On
comprend que le public en ait été frappé et que celui-ci ait
voulu s'en expliquer. Il savait qu'un ami du Bernin avait
retracé par le menu ses faits et gestes durant son séjour
à Paris, pour la construction du Louvre, et il n'ignorait
pas quel rôle on lui donnait. Il n'est pas étonnant que Perrault ait pris encore la plume pour expliquer lui-même ce
qu'il avait fait, et qu'il l'ait dit avec plus d'indulgence qu'on
n'en montrait à son égard. C'était tour de bonne guerre, et
là encore par l'agrément du récit et la mesure de l'expression Perrault reprenait l'avantage sur l'emphase de l'architecte italien.

Si l'action de Perrault avait pu aboutir à ce résultat de
faire évincer un artiste aussi réputé que le Bernin pour lui
substituer son frère, on juge combien elle devait se faire
sentir dans les autres branches des arts. La surintendance de
Colbert avait provoqué un élan de la production intellectuelle, par les encouragements donnés aux artistes et par
les débouchés nouveaux ouverts à leur travail. Perrault y
aide de son mieux; non seulement il surveille les com-
mandes, mais encore il ne craint pas, à l'occasion, de
prendre le crayon ou la plume pour tracer un croquis de sa
façon et exprimer ainsi une idée qui lui est venue. Il essaie
même de fixer dans un poème sur *la Peinture* l'esthétique
de l'école régnante sous le sceptre de Le Brun. En échange,
celui-ci peint un portrait de Perrault, qu'on connaît seulement par la gravure qui en a été faite aux frais de l'Académie
royale de Peinture. C'est dire combien on appréciait l'influence dont le commis des bâtiments pouvait disposer en
faveur des artistes. Il était, en effet, l'intermédiaire naturel

entre son maître et eux, leur transmettant les décisions que
celui-ci avait prises, suivant de l'œil leurs délibérations dans
les diverses compagnies que le roi protège ou tolère seulement. Perrault a sa place marquée à l'Académie de Peinture
comme à celle d'Architecture, et il assiste régulièrement aux
séances pour en connaître les travaux. Il agit de même avec
les manufactures artistiques, dont il ne perd pas de vue les
entreprises. Les Gobelins exécutent-ils des tapisseries ?
Perrault est là pour donner son opinion sur l'ensemble
décoratif et aussi pour fournir les devises ou les madrigaux
qui doivent accompagner les allégories de Le Brun. Il en
est de même avec l'Académie de France à Rome, nouvelle-
ment créée, dont il faut guider et servir les débuts. Perrault,
tout dévoué à la pensée de Colbert, s'y emploie comme il
s'emploie à toute chose, qu'il s'agisse de procurer des
modèles à l'Académie de Peinture ou de suivre la décoration
des appartements de Versailles, de donner des devises aux
agendas de la marine ou des instructions aux savants qui
vont à l'étranger.

Car son activité est aussi variée que les services qu'on
lui demande. Littérateur, Perrault pouvait aussi bien aider
le pouvoir royal auprès des écrivains et remplir avec eux
le même office de bienveillance éclairée. C'était l'heure des
grandes entreprises littéraires ou scientifiques, sous le
regard du roi, qui rêvait d'encourager le savoir humain, non
seulement en France, mais au dehors, rêve ambitieux, trop
vite abandonné, dont la pensée se manifesta diversement.
Il fallait, pour ainsi dire, parmi les secrétaires d'État, un
département de la gloire de Louis XIV : c'est Colbert qui
s'en chargea, bien assuré de réussir ainsi à plaire, et l'ingéniosité d'esprit de Perrault put se donner libre carrière.
Des médailles étaient nécessaires pour commémorer les
hauts faits du règne : Perrault fut de ceux qui en composèrent les légendes et souvent il sut trouver les mieux appro-

priées. Des documents devaient servir à écrire l'histoire du roi : Perrault s'occupe à les rassembler et à revoir, avec d'autres écrivains, tous les livres dédiés au prince. Cette sorte de réglementation de l'esprit public était délicate. Pour l'exercer plus utilement, le roi veut désormais protéger l'Académie de Richelieu, et Colbert, trop absorbé pour assister aux séances, fait élire Perrault pour l'y représenter. De la sorte, le cycle est complet : le ministre est informé de ce qui se passe chez les écrivains comme chez les érudits ou chez les artistes ; il en peut guider les travaux, grâce à la présence de son commis, et même les recherches des savants, car Claude Perrault, le médecin architecte, a été l'un des premiers à prendre place à la nouvelle Académie des Sciences.

On voit combien ce rôle d'intermédiaire était délicat et dangereux pour Charles Perrault : on le pouvait rendre responsable, en quelque sorte, des décisions du pouvoir et il provoquait ainsi plus de jalousie que de bienveillance. Si son influence fut grande dans la répartition des pensions royales aux gens de lettres, elle ne fut pas moindre à l'Académie française, lorsqu'il s'agit d'y prendre part aux différentes occupations de ce corps et aussi d'y établir de bonnes traditions de travail. Assidu et diligent, ses confrères laissèrent à Perrault pendant deux ans les fonctions de chancelier, et nulle période de l'histoire de l'Académie ne fut plus féconde que celle-ci en utiles initiatives. Presque toutes sont dues à Perrault. Tantôt il propose de fixer l'orthographe et tantôt il insiste pour qu'on travaille avec assiduité au *Dictionnaire*, dont il fait imprimer les premières feuilles. C'est lui qui est chargé d'annoncer à l'Académie que le roi fera désormais les frais des menues nécessités de la compagnie, et lui aussi qui fait accepter le principe de la publicité des séances solennelles. Soucieux par-dessus tout de l'avantage du corps auquel il a l'honneur d'appartenir, Perrault se préoccupe autant des choix qui peuvent servir au bon renom de l'Académie que des circonstances qui doivent augmenter son autorité. Et pour y contribuer il n'épargne ni ses soins ni sa peine ; tout son dévouement s'y emploie.

Les adversaires de Perrault eux-mêmes — il était fatal qu'il en eût — rendent unanimement justice à son obligeance, à sa serviabilité. Jamais, alors qu'il était en crédit, il ne semble avoir profité de sa situation privilégiée pour nuire aux autres. Tout au plus, peut-on lui reprocher un sentiment exagéré des mérites de sa famille et un trop grand désir de servir ses amis. Cette honorable tendance lui fut dommageable, d'autant que fort attaché à ses idées, il mettait à les défendre une chaleur obstinée et n'en démordait pas volontiers. Bien venu tout ensemble de Scarron, de Mlle de Scudéry, de Chapelain, il avait voué à ces ombres fameuses des sentiments de fidélité qui devaient être mis à une rude épreuve. L'Académie tout d'abord partageait entièrement la déférence de Perrault pour ces gens illustres et pour leurs doctrines, car, favorisé du pouvoir, Chapelain avait profité de sa propre faveur pour l'étendre sur ses admirateurs et les faire entrer peu à peu dans la compagnie. Mais le goût public changeait, et aussi celui du roi, entraînant à sa suite la conviction de Colbert, nullement disposé à contrecarrer son maître. L'Académie, à son tour, suivait le mouvement avec plus ou moins de bonne grâce, et elle admettait successivement Racine, Boileau, La Bruyère, tous adversaires déterminés de la fadeur précieuse, sans parler d'autres noms aussi illustres, La Fontaine, Fénelon, mais moins combattifs. Perrault se trouva moins influent au milieu des quarante, d'autant que Colbert avait renoncé à sa collaboration dans des circonstances exposées tout au long par les *Mémoires*. Mais trop fidèle à ses amitiés comme à ses idées, Perrault n'était pas homme à abandonner les unes ou les autres, parce qu'elles n'étaient plus en crédit. Un jour, il s'avisa de lire en séance

publique un petit poème assez anodin sur le *Siècle de Louis
le Grand,* qui n'était guère propre à exciter les esprits et qui
pourtant alluma une querelle avec Boileau, pendant les dernières années de la vie de Perrault.

Les *Mémoires* s'arrêtent précisément à l'origine de cette
dispute. Ils nous montrent Boileau grondant qu'on osât
rabaisser à l'Académie les grands hommes de l'antiquité, et
Racine feignant de voir dans cette assertion un simple jeu
d'esprit. Peut-être est-ce moins l'opinion émise par Perrault
que la façon dont elle était exprimée qui choqua Racine et
Boileau. Ce que Perrault disait, en effet, ne pouvait déplaire
à ses contemporains auxquels il rendait hommage, s'il ne
l'avait dit en vers assez languissants et négligés, dont la
tournure n'était pas pour servir d'argument en faveur de la
suprématie des modernes. Tel fut Charles Perrault : ses vers
ne valurent jamais sa prose, si nette, si agréable, limpide et
naturelle, ingénieuse dans la pensée comme dans l'expression. Il ne voulut pas que sa conviction passât pour irréflé-
chie, et se mit à la soutenir par divers ouvrages destinés à
l'exposer sous tous ses aspects. Le plus important est le
*Parallèle des anciens et des modernes, en ce qui regarde les
arts et les sciences,* qui devait, sous la forme de dialogues,
passer en revue l'opinion trop favorable aux anciens et examiner tour à tour la question par rapport à l'architecture, à
l'éloquence, à la poésie, aux sciences. Ce long exposé, fort
alerte d'ailleurs, et instructif à bien des égards, allait occuper quatre volumes successifs, dont l'un — celui qui traitait
de la poésie — amena une véritable querelle avec Boileau,
qui avait fini par faire une question personnelle des sentiments de Perrault sur les anciens. Celui-ci n'était pas homme
à attaquer, mais il n'était pas non plus homme à reculer
devant l'attaque ; il fit donc bravement tête à l'orage et,
quoiqu'il lui en coûtât, essaya de rendre à son adversaire
quelques-uns des coups qu'il en recevait. Faut-il le dire ? A

l'examen détaillé de ce débat, si l'on juge à la vigueur des
traits lancés, c'est Perrault qui eut le dessous; mais combien sa sociabilité, son savoir-vivre, même son indulgence
éclatent à l'égard de la raison bourrue de Despréaux, qui
n'épargne rien, frappe partout, le plus fort qu'il peut, et fait
flèche de tout bois, sans scrupule. La querelle finit non pas
faute de conviction, mais parce que les amis s'entremirent
pour faire cesser un jeu qui amusait les badauds. Perrault,
toujours indulgent, pardonna volontiers, sans arrière-pen-
sée, et il se pourrait bien que ce fût lui qui ait dit, avec sa
bonhomie malicieuse, le dernier mot sur la question quand
il composa le quatrain suivant :

> L'agréable dispute où nous nous complaisons
> Passera sans finir jusqu'aux races futures :
>   Nous dirons toujours des raisons,
>   Ils diront toujours des injures.

Du moins, le temps des injures était-il terminé, et Perrault
y trouvait le repos de son esprit, avec le témoignage de sa
conscience. Jamais sa conviction n'avait été plus complète,
et pour la proclamer encore, il s'avisa de deux ouvrages qui,
sous des aspects différents, tendaient aux mêmes conclu-
sions : la suprématie du siècle de Louis le Grand. L'un, *le
Cabinet des Beaux-Arts ou recueil d'estampes gravées d'après
les tableaux d'un plafond où les beaux-arts sont représentés
avec l'explication de ces mêmes tableaux*, était le résumé des
productions artistiques du siècle, interprétées par la gravure
dans des planches allégoriques et ingénieusement com-
mentées par Perrault. L'autre ouvrage, plus considérable
encore, réunissait en deux volumes, sous ce titre : *les Hommes illustres de ce siècle*, les portraits des personnages célèbres morts avant 1700, gravés par des artistes en renom et
accompagnés d'un éloge par Charles Perrault. On plaisanta
un peu sur ce que celui-ci avait mis son image — la seule

vivante — au-devant de ces ombres glorieuses. Mais il n'importe : ces cent notices sur des hommes de notoriété inégale et de mérite différent qui tous avaient vécu au même siècle étaient encore le plus bel éloge qu'on pût faire du temps qui les avait produits, car Perrault, équitable et mesuré, avait fait taire ses préférences dans les choix et pris tout ce qui lui semblait digne de mémoire, dans toutes les branches de l'activité humaine.

Mais ces entreprises, pour si importantes qu'elles fussent, n'absorbèrent pas toute l'activité intellectuelle de Perrault. Il l'avait tournée tout entière vers les lettres et l'y employait avec constance, depuis qu'il n'appartenait plus au contrôle des bâtiments du roi. Académicien convaincu de ses devoirs, il ne manquait guère aux séances, privées ou publiques, de la compagnie, ni aux obligations qu'elles comportaient. Souvent, — trop souvent peut-être, — il donna ainsi connaissance de petits poèmes sur les sujets les plus divers : *Saint Paulin, évêque de Nole ; Adam ou la création du monde; l'Académie française* elle-même ; *la Chasse* ou *Grisélidis*. L'auteur ne se défiait pas assez de sa facilité naturelle et s'y abandonnait volontiers, en dépit des plaisanteries faites par ses adversaires sur les défauts de cette production hâtive. C'est là le travers essentiel de Perrault : il ne sut pas se montrer assez difficile pour lui-même et manqua de la sévérité de goût qui faisait la force de Boileau et de ses amis. Cette lacune est surtout sensible dans les vers de Perrault, et c'est elle qui fait que ses ouvrages-ci sont inférieurs à ses ouvrages en prose. On le constate aisément à l'examen de ses contes : les premiers, ceux qu'il versifia, comme *Grisélidis, Peau d'Ane, les Souhaits ridicules*, sont d'honnêtes passe-temps d'un bel esprit, tandis que les autres, ceux dont les titres sont fameux, les contes en prose publiés sous le nom de son fils, sont de purs chefs-d'œuvre de style diligent et subtil. Par le naturel du langage, par le tour si nouveau

et si personnel du récit et de l'inspiration, Perrault se révé-
lait un conteur exquis et un écrivain délicat, car il avait su
être vrai et sobre à la fois, soumettre sa facilité coutumière
à la règle d'un genre qui devait être en même temps fait de
réserve et d'abandon, du choix discret des détails assez précis pour se graver dans l'esprit et assez indéterminés pour
que la fantaisie les ornât encore : toutes conditions malai-
sées à remplir et que Perrault cependant a trouvé moyen de
réunir.

La vieillesse pense volontiers aux générations qui la sui-
vent. C'est ainsi qu'après avoir diverti par des contes le
jeune âge de ses enfants, Charles Perrault songea à les instruire de ce qu'il avait fait, lui ou ses frères. Tous avaient
marqué plus ou moins leur place dans le monde, été mêlés
à des événements dont le souvenir allait en s'effaçant.
N'était-il pas juste que le survivant empêchât ces traces de
disparaître et marquât de quelques traits ces physionomies
du passé ? Et Perrault garda aux doigts sa plume de prosa-
teur alerte pour écrire ces *Mémoires de ma vie*, qu'il desti-
nait à ses enfants, mais qu'il ne publia pas. Lui qui impri-
mait aisément ses vers et qui en fit paraître, à cette époque,
un si grand nombre, il laissa ses souvenirs manuscrits dans
ses tiroirs. Il eut craint de paraître manquer de modestie
pour lui-même et de charité pour les autres, et c'est sans
doute la raison qui l'empêcha de retracer les phases de sa
grande querelle littéraire avec Boileau. Perrault, vieillissant
dans sa maison des Fossés de l'Estrapade, était tout à la
bonhomie et à l'indulgence, aux pensées qui font la vie
douce et non à celles qui l'aigrissent, à ses amis, à ses
enfants. C'est ainsi qu'il s'éteignit, dans la nuit du 15 au
16 mai 1703, assurant Boileau qu'il mourait son serviteur.

Ce n'est pas non plus la famille de Perrault qui a mis au
jour les *Mémoires* de celui-ci : elle en conserva le manuscrit
parmi tous les autres papiers de l'écrivain. Nous avons dit

qu'ils passèrent dans la Bibliothèque du chapitre de Notre-Dame de Paris, pour venir à la Bibliothèque du roi, où l'architecte Patte les consulta. Le manuscrit autographe des *Mémoires* se trouve encore au Cabinet des manuscrits de la Bibliothèque nationale et c'est là que nous avons pu le transcrire, pour le reproduire ici fidèlement. On trouvera donc dans le texte qui va suivre la véritable expression de la pensée de Perrault. La seule adjonction que nous nous soyons permise a été de conserver la division en quatre livres de ces souvenirs, qui est du fait de Patte, non de celui de Perrault. Comme elle répond bien aux différents ordres d'idées traités, nous l'avons maintenue. Les sommaires que Perrault a tracés en marge de nombreux paragraphes ont également été reproduits ; mais au lieu de les imprimer en manchettes, ils l'ont été en italiques au début de chaque morceau. Enfin, pour compléter ce qu'on peut connaître par eux-mêmes sur la vie et les œuvres des frères Perrault, nous avons réuni en appendices les autres fragments autobiographiques qui éclairent les assertions des *Mémoires*. Ce n'est pas la partie la moins utile du commentaire de cette œuvre, dont il convenait de marquer la portée et de contrôler la véracité.

Enfin, il existe encore à la Bibliothèque nationale sous le n° 24.713 du Fonds français, un manuscrit de Claude Perrault, dont on n'a pas fait l'usage qu'il comportait. En même temps qu'un document biographique important, c'est aussi une pièce historique qu'il serait injuste de négliger sur l'état de la France de Louis XIV. Il contient le récit d'un voyage de Paris à Bordeaux, fait à la fin de 1669, par Claude Perrault, qui en a tenu le journal. Cette tournée devait se prolonger davantage, mais la maladie de Jean Perrault, qui était du voyage, le retint à Bordeaux où il devait mourir. La seule partie de la France provinciale que Claude Perrault ait décrite, s'étend donc de la Loire à la Garonne. Il n'en est pas moins intéressant de connaître les remarques du voya-

geur et les croquis dont il les accompagne. Les historiens
ne paraissent pas avoir tenu assez de compte jusqu'à maintenant de ces documents et des renseignements qu'on y
trouve. Ils abondent sous la plume de Claude Perrault et ne
servent pas moins à nous le faire connaître, lui ou les siens,
que les régions qu'il a traversées. C'est pour cela que ce
morceau nous a paru devoir prendre place à la suite des
mémoires de Charles, dont il complète à certains égards
l'enseignement, et que nous l'avons imprimé de même, en
l'accompagnant de notes historiques ou géographiques pour
en augmenter l'intérêt. Il sera d'ailleurs commode, grâce à
la table alphabétique qui le termine, de retrouver les détails
contenus dans ce volume, et les gravures qui l'ornent, véritables documents historiques, lui donneront plus de charme
tout en servant la vérité. Il était juste que l'art, dont Charles
et Claude Perrault furent toujours si soucieux, prêtât son
concours pour honorer leur mémoire.

PAUL BONNEFON.

MÉMOIRES DE MA VIE

LIVRE PREMIER

Je suis né le douzième janvier 1628, et né jumeau.
Celui qui vint au monde quelques heures avant moi fut
nommé François, et mourut six mois après. Je fus
nommé Charles par mon frère le receveur général des
finances, qui me tint sur les fonts avec Françoise Pepin,
ma cousine[1].

Ma mère se donna la peine de m'apprendre à lire,
après quoi on m'envoya au Collège de Beauvais[2], à l'âge
de huit ans et demi. J'y ai fait toutes mes études, ainsi
que tous mes frères, sans que pas un de nous y ait jamais
eu le fouet. Mon père prenoit la peine de me faire répéter
mes leçons les soirs après soupé, et m'obligeoit de lui
dire en latin la substance de ces leçons. Cette méthode
est très-bonne pour ouvrir l'esprit de ceux qui étudient
et les faire entrer dans l'esprit des auteurs qu'ils appren-
nent par cœur. J'ai toujours été des premiers dans mes
classes, hors dans les plus basses, parce que je fus mis

1. Jal, qui a analysé ou inséré dans son *Dictionnaire critique de biographie
et d'histoire*, bon nombre d'actes concernant les divers membres de la famille
Perrault, fait mention de l'acte du baptême de Charles Perrault, qui eut lieu
le 13 janvier 1638, dans l'église Saint-Étienne-du-Mont, mais ne le publie pas
en entier.

2. Le collège de Beauvais, fondé à Paris, en 1370, par le cardinal Jean de
Dormans, évêque de Beauvais, était situé rue Jean-de-Beauvais, proche la Sorbonne.

en sixième que je ne sçavois pas encore bien lire. J'aimois
mieux faire des vers que de la prose, et les faisois quelquefois si bons que mes régens me demandoient souvent
qui me les avoit faits. J'ai remarqué que ceux de mes
compagnons qui en faisoient bien ont continué d'en faire,
tant il est vrai que ce talent est naturel et se déclare dès
l'enfance.

Je réussis particulièrement en philosophie : il me suffi-
soit souvent d'avoir attention à ce que le régent dictoit
pour le sçavoir et pour n'avoir pas besoin de le lire et de
l'étudier ensuite. Je prenois tant de plaisir à disputer en
classe que j'aimois autant les jours où on y alloit que les
jours de congé. La facilité que j'avois pour la dispute me
faisoit parler à mon régent avec une liberté extraordinaire et qu'aucun autre des écoliers n'osoit prendre.
Comme j'étois le plus jeune et un des plus forts de ma
classe, il avoit grande envie que je soutinsse une thèse à
la fin des deux années ; mais mon père et ma mère ne le
trouvèrent pas à propos, à cause de la dépense où engage
cette cérémonie, dépense la plus inutile qu'on puisse
faire. Le régent en eut tant de chagrin qu'il me fit taire
lorsque je voulus disputer contre ceux qui devoient soutenir des thèses. J'eus la hardiesse de lui dire que mes
argumens étoient meilleurs que ceux des Hibernois[1] qu'il
faisoit venir, parce qu'ils étoient neufs et que les leurs
étoient vieux et tout usés. J'ajoutai que je ne lui ferois
point d'excuses de parler ainsi, parce que je ne sçavois
que ce qu'il m'avoit montré. Il m'ordonna une seconde
fois de me taire, sur quoi je lui dis, en me levant, que
puisqu'il ne me faisoit plus dire ma leçon (car en ce
temps-là les philosophes disoient leur leçon tous les
jours, comme les autres écoliers, et c'est un grand abus

---

1. Les écoliers irlandais élevés à Paris.

Pl. 2.

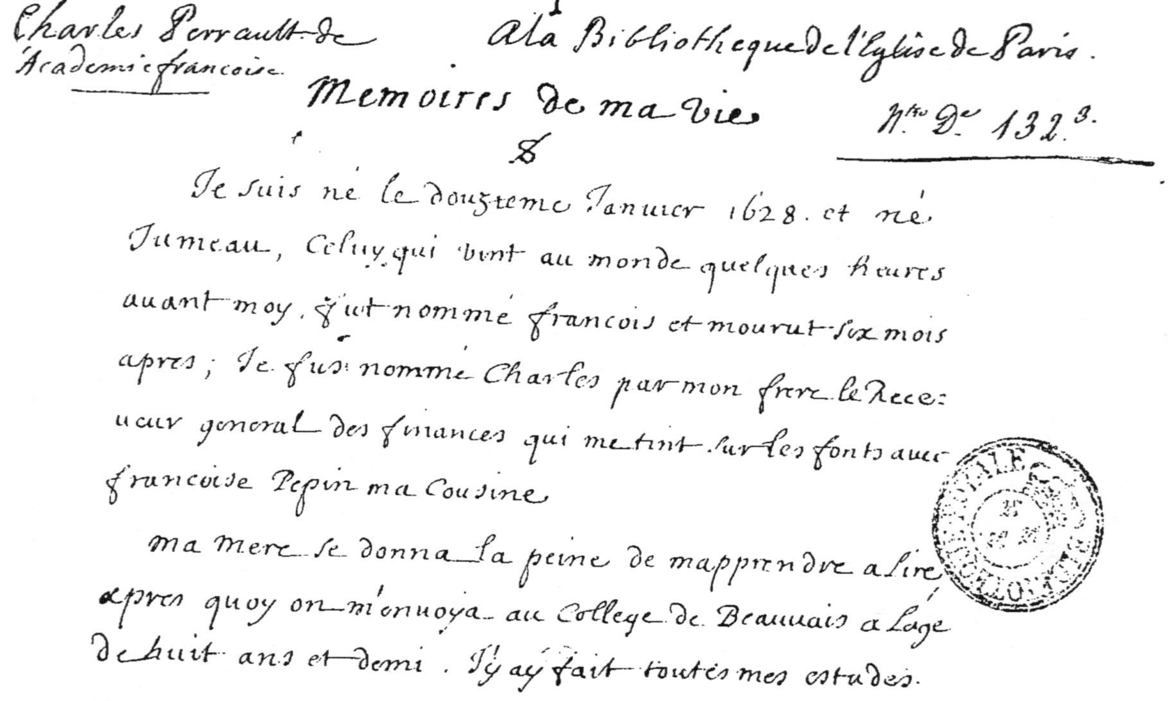
Charles Perrault de
Academie francoise

A la Bibliotheque de l'Eglise de Paris.

Memoires de ma vie

N.ro D.e 132.

Je suis né le douzieme Januier 1628. et né Jumeau, Celuy qui vint au monde quelques heures auant moy, fut nommé francois et mourut six mois apres; Je fus nommé Charles par mon frere le Receueur general des finances qui me tint sur les fonts auec francoise Pepin ma Cousine

ma mere se donna la peine de mapprendre a lire apres quoy on m'enuoya au College de Beauuais a l'age de huit ans et demi. J'y ay fait toutes mes estudes.

Fac-simile du manuscrit autographe des « Mémoires de ma vie ».
Par Charles Perrault.

de les en avoir dispensés), qu'on ne disputoit plus contre
moi, et qu'il m'étoit défendu de disputer contre les
autres, je n'avois plus que faire de venir en classe. En
disant cela, je lui fis la révérence et à tous les écoliers,
et sortis de la classe. Un de mes amis, nommé Beaurain,
qui m'aimoit fort, et qui s'étoit en quelque sorte rangé
auprès de moi parce que toute la classe s'étoit déchaînée
contre lui sans savoir pourquoi, sortit aussi et me suivit.
Nous allâmes de là au jardin du Luxembourg, où, ayant
fait réflexion sur la démarche que nous venions de faire,
nous résolûmes de ne plus retourner en classe, parce
qu'il n'y avoit plus à y profiter, tout le temps ne s'em-
ployant à autre chose qu'à exercer ceux qui devoient
répondre, et de nous mettre à étudier ensemble.

Cette folie fut cause d'un bonheur : car, si nous eussions achevé nos études à l'ordinaire, nous nous serions
mis apparemment, chacun de notre côté, à ne rien faire.
Nous exécutâmes notre résolution, et pendant trois ou
quatre années de suite M. Beaurain vint presque tous les
jours deux fois au logis, le matin à huit heures jusqu'à
onze, et l'après-dînée depuis trois jusqu'à cinq. Si je sçais
quelque chose, je le dois particulièrement à ces trois ou
quatre années d'études. Nous lûmes presque toute la
Bible et presque tout Tertullien, l'*Histoire de France* de
La Serre et de Davila ; nous traduisîmes le traité de
Tertullien, *De l'Habillement des femmes ;* nous lûmes
Virgile, Horace, Corneille, Tacite et la plûpart des
autres auteurs classiques, dont nous fîmes des extraits
que j'ai encore. La manière dont nous faisions la plûpart
de ces extraits nous étoit fort utile. L'un de nous lisoit
un chapitre ou un certain nombre de lignes, et, après
l'avoir lu, il en dictoit le sommaire en françois, que chacun de nous écrivoit en y insérant les plus beaux passages dans leur propre langue. Après que l'un avoit lu et

dicté de la sorte, l'autre en faisoit autant, cela nous accoutumoit à traduire et à extraire en même temps. L'été, lorsque cinq heures étoient sonnées, nous allions nous promener au Luxembourg. Comme M. Beaurain étoit plus studieux que moi, il lisoit encore étant retourné chez lui, et pendant la promenade il me redisoit ce qu'il avoit lu, en nous promenant.

Traduction du sixième livre de « l'Enéïde », en burlesque. — Dans ce temps-là vint la mode du burlesque. M. Beaurain, qui sçavoit que je faisois des vers, mais qui jamais n'avoit pu en faire, voulut que nous traduisissions le sixième livre de l'*Enéïde* en vers burlesques. Un jour que nous y travaillions et que nous en étions encore au commencement, nous nous mîmes à rire si haut des folies que nous mettions dans notre ouvrage que mon frère, celui qui fut depuis docteur de Sorbonne, et qui avoit son cabinet proche du mien, vint sçavoir de quoi nous riions. Nous le lui dîmes, et, comme il n'étoit encore que bachelier, il se mit à travailler avec nous et nous aida beaucoup. Mon frère le médecin, qui sçut à quoi nous nous divertissions, en voulut être; il en fit même plus lui seul, à ses heures de loisir, que nous tous ensemble. Ainsi la traduction du sixième livre de l'*Enéïde*, s'acheva[1], et, l'ayant mis au net le mieux que je pus, il y fit deux estampes à l'encre de la Chine, très-belles. Ce manuscrit est parmi les livres de la tablette où il n'y a que ceux de la famille.

Les Murs de Troye. — Cet ouvrage nous donna occasion de faire celui des *Murs de Troye, ou De l'origine du burlesque*[2], dont le premier livre a été fait en commun

---

1. Elle a été publiée pour la première fois dans la *Revue d'histoire littéraire de la France*, 1901, p. 110, d'après un manuscrit autographe, mais qui n'est pas le beau manuscrit dont Perrault parle ici et qui semble perdu.

2. *Les murs de Troye, ou l'origine du Burlesque.* A Paris, chez Louis

et a été imprimé, et dont le second n'est que manuscrit, et a été composé tout entier par mon frère le médecin. Le ridicule est poussé un peu trop loin dans ces *Murs de Troye*, mais il y a de très-excellens morceaux. Et le sujet en gros en est très bon, car il est très ingénieux de dire qu'Apollon a inventé la grande poësie comme fils de Jupiter, puisque même cette poësie s'appelle le langage des dieux; qu'il a inventé la poësie champêtre ou pastorale pour avoir été berger chez Admette, et qu'il a imaginé le burlesque pour avoir bâti les murs de Troye avec Neptune ; et que c'est dans les atteliers des maçons et de toutes sortes d'ouvriers qu'il a appris toutes les expressions triviales qui entrent dans la composition du burlesque.

Il ne manque à cette imagination que d'être ancienne pour être estimée des sçavans. Il y a deux vers dans le sixième [livre] de l'*Enéïde* qui ont été fort estimés : c'est dans l'endroit où Virgile dit que les héros conservent dans les champs Elisées les mêmes inclinations qu'ils ont eues pendant leur vie. On voyoit là, dit la traduction, Tydæus, le cocher

> Qui, tenant l'ombre d'une brosse,
> Nettoyoit l'ombre d'un carosse.

Cyrano fut si aise de voir que les chariots n'étoient que des ombres, de même que ceux qui en avoient soin, qu'il voulut absolument nous connoître. Cette pensée étoit du docteur de Sorbonne.

Portrait de mon frère le docteur. — Votre oncle le receveur général a fait si bien le portrait de votre oncle

Chamboudry, au Palais, proche la Sainte-Chapelle, à l'entrée de la petite Salle, au Bon Marché, 1653. In-4°, de 32 feuillets liminaires non chiffrés et 54 pages. Le second chant de ce poème, conservé dans le manuscrit n° 2956 de la bibliothèque de l'Arsenal, n'a été publié qu'en 1900, dans la *Revue d'histoire littéraire de la France*, p. 449.

le docteur, dont je parle ici, que je me contenterai de
rapporter quelques circonstances de sa vie, qu'il a
oubliées. Quand il soutint sa tentative [1], il étoit déja en
si grande réputation en Sorbonne que le professeur,
étant monté en chaire dans les écoles extérieures, dit à
ses écoliers qu'il ne feroit point de leçon, parce, ajouta-
t-il, qu'il leur seroit plus utile d'aller entendre le bachelier qui faisoit *sa tentative*, que d'apprendre leur leçon ;
qu'il les y invitoit tous et qu'il s'y en alloit lui-même.
Outre que mon frère avoit beaucoup étudié, Dieu lui
avoit fait la grâce de le faire entrer si bien et si avant
dans l'esprit de la religion, que j'oserois dire que peu de
gens ont mieux sçu que lui le véritable système de la religion chrétienne. M. Beaurain, dont j'ai déja parlé, venoit
de fois à d'autre lui faire des questions et des objections.
Mon frère le docteur répondoit si juste à toutes ces difficultés, qu'il s'en retournoit le plus content du monde. Il
me souvient qu'il me disoit un jour : « Quand je vais à
M. de Sainte-Beuve (c'étoit un très-excellent homme), au
bout de deux ou trois argumens il me ferme la bouche
avec ces deux mots : *O altitudo !* et voilà qui est fait.
Mais M. le docteur, continuoit-il en parlant de mon frère,
n'en vient point là. Il me mène de vérités en vérités
dont il me fait voir une liaison si admirable que je
n'ai pas le mot à lui répondre ; il me découvre une si
merveilleuse œconomie entre tous les mystères de la
religion chrétienne que je le quitte tout plein de conviction. Personne ne parle comme lui des choses de la
foi. »

Quand il harangua en Sorbonne pour la défense de

1. Nicolas Perrault soutint sa *tentative*, en Sorbonne, le 27 janvier 1648,
à midi. Le sujet en était cette question théologique : *Quis ostendet nobis
bona ?* Un exemplaire de cette thèse est conservé dans le manuscrit, n° 24,713
du fonds français de la Bibliothèque nationale, f° 108.

M. Arnauld, M. le chancelier, après avoir demandé qui il étoit, comme l'a remarqué mon frère le receveur, dit qu'il souhaiteroit qu'il y eût beaucoup de jeunes docteurs de sa force ; à quoi il ajouta ces mots : « Il a parlé en avocat, et non pas en docteur. » Ce qui enfermoit une grande louange, M. le chancelier voulant dire qu'il n'avoit pas battu la campagne, comme la plûpart des docteurs, en rapportant de belles citations, mais qu'il étoit venu au fait et au fond de l'affaire, ce qui avoit charmé de telle sorte M. le chancelier qu'il avoit empê- ché deux ou trois fois que celui qui tenoit le sable, et qui ne laissoit opiner qu'un quart d'heure chaque docteur, ne lui imposât silence. Ainsi son discours dura près de cinq quarts d'heure, et on attendoit qu'il parlât encore lorsqu'il mit fin à sa harangue.

On jugeroit de là qu'il étoit en une grande liaison avec M. Arnauld ; cependant, lui ayant demandé un jour ce que M. Arnauld répondoit à une certaine objection que quelqu'un lui avoit faite, il me répondit, qu'il n'en sçavoit rien. « D'où vient, lui dis-je, que vous ne lui avez point demandé ? — Je n'ai jamais parlé à M. Arnauld », me répondit-il. Je ne fus jamais plus étonné que je le fus de cette réponse. « Je n'ai point voulu voir M. Arnauld, me dit-il, pour être assuré, autant qu'on le peut être, que les sentimens que j'ai sur les matières de la grâce ne me viennent point de la chair et du sang ; que ce n'est point l'amitié qui m'engage à soutenir une opinion plûtôt qu'une autre, et pour avoir lieu de croire que ce n'est que Dieu seul qui me l'inspire. » Non-seulement il avoit peur que la chair et le sang n'eussent part aux sentimens qu'il avoit sur les matières de la foi, mais il craignoit que ceux avec qui il conversoit ne fissent la même chose à son égard, et ne se rangeassent à son opinion par amitié pour lui. Il le fit bien voir dans une circonstance

que je vais raconter. Il étoit fort ami de M. Varet[1], qui fut
depuis grand-vicaire de monseigneur l'archevêque de
Sens, qui étoit un très-excellent homme. M. Varet était
fort jeune encore et élevé par sa mère, femme d'une très
grande piété, dans la crainte terrible d'être empoisonné
par les mauvaises doctrines qu'ils voyoient se répandre
alors dans l'Eglise. Il étoit fort embarrassé sur le fait de
mon frère, qu'il étoit comme obligé de voir souvent à cause
de l'amitié, du voisinage et de l'alliance qu'il y avoit entre
sa famille et la nôtre, M. Pepin, notre cousin-germain,
ayant épousé Mlle Varet, sa sœur. Il connaissoit mon
frère pour un très homme de bien, prêtre et docteur de
Sorbonne, mais qui étoit soupçonné de jansénisme. Mon
frère, qui remarqua son embarras, lui dit : « N'êtes-vous
pas persuadé que la doctrine de saint Augustin sur la
matière de la grâce est la doctrine de l'Eglise ? — Oui,
lui dit M. Varet, et je sais même que les canons du con-
cile de Trente sur la grâce sont composés des propres
termes de saint Augustin. » Mon frère lui dit ensuite :
« Vous n'aurez donc point de répugnance à lire les
écrits de ce Père sur la matière de la grâce ? — Non,
assurément, lui dit M. Varet. — Lisez-les donc, Monsieur,
lui dit mon frère, après cela nous parlerons tant qu'il
vous plaira sur cette matière ; jusques-là, nous n'en
dirons pas un mot, s'il vous plaît ; nous avons mille
autres questions de théologie que nous pourrons examiner en attendant. » Au bout de quelques jours, M. Varet
voulut parler de la grâce ; mon frère lui demanda s'il

---

1. Varet (Al.), grand-vicaire de Louis-Henri de Gondrin, archevêque de
Sens, décédé le 1er août 1676, à l'âge de quarante-quatre ans. Il est l'auteur
de plusieurs volumes : *De l'éducation chrétienne des enfants* (Paris, 1666,
in-12) ; *Défense de la discipline qui s'observe dans le diocèse de Sens touchant l'imposition de la pénitence publique pour les péchés publics* (Sens,
1673, in-8°) ; *Lettres chrétiennes et spirituelles écrites depuis 1657 jusqu'en
1676* (Paris, 1681, 3 vol. in-8°, avec portrait).

avoit lu tout saint Augustin sur cette matière. « Non, lui dit M. Varet. — Parlons donc d'autre chose, » lui répondit mon frère. Quand M. Varet eut tout lu saint Augustin sur la matière de la grâce, mon frère lui en laissa parler ; mais il trouva qu'il poussoit les choses un peu trop loin, et il fut assez longtemps à le faire entrer dans les justes bornes qu'il faut garder dans cette matière.

Quand il fut exclu de la Sorbonne avec les soixante et dix autres docteurs de son même avis, non-seulement il n'y alla plus, mais il ne voulut plus continuer d'aller aux assemblées des prêtres de Saint-Etienne-du-Mont, sa paroisse. Le curé, qui vit que cette assemblée étoit comme sans âme, mon frère n'y allant plus (car c'étoit lui qui proposoit et résoudoit une grande partie des questions et des cas de conscience qui s'y agitoient), le vint prier deux ou trois fois d'assister à ses assemblées. « Comment pouvez-vous, Monsieur, me faire une telle prière ? lui disoit mon frère. Je suis un de ceux dont vous dites dans votre prône que la doctrine est empoisonnée, et vous voulez que j'assiste à vos conférences ! » Le curé eut beau l'en prier, il crut ne le devoir pas faire pour éviter le scandale qui auroit pu en arriver. Mille gens lui disoient tous les jours qu'il devoit signer le formulaire, et qu'un homme comme lui ne devoit pas, pour si peu de chose, cesser d'être utile à l'Eglise, soit en prêchant, soit en confessant, soit en assistant à des conférences ecclésiastiques. Il faisoit à tout cela une réponse qui assurément est bien chrétienne et bien sensée : « Dieu n'a que faire de moi pour toutes les choses dont vous me parlez, et je ne dois songer qu'à la seule dont il m'a chargé : il m'a fait par sa grâce docteur de Sorbonne, et je me regarde en cette qualité comme une sentinelle posée pour empêcher qu'il ne passe rien contre la vérité.

Je n'ai que cela à faire, et je ferai beaucoup si je m'acquitte bien de cette commission. Dieu pourvoira à tout le reste. » Je me suis servi de cette pensée dans l'éloge de M. Arnauld, où elle est très-juste et très bien en sa place.

C'étoit un très homme de bien et qui assurément est mort un peu trop jeune. Il n'a jamais voulu avoir de bénéfice et toute son ambition étoit d'être professeur de théologie en Sorbonne, ce qu'il auroit fait admirablement bien.

Origine des « Lettres provinciales ». — Dans le temps que l'on s'assembloit en Sorbonne pour condamner M. Arnauld, mes frères et moi, M. Pepin et quelques autres amis encore, voulûmes sçavoir à fond de quoi il s'agissoit. Nous priâmes notre frère le docteur de nous en instruire ; nous nous assemblâmes tous au logis de feu mon père, où mon frère le docteur nous fit entendre que toutes les questions de la grâce qui faisoient tant de bruit rouloient sur un pouvoir prochain et sur un pouvoir éloigné que la grâce donnoit pour faire de bonnes actions. Les uns disent qu'à la vérité, lorsque saint Pierre avoit péché, il n'avoit pas la grâce qui donne le pouvoir prochain de bien faire, mais qu'il avoit la grâce qui donne le pouvoir éloigné, laquelle à la vérité ne fait jamais faire la bonne action, mais en donne seulement la puissance, et qu'ainsi M. Arnauld avoit eu tort de dire qu'on trouvoit en saint Pierre un juste à qui la grâce, sans laquelle on ne peut rien, avoit manqué, parce que saint Pierre avoit en lui la grâce qui donne le pouvoir éloigné de bien faire. Les autres soutenoient que, le pouvoir éloigné ne produisant jamais la bonne action, et saint Pierre n'ayant point eu la grâce qui la produit, M. Arnauld n'avoit point mal parlé quand il avoit dit que la grâce, sans laquelle on ne peut rien, lui avoit manqué, puisqu'à parler raisonnablement, le pouvoir qui ne produit jamais son effet n'est point un vrai pouvoir. Nous vîmes par-là que la question méritoit peu le bruit qu'elle faisoit. Mon frère le receveur raconta cette conférence à M. Vitart, intendant de M. le duc de Luynes, qui demeuroit à Port-Royal, et lui dit que messieurs du Port-Royal devoient informer le public de ce qui se passoit en Sorbonne contre M. Arnauld, afin de le désabuser de la créance où il étoit qu'on accusoit M. Arnauld de choses fort atroces. Au bout de huit jours, M. Vitart vint au logis de mon frère le receveur, qui demeuroit et moi avec lui dans la rue Saint-François au Marais, et lui apporta la première *Lettre Provinciale* de M. Pascal. « Voilà, lui dit-il en lui présentant cette lettre, le fruit de ce que vous me dites il y a huit jours. » Cette lettre, qui ne parle que du pouvoir prochain et du pouvoir éloigné de la grâce, en attira une seconde, et celle-là une autre, jusqu'à la dix-huitième, qui est la dernière des *Provinciales*. Voilà quel en a été le sujet et l'origine.

Reprenons le fil de notre discours. Au mois de juillet de l'année 1651, j'allai prendre des licences à Orléans [1] avec M. Varet dont j'ai déjà parlé et qui a été depuis grand-vicaire de monseigneur l'archevêque de Sens, et avec M. Menjot, qui vit encore. On n'étoit pas en ce temps-là si difficile qu'on l'est aujourd'hui à donner des licences, ni les autres degrés de droit civil et canonique. Dès le soir même que nous arrivâmes, il nous prit fantaisie de nous faire recevoir, et, ayant heurté à la porte

1. M. E. Bimbenet a retrouvé dans le registre des *Suppliques* de l'Université d'Orléans (f° 300 v°) la supplique de Charles Perrault, suivie de celle de Varet et de celle de Menjot, sous la date du 23 juillet 1651, afin « d'obtenir de passer leur examen et d'avoir leur degré en deux droits ». Mais rien n'indique, dans ce document, comment l'examen fut subi par les trois jeunes gens [E. Bimbenet, *Essai sur la jeunesse de Molière et sur les mémoires de Charles Perrault*, dans *Mémoires de la Société d'Agriculture, Sciences, Belles-Lettres et Arts d'Orléans*, t. XLIX (1876), p. 168].

des écoles sur les dix heures du soir, un valet qui vint nous parler à la fenêtre, ayant sçu ce que nous souhaitions, nous demanda si notre argent étoit prêt. Sur quoi ayant répondu que nous l'avions sur nous, il nous fit entrer et alla réveiller les docteurs, qui vinrent au nombre de trois, nous interroger avec leur bonnet de nuit sous leur bonnet carré. En regardant ces trois docteurs à la foible lueur d'une chandelle, dont la lumière alloit se perdre dans l'épaisse obscurité des voûtes du lieu où nous étions, je m'imaginois voir Minos, Æacus et Rhadamante qui venoient interroger des ombres. Un de nous, à qui l'on fit une question dont il ne me souvient pas, répondit hardiment : *Matrimonium est legitima maris et fœminæ conjunctio, individuam vitæ consuetudinem continens*, et dit sur ce sujet une infinité de belles choses qu'il avoit apprises par cœur. On lui fit ensuite une autre question sur laquelle il ne répondit rien qui vaille. Les deux autres furent ensuite interrogés, et ne firent pas beaucoup mieux que le premier. Cependant ces trois docteurs nous dirent qu'il y avoit plus de deux ans qu'ils n'en avoient interrogé de si habiles et qui en sçussent autant que nous. Je crois que le son de notre argent, que l'on comptoit derrière nous pendant que l'on nous interrogeoit, servit de quelque chose à leur faire trouver nos réponses meilleures qu'elles n'étoient. Le lendemain, après avoir vu l'église de Sainte-Croix, la figure de bronze de la Pucelle qui est sur le pont, et un grand nombre de boiteux et boiteuses parmi la ville, nous reprîmes le chemin de Paris. Le 27 du même mois, nous fûmes reçus tous trois avocats.

J'étudiai et appris fort bien quoique sans maître les *Institutes*, avec le secours des commentaires de Borkolten. Les *Institutes* sont un excellent livre et le seul que je voudrois qu'on conservât du droit romain. Car, hors ce

livre, qui est très-bon pour fortifier le sens commun, les
ordonnances et les coûtumes, qu'il seroit utile de réduire
à une seule pour toute la France, si cela se pouvoit, de
même que les poids et les mesures, je crois qu'il seroit
bon de brûler tous les autres livres de jurisprudence,
digestes, codes, avec tous leurs commentaires, et particulièrement tous les livres d'arrêts, n'y ayant point de
meilleur moyen au monde de diminuer le nombre des
procès.

Je plaidai deux causes avec assez de succès, non point
parce que je les gagnai toutes deux, car le gain ou la
perte d'une cause viennent rarement de la part de l'avocat,
mais parce que ceux qui m'entendirent témoignèrent être
fort contens, surtout les juges, car, ayant été les saluer
sur la fin de l'audience, ils me firent des caresses extraordinaires, et surtout M. Daubray, lieutenant civil, père
de la malheureuse Mme de Brinvilliers. Il me pria même
de m'attacher au Châtelet et que je recevrois de lui toute
la faveur qu'un avocat pouvoit en souhaiter. J'eusse peut-
être mieux fait de suivre son conseil, mais mes frères
me dégoûtèrent tellement de la profession d'avocat que
je m'en dégoûtai aussi moi-même sensiblement. Il y
avoit une raison très-forte pour cela : c'est que mon
frère aîné, qui étoit très-habile avocat, sachant son
métier parfaitement et ayant de l'esprit et de l'éloquence
autant que pas un de ses confrères, ne faisoit presque
rien dans sa profession ; il valoit beaucoup, mais il ne se
faisoit pas valoir. Je crus qu'il en seroit de moi la même
chose, et pis encore : il y a apparence que je ne me
trompai pas.

Quoi qu'il en soit, mon frère, ayant acheté la charge
de receveur général des finances de Paris et m'ayant
proposé d'être son commis et d'aller demeurer avec lui,
j'acceptai cette proposition, où je voyois d'ailleurs plus

de douceur et de plaisir qu'à traîner une robe dans le Palais. Je fus dix ans avec lui, car j'y entrai au commencement de l'année 1654 et j'en sortis pour aller chez M. Colbert en 1664. Comme la commission de la recette générale ne m'occupoit pas beaucoup, car il ne s'agissoit que d'aller recevoir de l'argent et d'en donner soit à l'Epargne, qui ne s'appelloit pas encore le Trésor royal, soit à des particuliers assignés sur la recette générale, je me remis à étudier. Une bibliothèque fort belle, que mon frère acheta des héritiers de l'abbé de Serisi[1], de l'Académie françoise et auteur de la *Métamorphose des yeux de Philis en astres*, en fut la principale occasion, par le plaisir que j'eus de me voir au milieu de tant de bons livres. Je me mis aussi à faire des vers et le *Portrait d'Iris* fut presque le premier ouvrage que je composai[2]. Je n'ai rien fait de meilleur dans ce genre là : tant il est vrai que quand on a le goût naturellement, on fait aussi bien quand on commence que dans la suite, et que la différence n'est guère que dans la plus grande facilité de composer, que l'on acquiert avec le temps, c'est-à-dire qu'on parvient à faire dans l'espace de huit jours ce que l'on ne faisoit qu'en deux mois de temps et davantage. Je fis ce *Portrait d'Iris* à Viry, sur une idée en l'air, et ne crus nullement qu'il fût, à beaucoup près, aussi bon qu'il fût trouvé dans le monde quand il y parut. M. Quinault[3] vint nous voir à Viry ; je le lui lûs, et,

1. Germain Habert, poète et littérateur, frère de Philippe Habert et comme lui un des huit amis de Conrart qui formèrent le noyau de l'Académie française. Il était abbé commendataire de Saint-Vigor de Cerisy, au diocèse de Bayeux. Né à Paris vers 1614, il mourut le 11 mai 1654 et ne fut remplacé qu'un an après à l'Académie par l'abbé Cotin, élu le 3 mai 1655 (Raoul Bonnet, *Isographie de l'Académie française*, p. 131).

2. *Le Portrait d'Iris*, ainsi que le *Portrait de la voix d'Iris*, ont été imprimés, dès 1659, dans le recueil de *Divers portraits* rassemblées par Huet pour la Grande Mademoiselle.

3. Philippe Quinault, le poète dramatique connu surtout pour sa longue collaboration avec Lulli. Né à Paris, rue de Grenelle-Saint-Honoré, le

Pl. 3.

FRONTISPICE DESSINÉ PAR LE BRUN DU MANUSCRIT DES « DIVERS OUVRAGES »
DE CHARLES PERRAULT.

(Musée Condé, Chantilly).

comme il le trouva fort à son gré, je lui en donnai une copie. Étant de retour à Paris, il le montra à une jeune demoiselle dont il étoit amoureux et qui crut qu'il l'avoit composé pour elle. Il trouvoit son compte à la laisser dans cette erreur, et il ne crut point être tenu de la désabuser, de sorte que le portrait courut par tout Paris sous le nom de M. Quinault. On me parla de ce portrait; et je dis que j'en avois fait un sous le même nom d'Iris, et dès que j'en eus dit le premier vers, on s'écria que c'étoit le même dont on me parloit. On me crut à ma parole, et M. Quinault se trouva un peu embarrassé ; cependant, comme il avoua franchement qu'il avoit été du bien de ses affaires galantes qu'on le crût auteur de cette pièce, qu'il serait très-aise d'avoir composée, cela ne lui fit aucun tort dans le monde. Je composai ensuite le *Dialogue de l'Amour et de l'Amitié*, qui eut beaucoup de vogue et qui fut imprimé plusieurs fois[1]; il a été traduit en italien par deux personnes différentes et M. Fouquet, surintendant des finances, le fit écrire sur du velin avec de la dorure et de la peinture.

Ma mère étant morte en l'année 1657, peu de temps après le mariage de mon frère le receveur général des finances, mariage qui lui donna beaucoup de joie[2], la

3 juin 1635, il avait donc sept ans de moins que Perrault. Fils d'un maître boulanger attaché à la personne de Tristan L'Hermite qui l'aida de ses conseils et de sa bourse, il entra à l'Académie en 1670, un an avant Perrault. On trouve dans un des manuscrits de Conrart, à la bibliothèque de l'Arsenal (n° 5, 418, p. 709), une copie de l'opuscule de Perrault, signée d'abord Quinault, dont le nom a été biffé et remplacé par celui du véritable auteur. On y lit également en face de la mention d'Iris : « C'est Mme Bordier », et sans doute qu'il y faut voir la désignation de la personne à laquelle Quinault avait fait application de ces compliments en l'air.

1. *A Paris chez Charles de Sercy, au Palais, dans la salle Dauphine, à la Bonne Foi couronnée*, 1660. Petit in-8°, de 14 feuillets liminaires non chiffrés, 74 pages et 3 feuillets non chiffrés à la fin. Il y a une autre édition sous la date de 1665. Je n'ai pas retrouvé de traduction italienne de cet opuscule, non plus que le manuscrit enluminé que Fouquet en fit faire.

2. Pierre Perrault épousa à l'église Saint-Merry le 6 novembre 1656, Cathe-

maison de Viry fut donnée à mon frère le receveur dans
le partage que nous fîmes des biens de la succession de
la famille. Il y fit bâtir un corps de logis, et, comme
j'avois un plein loisir, car mon frère avoit pris un commis
pour sa recette générale, je m'appliquai à faire bâtir cette
maison, qui fut trouvée bien entendue. Il est vrai que mes
frères avoient grande part au dessein de ce bâtiment,
mais je n'avois pour ouvriers que des Limousins qui
n'avoient fait autre chose toute leur vie que des murs
de clôture. Je leur fis faire aussi la rocaille d'une grotte,
qui étoit le plus bel ornement de cette maison de campagne[1]. Quand ils montroient tout cela à leurs amis limousins comme leur ouvrage, ils les étonnoient fort, et ils
s'acquirent une grande réputation d'habileté. Je rapporte
ici la part que j'ai au bâtiment de Viry, parce que le
récit qu'on en fit à M. Colbert fut cause particulièrement de ce qu'il songea à moi pour en faire son commis
dans la surintendance des bâtiments du roi, ce qui
arriva vers la fin de l'année 1663, en la manière que je
vais dire.

Vues que doit avoir un surintendant des bâtimens. —
Dès la fin de l'année 1662, M. Colbert, ayant prévu ou
sachant déjà que le Roi le feroit surintendant de ses bâtimens, commença à se préparer à la fonction de cette
charge, qu'il regarda comme beaucoup plus importante
qu'elle ne paraissoit alors entre les mains de M. de Ratabon[2]. Il songea qu'il auroit à faire travailler non-seule-

rine Lormier, fille d'un conseiller à la cour des Aides et veuve d'un certain
Barthélemy de La Borie (Jal, *Dictionnaire critique*, col. 1321).

1. Suivant Anatole de Montaiglon, cette grotte en rocaille subsisterait
encore dans une maison de Viry [Réunion des sociétés des beaux-arts des
départements, t. XVI (1892), p. 32].

2. Antoine de Ratabon, chevalier, seigneur de Trememont, conseiller du
roi, mourut le 12 mars 1670, à l'âge de cinquante-trois ans. Il avait été surintendant et ordonnateur général des bâtiments, arts et manufactures de France.
Quoique Colbert fut surintendant des finances dès 1662, il ne succéda à

ment à achever le Louvre, entreprise tant de fois commencée et toujours laissée imparfaite, mais à faire élever
beaucoup de monumens à la gloire du Roi, comme des
arcs de triomphe, des obélisques, des pyramides, des
mausolées : car il n'y a rien de grand ni de magnifique
qu'il ne se proposât d'exécuter. Il songea qu'il faudroit
faire battre quantité de médailles pour consacrer à la
postérité la mémoire des grandes actions que le Roi
avoit déjà faites, et qu'il prévoyait devoir être suivies
d'autres encore plus grandes et plus considérables ;
que tous ces grands exploits devant être mêlés de divertissements dignes du prince, de fêtes, de mascarades, de
carrousels et d'autres délassemens semblables, et que
toutes ces choses devant être décrites et gravées avec
esprit et avec entente pour passer dans les pays étrangers, où la manière dont elles sont traitées ne fait guère
moins d'honneur que les choses mêmes, il voulut assembler un nombre de gens de lettres et les avoir auprès de
lui pour prendre leurs avis sur ces matières et former
une espèce de petit conseil pour toutes les choses dépen-
dantes des belles lettres. Il avoit déjà jetté les yeux
sur M. Chapelain [1] qu'il reconnoissoit, comme il m'a fait

Ratabon qu'à la date du 1ᵉʳ janvier 1664 dans la charge de surintendant des
bâtiments. Tous les comptes de l'administration de Colbert sont maintenant
conservés aux Archives nationales, sauf pour les quatre premières années
qui se trouvent à la Bibliothèque nationale. Ils ont été publiés par M. Jules
Guiffrey, avec autant de soin que de compétence [*Comptes des bâtiments du
roi sous le règne de Louis XIV*, t. I (1881), in-4°], et, s'ils montrent l'activité
de Colbert, ils prouvent aussi combien Perrault fut un collaborateur zélé et
consciencieux.

1. Jean Chapelain, poète et littérateur, né à Paris le 4 décembre 1595 et
mort dans la même ville le 22 février 1674, fut un des membres fondateurs de
l'Académie française, dont il détermina le genre de travaux, en traçant, à la
demande de Richelieu, le plan d'un dictionnaire et d'une grammaire française,
et en rédigeant *les Sentiments de l'Académie sur le Cid*. Esprit judicieux,
mais pauvre poète, il acquit ainsi, sur les gens de lettres, une sorte d'autorité qu'il conserva sous Colbert, mais qu'il perdit quand il mit au jour les
premiers chants de son poème de *la Pucelle*, qu'on attendait comme un chef-
d'œuvre et qui fut bien loin de répondre à cet espoir. Tamizey de Larroque

l'honneur de me le dire plus d'une fois, pour l'homme
du monde qui avoit le goût le meilleur et le sens le plus
droit pour toutes ces matières ; sur M. l'abbé de Bourzeis [1] qu'il connaissoit de longue main pour un pro-
dige de science et de littérature, et sur M. l'abbé de
Cassagnes [2], qui, par une pièce en vers qu'il avoit faite
où Henri IV donne des instructions au roi son petit fils
avoit mérité son estime et sa bienveillance. Il lui man-
quoit un quatriéme, car il avoit résolu que cette assemblée fût au moins de quatre personnes. Pour l'avoir, il
s'adressa à M. Chapelain, qui, de son pur mouvement et
sans que j'en sçusse rien, m'indiqua à lui avec des éloges
beaucoup au-dessus de ce que je méritois. M. Colbert
lui demanda si j'étois le frère du receveur général des
finances, et si c'étoit moi qui avois fait deux odes, l'une
sur la paix, et l'autre sur le mariage du roi. M. Chapelain lui ayant dit que oui : « Je suis déja très-content de
sa poésie, lui dit-il, et monsieur le cardinal a pris grand
plaisir à les lire dans son voyage [3] ; mais il seroit bon de

a publié deux volumes de *Lettres de Chapelain* (in-4°, dans la collection des
Documents inédits sur l'histoire de France), épaves d'une correspondance
bien plus considérable et qui semble perdue. On peut consulter également *La
Bretagne à l'Académie française au XVII° siècle*, par René Kerviler (2° édition,
1879,); *Valentin Conrart*, par R. Kerviler et Éd. de Barthélemy (1881) et
Chapelain et nos deux premières académies, par l'abbé A. Favre (1890).

1. Amable de Bourzeis, abbé de Saint-Martin-de-Cores, au diocèse d'Autun,
conseiller du roi, prédicateur, controversiste, érudit, chargé, en 1666, d'une
mission diplomatique en Portugal, fut l'un des membres fondateurs de l'Académie française. Né à Volvic (Puy-de-Dôme), le 5 avril 1606, il est mort à
Paris, rue Neuve-des-Bons-Enfants, le 2 août 1672 (Raoul Bonnet, *Isographie de l'Académie française*, p. 39).

2. L'abbé Jacques Cassagne, poète, docteur en théologie, bibliothécaire du
roi, prédicateur et traducteur, fut élu, en 1662, à l'Académie française en
remplacement de Saint-Amand. Il n'avait alors que vingt-sept ans, étant né
à Nimes en août 1635 (R. Bonnet, *op. cit.*, p. 48). Il mourut le 19 mai 1679,
à Paris, à Saint-Lazare, où il avait dû entrer, « son esprit s'étant dérangé ».
On peut consulter une spirituelle *Notice sur l'abbé Cassagne, lue à la séance
publique de l'Académie du Gard, le 29 avril 1859*, par M. Gaston Boissier.

3. Ceci est confirmé par une lettre de Colbert à Mazarin, du 16 mars 1660,
publiée dans le recueil de Pierre Clément, t. I, p. 440.

que je visse de sa prose. » Ils convinrent que M. Chapelain me prieroit, comme de son chef, de faire une pièce en prose sur l'acquisition de Dunkerque[1], que le Roi venoit de faire. Je la fis telle que vous l'avez lûe dans le premier recueil de mes ouvrages. Elle plut, et le troisième jour de février 1663, nous nous rendîmes, M. Chapelain[2] et moi, suivant l'ordre qui nous en avoit été donné, chez M. Colbert. On nous mena dans une chambre où nous trouvâmes M. l'abbé de Bourseis et M. l'abbé de Cassagnes, qui avoient aussi été mandés et où M. Colbert vint nous trouver. D'abord il nous demanda le secret sur ce qu'il nous alloit dire, ensuite il nous déclara pourquoi il nous avoit fait venir, que c'étoit pour se faire, ainsi que je viens de le marquer, une espèce de petit conseil qu'il pût consulter sur toutes les choses qui regardent les bâtimens et où il peut entrer de l'esprit et de l'érudition ; qu'il souhaitoit que nous nous assemblassions chez lui deux fois la semaine, le mardi et le vendredi.

Ce dernier jour fut choisi, parce qu'il ne se tenoit point de conseil, et qu'il le prenoit pour se reposer, ou plutôt pour travailler à d'autres affaires que celles du courant. Car M. Colbert ne connoissoit guère d'autre repos que celui qui se trouve à changer de travail, ou à passer d'un travail difficile à un autre qui l'est un peu moins. Dès le même jour il voulut qu'on commençât à travailler devant lui, et ce fut à mettre par écrit ce qu'il venoit de nous dire. Je fus choisi pour tenir la plume, qui m'est toujours demeurée. Il nous quitta pour aller chez le Roi

1. *Discours sur l'acquisition de Dunkerque par le Roi, en l'année* 1663, dans le *Recueil de divers ouvrages en prose et en vers dédié à son Altesse Monseigneur le Prince de Conti.* Paris. Jean Guignard, 1675, in-4°, p. 88 ; et seconde édition, 1676, in-12, p. 82.

2. La lettre dans laquelle Chapelain expose à Colbert ses idées au sujet de cette *petite académie* est datée du 18 novembre 1662. On la trouvera dans le recueil de ses lettres publié par Tamizey de Larroque, t. II, p. 272.

et à son retour, nous ayant trouvés chez lui, il approuva
ce que nous avions rédigé par écrit et m'ordonna d'avoir
un registre pour l'y mettre et tout ce qui seroit fait et
résolu à l'avenir. Le 15 février en suivant, un commis
de M. Colbert m'apporta une bourse fort propre dans
laquelle il y avoit cinq cents écus en or ; cette gratification a toujours continué et augmenta de 500 livres en
l'année 166[9] et a duré sur ce même pied jusqu'en l'année
1683.

Médaille de l'alliance des Suisses. — Dans ce temps-
là, les Suisses venoient d'arriver pour renouveler leur
alliance avec la France. Il fallut faire une médaille sur ce
sujet, et ce fut le travail où s'occupa notre naissante
Académie. M. l'abbé de Bourseis fut celui qui y eut le
plus de part, car le vers qui en fait la légende est tout
de lui :

Nulla dies sub me natoque hæc fœdera rumpet.

Devise pour Monseigneur le Dauphin. — Peu de jours
après, M. Colbert demanda une devise pour Monseigneur
le Dauphin, qui n'avoit encore que trois ou quatre ans.
J'eus le bonheur d'en faire une qui fut agréée préférable-
ment à plusieurs autres. Le corps est un éclat de ton-
nerre qui sort de la nue avec ce mot : *Et ipso terret in
ortu.* Elle fut mise sur les enseignes du régiment de
Monseigneur le Dauphin et sur les casaques de ses
gardes.

Correction des ouvrages faits à la louange du Roi. —
Quand il n'y avoit pas d'ouvrage de commande, l'Académie travailloit à revoir et à corriger les ouvrages, soit de
prose, soit de vers, qui se composoient à la louange du
Roi, pour les mettre en état d'être imprimés à l'imprimerie du Louvre. Il en a été corrigé de quoi faire un

très-gros volume[1], et j'ai rendu les manuscrits de ces
ouvrages-là, qui remplissoient deux fort grands portefeuilles. Chacun de ceux qui composoient cette petite
Académie travailloit aussi de son côté à des ouvrages
particuliers sur les belles actions de Sa Majesté.

Tapisseries des Quatre Éléments. — M. Colbert nous
demanda des desseins pour des tapisseries qui devoient
se faire à la manufacture des Gobelins. Il en fut donné
plusieurs entre lesquels on choisit celui des quatre élémens, où on trouva le moyen de faire entrer plusieurs
choses à la gloire du Roi. Comme ces tapisseries se
voient tous les jours et qu'elles sont en estampes qui
avec le discours qui les accompagne forment un très-beau
volume, je n'en dirai pas davantage. J'observerai seulement que toutes les devises sont de moi. A d'autres qu'à
mes enfans je n'aurois pas fait cette remarque et moins
encore celle que je vais faire, qui est qu'ayant porté à
M. Colbert 48 devises pour cette tapisserie, sçavoir seize
de l'abbé de Bourseis, seize de l'abbé de Cassagnes et
seize de ma façon, toutes mêlées les unes avec les autres,
afin qu'il en choisît seize sans sçavoir qui en étoit l'auteur, il s'en trouva quatorze des miennes qui méritèrent
d'être choisies. Dans la joie que j'en eus, je ne pus m'empêcher de lui dire cette circonstance. Sur quoi il me
demanda quelles étoient les deux devises de ma façon
qu'il n'avoit pas choisies, et moi les lui ayant marquées :
« Ces deux-là, me dit-il, me semblent aussi bonnes que
les deux que j'ai prises à leur place : il faut les joindre
avec les autres et qu'elles soient toutes de vous. »

---

1. Ceci est confirmé par les *Lettres de Chapelain*, publiées par Tamirey de
Larroque (t. II, 2 janvier 1659, 20 décembre 1672, *passim*). On y trouve l'in-
dication de nombre d'ouvrages, poèmes ou épîtres dédicatoires, qui furent
revisés ainsi par les membres de cette réunion, sans parler de l'énumération
de leurs propres travaux. Perrault, comme il était naturel, fut un des plus
actifs à la besogne.

Tapisseries des Quatre Saisons. — On fit ensuite le dessein de la tenture des quatre saisons de l'année sur le modèle de celle des quatre élémens, qui est aussi gravée et accompagnée de semblables explications. Des seize devises qui ornent cette tenture, il y en a neuf qui sont de moi. La vérité est que j'ai eu du talent pour faire des devises, et je crois en avoir fait moi seul pendant quinze ou seize années, autant que tous les autres ensemble. Il y en a un recueil que l'on trouvera parmi mes papiers en suite d'un discours sur les devises.

L'intention de M. Colbert étoit que nous travaillassions à l'histoire du Roi, et pour y parvenir il me faisoit écrire, dans le registre dont je viens de parler, plusieurs choses que le Roi avoit dites, pour les insérer dans son histoire. Je me souviens, entre autres, de celle-ci. Un jour il dit en présence de M. de Villeroy, de M. Le Tellier, de M. de Lionne, de M. le maréchal de Grammont, de M. Colbert et de quelques autres dont il ne me souvient pas : « Vous êtes tous mes amis et ceux de mon royaume que j'affectionne le plus et en qui j'ai le plus de confiance. Je suis jeune, et les femmes ont ordinairement bien du pouvoir sur ceux de mon âge. Je vous ordonne à tous que, si vous remarquez qu'une femme, quelle qu'elle puisse être, prenne empire sur moi et me gouverne le moins du monde, vous ayez à m'en avertir. Je ne veux que vingt-quatre heures pour m'en débarrasser et vous donner contentement là-dessus. » Il me faisoit aussi écrire des actions fort considérables de Sa Majesté, lesquelles étoient ou peu connues de tout le monde, ou dont les motifs et quelques circonstances n'étoient sçues que de lui seul. Je me souviens qu'il me dicta toute l'affaire de M. Fouquet d'un bout à l'autre, que j'y retouchai trois ou quatre fois différentes et par son ordre avant que de la transcrire dans le registre[1]. J'oubliois de remarquer que peu de temps après qu'il nous eut assemblés, il nous mena faire la révérence au Roi. C'étoit dans le temps que la Reine mère étoit malade de la maladie dont elle mourut. Le Roi étoit dans une petite garde-robe derrière la chambre de la Reine, d'où il alloit à tout moment la voir, la servant, dans sa maladie, presque dans tous ses besoins, soit pour lui donner à boire, soit pour lui porter ses bouillons ; fils n'ayant jamais davantage honoré sa mère pendant toute sa vie.

Réponse du Roi à la Petite Académie. — Après que M. Colbert nous eut présentés au Roi, il nous dit ces paroles : « Vous pouvez, Messieurs, juger de l'estime que je fais de vous, puisque je vous confie la chose du monde qui m'est la plus précieuse, qui est ma gloire. Je suis sûr que vous ferez des merveilles ; je tâcherai de ma part de vous fournir de la matière qui mérite d'être mise en œuvre par des gens aussi habiles que vous êtes. » Quelque temps après, M. Charpentier[2], dont M. l'abbé de Bourséis et M. Chapelain parlèrent avantageusement à M. Colbert, fut mis dans cette petite Académie. Nous jettâmes tous les yeux sur lui pour écrire l'histoire du Roi, c'est-à-dire pour tenir la plume ; car toute la compagnie devoit y travailler en la revoyant et en la corrigeant. Lorsqu'il fut question comment il y travailleroit, on lui dit qu'il se servît des gazettes et de tout ce qui se peut recouvrer dans le public pour former le corps de son histoire ; qu'à mesure qu'il auroit fait quelque chose de considérable et que l'Académie l'auroit revu, M. Col-

---

1. L'abbé de Choisy assure dans ses *Mémoires* (éd. de Lescure, t. II, p. 134) qu'il a connu par Perrault quelques particularités de cette fameuse affaire.

2. François Charpentier, né à Paris le 15 février 1620, mort le 22 avril 1702, élu à l'Académie française en 1650.

bert y ajouteroit ou en retrancheroit ce qu'il jugeroit
nécessaire.

Manière de travailler à l'histoire du Roi. — Pour faciliter la chose, je proposai un expédient qui étoit que,
quand M. Charpentier auroit composé la valeur d'un
petit cahier et que ce cahier auroit été revu par la compagnie, il l'envoyeroit à M. Colbert dans un paquet qu'on
mettroit sur sa table avec les autres paquets de lettres
qu'il recevoit incessamment, de sorte que la lecture qu'il
feroit de ce cahier le délasseroit de la lecture des autres
lettres, et qu'en mettant en marge ou en interligne ce
qu'il jugeroit à propos d'y ajouter, et en rayant ce qu'il
faudroit en retrancher, la chose se feroit sans que ce travail consumât un temps particulier et fût une opération
de surcroît à toutes les autres. M. Colbert approuva fort
cet expédient, mais M. Charpentier ne voulut jamais
l'accepter, voulant toujours que M. Colbert lui fournît
des mémoires et l'entretînt du secret des affaires, ce
qu'il n'avoit pas le temps de faire et qu'il ne fit point.
Ainsi, la chose en demeura là. Ce fut une grande perte
pour la petite Académie et un bonheur pour M. Pelisson[1],
et particulièrement pour MM. Racine et Despréaux, qui
ont été chargés d'écrire l'histoire du Roi par Mme de Montespan, qui regarda ce travail comme un amusement
dont elle avoit besoin pour occuper le Roi. Ils en ont reçu
de très-grandes récompenses en différents temps.

Établissement de l'Académie des Sciences. — M. Colbert, ayant formé cette petite Académie, songea à en
établir une plus grande et plus considérable pour l'avancement et la perfection de toutes les sciences[2]. Il se fit

1. Paul Pellisson, dit Pellisson-Fontanier, né à Béziers le 30 octobre 1624,
mort à Versailles le 7 février 1693, élu, le 30 décembre 1652, à l'Académie
française, dont il écrivit l'histoire.

2. Sur les origines de l'Académie des Sciences on peut consulter le livre
d'Alfred Maury (*L'ancienne Académie des Sciences*, 1864, in-8°) et la notice

donner d'abord un mémoire de tous les hommes sçavans qui s'assembloient alors chez M. de Monmort[1], conseiller d'État, fort amateur de toutes les sciences et de tous les sçavans, comme aussi de tous ceux qui étoient en réputation d'être extraordinairement habiles en quelque science, soit dans le royaume, soit dans les pays étrangers. M. Chapelain, M. l'abbé de Bourséis et M. de Carcavi[2] furent ceux qu'il consulta particulièrement sur ce choix. Voici le nom de ceux qui furent choisis les premiers : MM. Carcavi, Roberval[3], Huygens[4], Frenicle[5], Picard[6],

plus récente de M. Gaston Darboux, dans l'ouvrage sur l'*Institut de France* (Paris, H. Laurens, 1907). Sur les membres qui composèrent cette compagnie jusqu'à la Révolution, on trouvera d'utiles détails dans l'ouvrage d'Ernest Maindron, *L'ancienne Académie des Sciences, les Académiciens* — 1666-1793 — (Paris, 1895, in-8°). Disons seulement que, fondée par Colbert, cette institution ne subsista pendant trente-trois ans qu'en vertu d'une simple autorisation de Louis XIV, et ce fut seulement le 26 janvier 1699 qu'un règlement en 50 articles lui fut donné. Ce ne fut pas la partie la moins importante de son existence, encore que son activité n'ait pas fourni tout ce qu'on pouvait en attendre, au dire de Lister (*Voyage à Paris en* 1698, p. 80).

1. Henri-Louis Habert, seigneur de Montmor et du Mesnil, né à Paris en 1600 et mort dans la même ville le 21 janvier 1679 (R. Bonnet, *Isographie de l'Académie française*, p. 132). Arrière-petit-neveu de Budé, cousin de G. Habert de Cérisy et de Philippe Habert et membre comme eux de l'Académie française dès sa fondation, il contribua grandement, comme on le voit, à la fondation de l'Académie des Sciences, par les assemblées des savants qui se tenaient chaque semaine chez lui et où l'on s'occupait surtout de physique. Voir dans le t. Ier de l'*Histoire de l'Académie française* (éd. de 1858, p. 520), une lettre de Sorbière à Hobbes où est reproduit le *Règlement de l'Assemblée qui se fit à Paris chez M. de Montmor*, l'an 1657.

2. Pierre de Carcavy, natif de Lyon, d'abord conseiller au parlement de Toulouse, puis membre de l'Académie des Sciences en qualité de géomètre, exerça les fonctions de garde de la Bibliothèque du roi, tout en veillant sur celle de Colbert. Il mourut en avril 1684.

3. Gilles Personne de Roberval, géomètre, professeur de mathématiques au Collège royal, né à Roberval, près Beauvais en 1602, mort en novembre 1675.

4. Christian Huyghens, né à La Haye, le 14 avril 1629, mort le 8 juillet 1695, inventa le ressort spiral des montres.

5. Bernard Frénicle de Bessy, géomètre, conseiller à la cour des Monnaies né à Paris en 1600, mort le 17 janvier 1675.

6. L'abbé Jean Picard, dont il sera question plus loin assez longuement, naquit à la Flèche le 21 juillet 1620 et mourut à Paris le 12 octobre 1682. Il fut le plus grand astronome de son temps. Il appliqua les lunettes aux ins-

Duclos[1], Bourdelin[2], de La Chambre[3], Perrault, Auzout[4], Pecquet[5], Buot[6], Gayant[7], Mariotte[8] et Marchand[9]. J'eus bien de la peine à faire consentir votre oncle à être de cette Académie, non point qu'il ne se tînt très honoré qu'on eût songé à lui, mais parce, disoit-il, qu'il n'avoit point les qualités nécessaires pour être mis avec tant d'excellens hommes. Cette modestie étoit sincère, quoi qu'il eût lui seul les talens de dix autres. La famille, qui se joignit à moi et qui passa plusieurs jours à le presser là-dessus, eut bien de la peine à le faire résoudre. Dans la suite, M. Duhamel[10], abbé de Saint-

truments destinés à la mesure des angles et aux niveaux, créant ainsi le premier des instruments de précision qui permirent des observations astronomiques et géodésiques d'une exactitude inconnue auparavant.

1. Samuel Cottereau Duclos, médecin ordinaire du roi, né à Paris, mort en 1715, dans un couvent de capucins, où il était entré en 1685.

2. Claude Bourdelin, chimiste, né à Villefranche, près de Lyon, en 1621, mort le 15 octobre 1699.

3. Marin Cureau de La Chambre, écrivain et physicien, médecin ordinaire du roi et démonstrateur au Jardin des Plantes. Il avait été agrégé aux membres fondateurs de l'Académie française à la fin de décembre 1634. Né à Saint-Jean d'Assé, au domaine de La Chambre, près Le Mans, en 1596, il mourut à Paris, rue de Grenelle, le 29 novembre 1669 et fut inhumé à Saint-Eustache. On peut consulter sur lui : *Marin et Pierre Cureau de La Chambre*, par René Kerviler (Le Mans, 1877, in-8°).

4. Adrien Auzout, né à Rouen, en 1630, mort en 1691. Il vécut dix-sept ans en Italie, où il étudia particulièrement l'architecture antique (*Voyage de Lister à Paris en 1698*, publié par la Société des Bibliophiles français, p. 97).

5. Jean Pecquet, médecin et ami de Fouquet et de Mme de Sévigné, docteur de la faculté de Montpellier, né à Dieppe en 1622, mort à Paris en février 1674.

6. Jacques Buot, cosmographe et ingénieur du roi, professeur de mathématiques des pages de la grande écurie, mort en 1673.

7. Louis Gayant, chirurgien des armées du roi, professeur aux Ecoles de physique, né à Clermont-en-Beauvaisis, mort à Maëstricht, le 19 octobre 1673.

8. L'abbé Edme Mariotte, célèbre physicien, inventeur de la loi de physique à laquelle son nom reste attaché. Né en Bourgogne en 1620 (?), il fut prieur de Saint-Martin-sous-Beaune et mourut à Dijon le 12 mai 1684.

9. Nicolas Marchant, directeur pour les Plantes du Jardin royal, docteur en médecine de l'Université de Padoue, premier botaniste de Monsieur, Gaston de France, mort en 1678.

10. Jean-Baptiste Duhamel, oratorien, curé de Neuilly-sur-Marne, aumônier

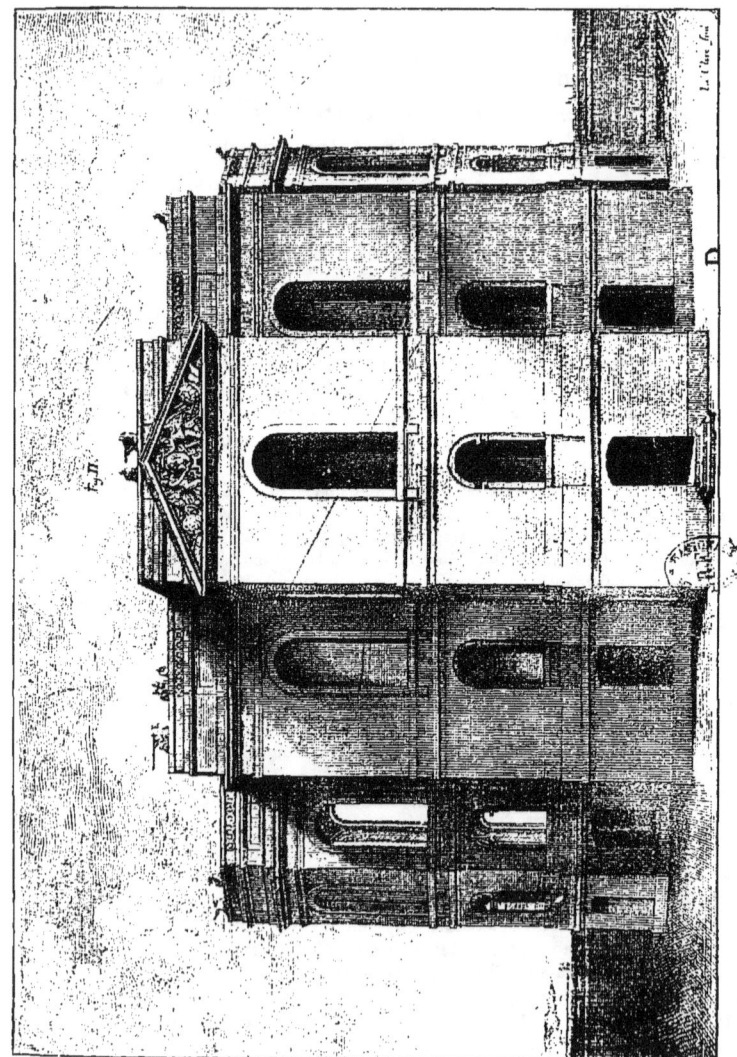

L'Observatoire de Paris.

D'après Claude Perrault. Gravure de Sébastien Le Clerc.

Lambert, fut admis dans l'Académie, son mérite ayant
été connu à l'occasion de la traduction qu'il fit des *Droits
de la reine*, en latin, comme je le dirai ci-après. M. l'abbé
Galois[1] le suivit; mon frère le médecin l'avoit indiqué à
M. Colbert pour être son bibliothécaire, et c'est par-là
qu'il entra dans l'Académie. M. Blondel[2], qui depuis a
été maître de mathématiques de Monseigneur le Dauphin, y entra ensuite, et ce fut moi qui le proposai. M. de
Cassini[3] fut proposé environ ce temps là par M. de Carcavi, qui le fit venir de Boulogne en Italie, où il étoit
professeur, et lui fit donner neuf mille livres de pension
dont il jouit encore aujourd'hui. M. de Carcavi espéroit
d'en faire son gendre, mais ce projet ne réussit pas, et
M. de Cassini prit alliance d'un autre côté. M. Dodart[4],
ayant été proposé par mon frère le médecin, fut reçu

du roi, né à Vire en 1624, mort le 6 août 1706. Astronome, physicien, théologien, il fut le premier secrétaire perpétuel de l'Académie (4 février 1666).

1. L'abbé Jean Galloys, né à Paris, le 14 juin 1632, mort dans la même ville
le 19 avril 1707. Rédacteur et l'un des fondateurs du *Journal des savants*
(1665-1674), abbé de Saint-Martin-de-Cores, près d'Avallon, garde de la
Bibliothèque du roi après la mort de Colbert, professeur de grec au Collège
de France, membre de l'Académie des Inscriptions et de l'Académie des
Sciences (1668), élu à l'Académie française, le 5 décembre 1672, en remplacement de l'abbé de Bourzeis.

2. François Blondel, seigneur des Croisettes et de Gaillardon, maréchal
des camps et armées du roi, professeur de mathématiques du Dauphin, lecteur au Collège royal, directeur de l'Académie d'architecture, conseiller
d'État, architecte, auteur de la porte Saint-Denis et de la porte Saint-Bernard
(aujourd'hui détruite). Né à Ribemont (Aisne) en 1617 et mort à Paris le
21 janvier 1686, il fut admis, en 1669, à l'Académie des Sciences, en qualité
de géomètre.

3. Jean-Dominique Cassini, né à Perinaldo, dans le comté de Nice, le
8 juin 1625, mort à Paris, le 14 septembre 1712. Il enseignait l'astronomie à
Bologne, quand il vint s'établir en France. Admis à l'Académie des Sciences
en qualité d'astronome en 1669, il fut naturalisé français en 1673 et organisa
l'Observatoire, dont il n'approuvait pas les plans. Cassini épousa Geneviève
de Laistre, fille de Pierre de Laistre, lieutenant général à Clermont-en-Beauvaisis.

4. Denis Dodart, né à Paris en 1634, admis à l'Académie comme botaniste
en 1673, mort le 5 novembre 1707. Médecin de Louis XIV, de la princesse de
Conti et de la duchesse de Longueville; docteur régent de la faculté de
Médecine; professeur de pharmacie.

peu de temps après. A l'égard de M. du Vernay[1], il n'y
fut mis qu'après la mort de M. Gayant, chirurgien, pour
faire les dissections en sa place ; ce fut mon frère qui
l'indiqua et qui luy aida de son crédit, de son argent et
même de son sçavoir, pour remplir d'abord avec dignité
tout son emploi. Environ le même temps, M. de la Hire[2]
fut reçu dans l'Académie.

Outre les hommes que je viens de nommer, qui
tenoient les premières places dans l'Académie, il y en
avoit d'autres d'une classe inférieure et qui n'y étoient
que pour écouter et pour exécuter ce qui avoit été résolu
par la compagnie, et particulièrement pour faire des
observations dont elle avoit besoin. De ce nombre étoient
le sieur Richer[3], qui alla à la Cayenne pour y faire des
observations; le sieur Niquet[4], qui avoit soin de la construction des modèles et des machines qu'on faisoit faire,
soit que ces machines fussent anciennes, comme la
pompe du Pont-Neuf, les grues, les engins, les moulins
à vent, etc., soit qu'elles fussent de nouvelle invention,
comme des machines à nettoyer des ports de mer, à scier
des pierres, à faire des bas de soie[5], des rubans, etc. Il
y avoit encore plusieurs de ces élèves dont les noms ne

---

1. Guichard-Joseph-Pierre Du Verney, professeur d'anatomie au Jardin
royal, né à Feurs-en-Forez (Loire), le 5 août 1648 ; admis en 1676, comme
anatomiste ; mort le 10 septembre 1730.

2. Philippe de La Hire, professeur de mathématiques au Collège royal,
membre de l'Académie d'architecture, né à Paris, le 18 mars 1640 ; admis
comme astronome à l'Académie des Sciences, en 1678 ; mort à Paris le
21 avril 1718.

3. Jean Richer, né en 1630 ,mort à Paris en 1696, a publié des *Observations
astronomiques et critiques faites en l'île de Cayenne* (1679).

4. Antoine Niquet. On le voit figurer jusqu'en 1675 sur les comptes des
bâtiments du roi, « en considération du soin particulier qu'il prend des modèles de machines de l'Académie ».

5. Dans son livre intitulé *le Cabinet des beaux-arts*, Perrault revient
(p. 40) sur la machine à faire des bas de soie, qu'il regarde « comme le fruit
de la plus profonde méditation dont l'esprit humain soit capable », déclarant
« qu'il est fâcheux qu'on ignore le nom de celui qui l'a trouvée ».

me reviennent pas à la mémoire. Le sieur Couplet[1] fut nommé pour être comme l'huissier de la compagnie et depuis il fut fait concierge de l'Observatoire dès qu'on commença à le bâtir.

Il fut réglé que l'Académie s'occuperoit à cinq choses principales : aux mathématiques, à l'astronomie, à la botanique ou science des plantes, à l'anatomie et à la chymie. M. Roberval, M. Frenicle, M. Huygens et M. Blondel s'appliquoient particulièrement à ce qui regarde les mathématiques ; M. de Cassini, M. Auzout, et depuis M. de la Hire, eurent l'astronomie pour leur partage ; M. de La Chambre, M. Perrault, M. Gayant, et depuis M. du Vernay, travaillèrent à l'anatomie ; M. Duclos, M. Bourdelin, et depuis M. Borel[2], eurent soin de la chymie ; M. Dodard et M. Marchand s'appliquèrent à la connaissance des plantes et de tout ce qui regarde la botanique. M. du Hamel fut d'abord le secrétaire de la compagnie, et M. Colbert de Croissi l'ayant quelque temps après mené en Angleterre, où il alla en qualité d'ambassadeur, M. l'abbé Gallois en fit la fonction, et M. du Hamel, étant de retour, reprit sa place et l'occupe encore.

M. l'abbé de Bourséis demanda qu'il y eût des académiciens pour la théologie, et M. Colbert l'ayant agréé, plusieurs docteurs en théologie furent nommés, entre autres l'illustre M. Ogier[3], le plus célèbre prédicateur de son temps, qui, après avoir charmé Paris, s'étoit fait admirer en Allemagne à la suite de M. d'Avaux, ambassadeur, qui l'avoit emmené en qualité de son ami. Ce

1. Claude-Antoine Couplet, ingénieur hydraulicien, professeur de mathématiques des pages de la Grande Écurie, né à Paris le 20 avril 1642, mort le 25 juillet 1722, fut trésorier de l'Académie des sciences en 1696.

2. Pierre Borel, médecin du roi, né à Castres, en 1620, mort dans la même ville, en 1689, admis à l'Académie des Sciences en 1674.

3. François Ogier, mort le 28 juin 1670, et son frère aîné Charles Ogier, mort le 11 août 1654.

M. Ogier avoit un frère fort illustre aussi qui a écrit ses voyages vers le Nord très-élégamment, sous le titre d'*Iter Danicum*. Ils avaient deux sœurs d'un mérite extraordinaire et qui étoient fort amies de toute notre famille. Les conférences de théologie durèrent peu, car la Sorbonne, qui en fut allarmée, vint par députés s'en plaindre à M. Colbert, qui se rendit à leurs remontrances, n'ayant pas pu disconvenir qu'il y avoit du péril à laisser le pouvoir à des particuliers de disputer sur des matières de religion, qu'il falloit laisser entre les mains des Facultés établies pour en connoître. Il fut en même temps résolu que dans l'Académie occupée aux sciences que j'ai marquées, on ne disputeroit point de matière de controverse ni de politique, à cause du péril qu'il y a de remuer ces matières sans mission ou sans nécessité. Il fut encore ordonné que les astronomes ne s'appliqueroient point à l'astrologie judiciaire, et que les chymistes ne travailleroient point à la pierre philosophale, ni près, ni loin, ces deux choses ayant été trouvées très-frivoles et très-pernicieuses.

Gratification des gens de lettres. — Cette Académie n'étoit pas encore tout à fait établie que M. Colbert fit un fonds de la somme de cent mille livres sur l'état des bâtimens du roi, pour être distribuée aux gens de lettres. Tout ce qui se trouva d'hommes distingués pour l'éloquence, la poësie, les méchaniques et les autres sciences, tant dans le royaume que dans les pays étrangers, reçurent des gratifications, les uns de 1 000 écus, les autres de 2 000 livres, les autres de 500 écus, d'autres de 1 200 livres, quelques-uns de 1 000 livres, et les moindres de 600 livres. Il alla de ces pensions en Italie, en Allemagne, en Danemark, en Suède, et aux dernières extrémités du Nord ; elles y alloient par lettres de change et à l'égard de celles qui se distribuoient à Paris, elles

se portèrent la première année chez tous les gratifiés par
le commis du trésorier des bâtimens, dans des bourses
de soie et d'or les plus propres du monde ; la seconde
année dans des bourses de cuir, et comme toutes choses
ne peuvent pas demeurer au même état et vont naturellement en diminuant, les années suivantes il fallut les aller
recevoir soi-même chez le trésorier, en monnoie ordinaire, et les années commencèrent à avoir quinze et
seize mois. Quand on déclara la guerre à l'Espagne une
grande partie de ces gratifications s'amortirent et il ne
demeura presque plus que celles des académiciens de la
petite Académie et de l'Académie des sciences, ce qui a
continué et continue encore jusqu'à présent. Votre oncle
le médecin a toujours eu 2 000 livres d'appointement,
comme étant de l'Académie des sciences, sans compter
les gratifications qu'il a reçues comme travaillant aux
desseins du Louvre, de l'Observatoire et de l'Arc de
Triomphe et de plusieurs ouvrages faits à Versailles,
comme je le dirai en son lieu.

Il fut résolu que l'Académie des sciences s'assem-
bleroit à la Bibliothèque du Roi, dans une salle basse, où
elle s'assemble encore, et qu'elle y tiendroit ses assemblées deux fois la semaine, le mercredi et le samedi.

*Établissement d'un laboratoire pour la chymie dans le
logis de la Bibliothèque royale.* — Deux choses ayant
paru nécessaires pour mettre l'Académie en état de
travailler et de répondre à ce que l'on se promettoit de
son établissement, sçavoir un laboratoire pour la chymie
et un observatoire pour l'astronomie, M. Colbert ordonna
que l'on construiroit un laboratoire dans l'endroit du
logis de la bibliothèque qui s'y trouveroit propre et
qu'on suivroit le plan et les desseins qu'en donneroit
M. Duclos, et que l'on lui fourniroit en même tems
tous les ustanciles, outils, drogues et vaisseaux dont il

4

auroit besoin pour les opérations qu'il conviendroit faire.

Bâtiment de l'Observatoire. — Messieurs de l'Académie furent chargés d'examiner où l'on pourroit bâtir un Observatoire[1]. Ils jettèrent d'abord les yeux sur Montmartre, comme un lieu dont on découvroit aisément tout l'horizon ; mais on trouva que toutes les fumées de Paris, qui est au midi de cette montagne, étoient un obstacle perpétuel à toutes sortes d'observations. Après avoir encore revu tous les environs de Paris, on ne trouva point de lieu plus propre pour placer cet édifice, que celui où il a été construit. Il a Paris au nord, où il n'y a point d'observations à faire, regarde directement le midi et découvre tout l'horizon depuis le lever d'esté et au-delà, jusqu'au coucher d'esté et beaucoup plus loin encore. Votre oncle eut ordre de M. Colbert de faire un dessein de cet Observatoire, qu'il approuva extrêmement et qui a été exécuté sans y rien changer, si ce n'est que lorsque M. de Cassini arriva en France, M. Carcavi, qui vouloit le faire valoir, lui mit dans l'esprit de faire changer quelque chose.

Changements faits à l'Observatoire à l'arrivée de M. de Cassini. — M. Le Vau, premier architecte du roi, chagrin qu'un autre que lui donnât des desseins pour les bâtimens, appuya la pensée de M. de Cassini, qui étoit de changer le plan de l'étage noble, et d'y faire une grande pièce qu'il prétendoit nécessaire aux observations. Votre oncle eut beau représenter que cela ne pouvoit se faire sans hausser le bâtiment, ce qui étoit impossible, la grande corniche étant posée, à moins que de surbaisser extraordinairement la voute de cette grande pièce, chose où il y avoit beaucoup d'inconvénient, que cela appetissoit de la moitié la cage du grand escalier et

1. Voyez Appendice I.

le rendoit fort rude et peu agréable, de très-beau et très-magnifique qu'il étoit, et que d'ailleurs cette grande pièce ne paroisssoit point nécessaire et celle qu'ils faisoient étoit plus que suffisante ; il fallut en passer par l'avis de M. de Cassini et de M. Le Vau, et faire une espèce de petit attique au-dessus de la grande corniche pour donner plus d'élévation au bâtiment. L'escalier fut gâté, et la grande pièce n'a jamais servi à aucune des observations auxquelles on la jugeoit nécessaire. Il est même arrivé que, pour avoir fait cette pièce trop grande, la voute s'est fendue, de même que le massif, et qu'il a fallu racommoder et la voute et la chappe de ciment au-dessus et qu'il y aura apparemment toujours quelque chose à faire à cette voute. Ce fut une grande faute à laquelle votre oncle ne consentit jamais. M. de Cassini a eu encore un entêtement de ne vouloir point qu'on représentât au naturel les douze signes du zodiaque, en marbre et par pièces de rapport, quoique M. Colbert y eut consenti, ce qui eût été fort beau, et cette résistance, qu'on n'a jamais comprise, a empêché que cette pièce n'ait été toute pavée de marbre ; car les guerres qui sont venues depuis ont fait quitter ces sortes de dépenses. M. de Roberval, qui n'aimoit pas M. de Cassini et qui le regardoit comme son concurrent en mathématique, dit assez plaisamment, sur l'empressement qu'avoit M. Carcavi de faire valoir les avis de M. de Cassini, que M. Carcavi ressembloit à un écuyer qui veut faire valoir le cheval qu'il met dans l'écurie de son maître. Lorsqu'on commença à bâtir l'Observatoire qui fut au mois de mars de l'année [1667], il y avoit déjà du temps qu'on travailloit au bâtiment du Louvre. Ce qui s'est fait touchant ce bâtiment est très-curieux et de très-grande conséquence ; c'est pourquoi je reprendrai la chose dès son commencement.

LIVRE DEUXIÈME

───

Par où on commença à travailler au bâtiment du Louvre. — Quand M. Colbert fut fait surintendant des bâtimens du roi, ou du moins qu'on commença à lui en faire publiquement des compliments, qui fut au premier jour de l'année 1664, il y avoit déja non-seulement des fondemens jettés pour la face principale du Louvre, mais une partie de cette façade étoit élevée huit ou dix pieds hors de terre. Cela avoit été bâti sous les ordres de M. de Ratabon, dernier surintendant, et sur les desseins de M. Le Vau [1], premier architecte.

Les architectes de Paris sont invités à critiquer le dessein de M. Le Vau et à en donner de leur façon. — M. Colbert n'étoit pas content de ce dessein [2], et, se faisant une affaire d'honneur et capitale de donner à ce palais une façade digne du prince qui la faisoit bâtir, commença par faire examiner le dessein de M. Le Vau par tous les architectes de Paris et les invita à en venir voir le modèle

───

1. Louis Le Vau, né en 1612, premier architecte du roi de 1653 à 1670, époque de sa mort. C'est lui qui construisit le château de Vaux pour Fouquet, et cette circonstance n'était pas pour le servir auprès de Colbert et du roi.

2. M. Léon Mirot signale aux Archives nationales, série O¹ 1666², liasse 2, un *Plan proposé à faire pour augmenter l'ancien dessein du palais du Louvre pour le premier estage, par le sieur Le Vau, premier architecte du roy*, qui lui paraît être le plan dont il est ici question [Léon Mirot, *Le Bernin en France, les travaux du Louvre et les statues de Louis XIV*, dans les *Mémoires de la Société de l'histoire de Paris et de l'Ile de France*, t. XXXI (1904), p. 163, n° 2. Ce plan est reproduit].

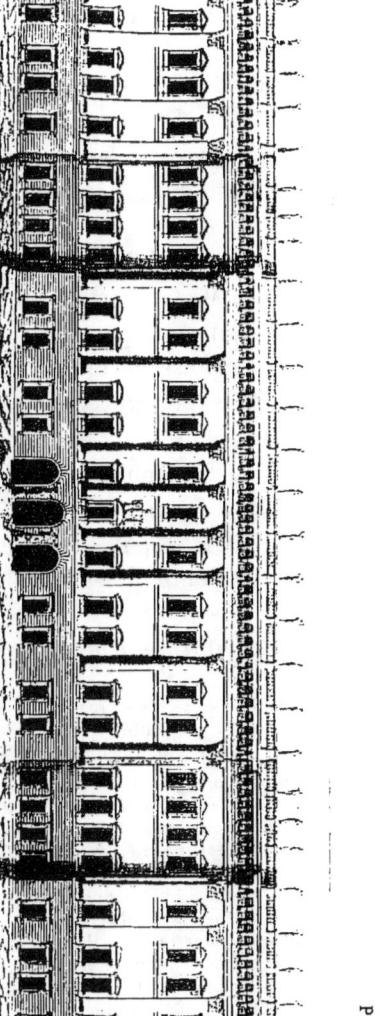

LA FAÇADE ORIENTALE DU LOUVRE.
D'après le cavalier Bernin.

Pl. 5.

de menuiserie[1] dans une salle où il étoit exposé aux yeux de tout le monde, et en même temps il invita ces mêmes architectes à faire des desseins de cette façade, promettant de faire exécuter celui qui auroit le mieux rencontré et que le Roi trouveroit le plus à son goût. Presque tous les architectes blamèrent le dessein de M. Le Vau, et en firent la critique dans des mémoires qu'ils donnèrent. Plusieurs même apportèrent des desseins de leur invention, qui furent aussi exposés dans la même salle où étoit le modèle du dessein de M. Le Vau. Votre oncle fit un dessein à peu près semblable à celui qu'il donna depuis et qui a été exécuté[2]. M. Colbert, à qui je les montrai, en fut charmé, et ne comprenoit pas qu'un homme qui n'étoit pas architecte de profession eût pu faire une si belle chose. Ce dessein qui est double, l'un géométral et l'autre en perspective, sont dans deux enchassures de bois tout simple et sont dans la grande armoire de mon garde-meuble. La pensée du peristile est de moi, et l'ayant communiquée à mon frère, il l'approuva et la mit dans son dessein, mais en l'embellissant infiniment, comme il en était capable.

Dessein de M. Perrault, le médecin, exposé à la critique

1. Il fut exécuté en menuiserie et en stuc par Antoine Saint-Yves et rehaussé de dorures par Le Hongre (J.-J. Guiffrey, *Comptes des bâtiments du roi sous le règne de Louis XIV*, t. I, col. 14 et 15).

2. M. Mirot met en doute (*op. cit.*, p. 164, n. 3) la sincérité de ces assertions de Perrault. Outre qu'il est difficile, après les détails précis qu'il donne dans son manuscrit et que nous reproduisons ici pour la première fois, de ne pas croire à sa véracité, il est certain que Claude Perrault fit de nombreux projets pour le Louvre, ce qui coûtait fort peu à la fertilité de son invention. Les dessins manuscrits, aujourd'hui perdus, nous en fourniraient certainement la preuve, car ils contenaient au dire de J.-F. Blondel, « une quantité prodigieuse de projets faits pour le vieux Louvre ». D'ailleurs Blondel lui-même a reproduit dans son *Architecture française* deux plans de Claude Perrault pour la jonction du Louvre et des Tuileries, dont l'un (t. IV, pl. II) était antérieur à l'autre (pl. I). Quant à Colbert, tout séduit qu'il fut par l'imagination de Perrault, on comprend qu'il hésitât à se lancer dans une pareille entreprise confiée à un homme qui n'était pas du métier et qui pouvait, si elle échouait, devenir fort onéreuse aux finances royales.

comme les autres. — Ce dessein fut exposé dans la salle comme les autres ; ce fut un plaisir de voir les jugemens qu'on fit de ce dessein ; il fut trouvé très-beau et très-magnifique, mais on ne sçavoit à qui l'attribuer. Les plus versés dans ces matières ne connoissoient personne, hors quelque étranger qu'ils nommoient, qui pût dessiner si proprement ni si correctement. M. Colbert, quoique très-content du dessein de votre oncle, ne crut pas devoir en demeurer là ; il ne voulut rien omettre dans une affaire de cette conséquence, il résolut de prendre l'avis des plus excellens architectes d'Italie, et de les inviter, comme il avoit fait ceux de France, à faire des desseins.

On envoie à Rome le dessein de M. Le Vau pour y être examiné. Lettre écrite à M. Poussin. — On fit des copies du dessein de M. Le Vau qu'on envoya à Rome et que l'on adressa à M. Poussin[1], peintre ordinaire du roi et un des plus excellents qu'il y eût alors. M. Colbert m'ordonna de lui faire une lettre, et la voici :

Monsieur,

Vous connoitrez par cette lettre l'estime particulière que le Roi fait de votre mérite. Sa Majesté ayant résolu d'envoyer à Rome les plans et les élévations de son palais du Louvre, pour avoir les avis et les pensées des plus fameux architectes qui y font leur demeure, et, pour cet effet, ayant besoin d'un personne très-intelligente et très-capable pour les consulter de sa part sur cette matière, elle a cru ne pouvoir remettre le soin de cette affaire en de meilleures mains que les vôtres. Elle a non seulement considéré que la connaissance parfaite que vous avez de la peinture et de l'architecture vous rendoit très-capable de cet emploi, mais aussi que le long séjour que vous avez fait à Rome, joint à votre mérite, vous ayant sans doute attiré l'amitié de tout ce qu'elle a d'excellents hommes, personne ne pourroit mieux

---

1. Sur Poussin, voyez la pénétrante étude de M. Paul Desjardins dans la collection *les Grands Artistes.*

que vous en tirer les lumières et les avis qu'on leur demande.
Le discours qui accompagne les plans et les élévations que je
vous envoie et qui leur sert d'explication vous instruira suffisamment des choses sur lesquelles il les faut consulter, et il
suffira de toucher quelques observations sur la manière dont je
crois que vous devez vous conduire avec eux. J'estime qu'avant
que de les assembler, il seroit nécessaire de les voir, de leur
communiquer les desseins à tous séparément, les leur laisser
même quelque temps pour former leur idée en particulier, afin
qu'il se rencontrât plus de diversité dans leurs pensées, et aussi
afin que chacun ait la gloire toute entière de ce qu'il auroit
inventé, sans qu'on pût lui reprocher d'avoir été secouru par
l'avis de quelqu'autre. Ensuite, il seroit bon de les assembler,
si cela se pouvoit, et de les entendre approuver ou condamner
ce qu'ils auroient proposé les uns et les autres, pour juger en
gros de quel côté pencheroit l'avis de l'assemblée, et sçavoir ce
qui auroit été le plus généralement approuvé. Je ne limite point
le nombre de ceux que vous consulterez ; il faut prendre garde
seulement que la chose ne traîne pas en longueur, en admet-
tant indifféremment toutes sortes de gens à dire leur avis et,
d'un autre côté, d'avoir soin de n'oublier aucun de ceux qui
sont en grande réputation, comme les signori Pietro di Cortone,
Reynaldi Areveti, le cavalier Bernin, et quelques autres des plus
fameux. Il faut les prier tous de donner leur avis par écrit, ce
que je crois qu'ils feront volontiers, étant malaisé qu'ils ayent de
l'indifférence pour la gloire qui leur reviendra d'avoir donné
des desseins pour le plus beau et le plus superbe palais du
monde, et de les voir préférer, en cas qu'on suive leur avis, à
ceux de tous les plus fameux architectes de leur siècle. Mais ce·
qu'il est nécessaire particulièrement de leur faire entendre, c'est
que, quand ils condamneront quelque chose dans les desseins
qu'on leur envoye, ils ajoutent les raisons qu'ils en ont ; comme
aussi, quand ils avanceront quelque pensée et quelque dessein,
ils l'appuyent ou de quelques raisons d'architecture, ou d'exemples considérables. Voilà de quelle sorte je pense que la chose
se doit traiter ; néanmoins, comme il se peut rencontrer des
difficultés imprévues en s'y conduisant de cette manière, je
remets le tout à votre prudence et vous laisse le choix de l'ordre
que vous tiendrez en cette affaire, qui est sans doute très-impor-
tante, puisqu'il s'agit de mettre en sa perfection le plus bel

édifice du monde, et de le rendre digne, s'il se peut, de la grandeur et de la magnificence du prince qui le doit habiter. Je ne doute pas, Monsieur, que la pensée qu'a eue le Roi d'achever son palais du Louvre ne vous ait donné bien de la joie, puisqu'il est aisé de remarquer dans ce dessein l'amour que Sa Majesté a pour tous les beaux arts que vous possédez. Il est constant qu'elle a dessein de les mettre dans le plus haut point de perfection où ils ayent jamais été, et qu'elle veut que son règne soit fameux, non seulement par les grandes actions de sa vie, mais aussi par une infinité d'hommes illustres en toute sorte de professions, qui égalent et surpassent même ceux de l'antiquité. Pour cet effet, elle n'oublie rien de tout ce qui peut exciter naturellement la vertu dans le cœur de ceux qui ont quelque disposition aux grandes choses et elle leur donne de sa part tous les moyens de se perfectionner. Pour allumer le désir des sciences, elle a gratifié tous les gens de lettres qui avoient quelque réputation extraordinaire et partout où le mérite a éclaté, non-seulement en France, mais dans toute l'Europe, on y a vû paroître en même temps des marques de sa libéralité royale. A l'égard de la peinture et de la sculpture, que Sa Majesté aime singulièrement, et qu'elle regarde comme deux arts qui doivent particulièrement travailler à sa gloire et transmettre son nom à la postérité, elle n'omet rien de ce qui peut les remettre en leur dernière perfection. Ce fut par ce motif si noble et si louable qu'elle établit à Paris, il y a quelques années, une Académie royale de peinture et de sculpture, gagea des professeurs pour l'instruction de la jeunesse, proposa des prix aux étudians, et donna à cette assemblée tous les privilèges qu'elle pouvoit souhaiter. Cette institution n'a pas été infructueuse : il s'y forme des jeunes gens qui promettent beaucoup et qui donneront quelque jour d'excellens maîtres. Mais, parce qu'il semble encore nécessaire aux jeunes gens de votre profession de faire quelque séjour à Rome, pour là se former le goût et la manière sur les originaux et les modèles des plus grands maîtres de l'antiquité et des siècles derniers, et qu'il arrivera souvent que ceux qui ont le plus de génie et de disposition négligent ou ne peuvent en faire le voyage à cause de la dépense, Sa Majesté a résolu d'y en envoyer tous les ans un certain nombre qui sera choisi dans l'Académie, et qu'elle entretiendra à Rome durant le séjour qu'ils y feront. Sa Majesté, considérant

encore qu'il seroit très utile pour l'avancement et le progrès de
ces jeunes gens, d'être sous la direction de quelque excellent
maître qui les conduisît dans leur étude, qui leur donnât le bon
goût et la manière des anciens, et qui leur fasse remarquer, dans
les ouvrages qu'ils copieront, ces beautés secrètes et presque
inimitables qui échappent aux yeux de la plûpart de ceux qui les
regardent, et qui ne sont apperçues que par les plus habiles,
pour cet effet, Sa Majesté a résolu d'avoir toujours à Rome quelque maître illustre pour avoir le soin et la direction des étudians
qu'elle y envoyera, et vous a choisi, Monsieur, et nommé pour
celui qu'elle charge présentement de cette conduite. C'est pour
cette considération et dans cette vue qu'elle m'a commandé de
vous faire tenir la somme de douze cents écus[1], que vous recevrez
sous la lettre de change ci incluse. Voilà, Monsieur, ce que Sa
Majesté m'a commandé de vous écrire. Je ne doute point qu'elle
ne reçoive de votre part toute sorte de satisfaction dans l'exécution des deux choses importantes dont elle vous charge. En mon
particulier, [je vous assure] que l'honneur que le Roi vous a fait
me donne beaucoup de joie, et que j'en aurai toujours d'en rendre
aux personnes de votre mérite.

Cette lettre, qui devoit être signée de M. Colbert, ne
fut point envoyée, et je n'en sçai point la raison. Les
desseins partirent et furent vûs à Rome par tous les
fameux architectes de ce temps-là, qui envoyèrent tous
des desseins de leur façon, auxquels on n'eut aucun
égard. Ces desseins étoient tous fort bizares, et n'avoient
aucun goût de la belle et sage architecture.

Résolution de faire venir en France le cavalier Bernin.
Lettre du Roi au cavalier Bernin. — Dans ce même temps,
il y avoit à Paris un certain abbé Benedetti[2], qui avoit
fait connoissance avec M. Colbert du temps qu'il étoit

1. Le mot *livres* a été remplacé par le mot *écus*, également biffé.
2. Elpidio Benedetti fut l'agent de Mazarin, à Rome, puis celui de Lionne
et de Colbert. Dès 1645, il avait servi d'intermédiaire entre Mazarin et Bernin pour essayer de décider celui-ci à venir à la cour de France (L. Mirot,
op. cit., p. 167). Benedetti, qui se trouvait en France au moment où Colbert
songeait à faire examiner les plans du Louvre de Le Vau par des artistes

intendant de M. le cardinal Mazarin. Cet abbé, soit qu'il
fût ami du cavalier Bernin, soit que le cavalier se le fût
rendu ami par des voies que je n'ai point sçues, prôna
tellement son mérite, et le mit si fort au-dessus de tous
les architectes d'Italie, que M. Colbert prit la résolution
de le faire venir en France. Quelques-uns disent que le
cardinal Barberin [1] fut le premier qui prôna le cavalier
Bernin, M. de Bellefonds [2] ensuite, et que ce fut sur le
bien qu'ils en dirent qu'on prit la résolution de le faire
venir. Voici les lettres qui lui furent écrites :

LETTRE DU ROI [3]

Seigneur cavalier Bernin, je fais une estime si particulière de
votre mérite que j'ai un grand désir de voir et de connaître une
personne aussi illustre, pourvû que ce que je souhaite se puisse
accorder avec le service que vous devez à Notre Saint Père le
Pape, et avec votre commodité particulière. Cela m'a fait envoyer
ce courier exprès, par lequel je vous prie de me donner cette
satisfaction, et de vouloir entreprendre le voyage de France,
prenant l'occasion favorable qui se présente du retour de mon

italiens, était de retour à Rome dès le 19 avril 1664, et le lendemain même
il transmettait à Bernin la demande de Colbert, tandis qu'il retardait de
quelques jours sa démarche auprès de Pierre de Cortone.

1. Antonio Barberino, que l'on désignait d'ordinaire sous le nom du cardinal Antoine, établi en France depuis longtemps, évêque de Poitiers (1662),
grand aumônier de la Reine (1663), archevêque de Reims (1667). Le cardinal
de Richelieu l'avait pris comme intermédiaire auprès du Bernin lorsqu'il
commanda son buste à celui-ci (1641). Dès le mois d'octobre 1662, le cardinal
Antonio mandait au Bernin que Louis XIV désirait vivement le voir à Paris
(Mirot, *op. cit.*, p. 168).

2. Bernardin Gigault, marquis de Bellefonds, maréchal de France, premier
maître d'hôtel du roi, qu'il se permettait parfois de conseiller d'un ton assez
rude.

3. L'original de cette lettre ne paraît pas avoir été conservé. Il n'en est
pas de même pour les lettres que Louis XIV envoya au pape et au cardinal
Chigi, dont les autographes, gardés aux archives du Vatican, ont été publiés
par M. Fraschetti dans son livre sur Bernin (p. 339, n°s 1 et 2). En même
temps, qu'il écrivait de la sorte à l'artiste, le roi lui envoyait par un courrier
de la cour, Mancini, accompagné d'un fourrier, une somme de 30.000 livres
(Guiffrey, *op. cit.*, col. 61).

cousin le duc de Créqui, ambassadeur extraordinaire, qui vous fera sçavoir plus particulièrement le sujet qui me fait désirer de vous voir et de vous entretenir des beaux desseins que vous m'avez envoyez pour le bâtiment du Louvre, et du reste me rapportant à ce que mon dit cousin vous fera entendre de mes bonnes intentions. Je prie Dieu qu'il vous tienne en sa sainte garde, seigneur cavalier Bernin.

Signé : Louis.

De Lyonne.
A Paris, le XI avril 1665.

Lettre du Roi au Pape pour avoir le cavalier Bernin. — Une lettre à peu près semblable fut écrite au Pape et au cardinal Chigi, et fut portée par l'abbé Benedetti.

Honneurs rendus au cavalier Bernin à son arrivée en France. — C'est une chose qui n'est pas croyable que les honneurs que l'on fit au cavalier Bernin. Quand M. de Crequi alla prendre congé du Pape, *colla solita pompa,* il alla ensuite chez le cavalier Bernin, *con la medesima,* le prier de venir en France ; et, quand il partit de Rome, toute la ville fut dans une grande allarme, à ce que l'on dit, pour la crainte qu'on avoit que le Roi ne le retint en France pour toujours.

Dans toutes les villes par où il passa, les officiers eurent ordre de la part du Roi de le complimenter et de lui porter les présens de la ville[1]. La ville de Lion même, qui ne rend cet honneur qu'aux seuls princes du sang, s'en acquitta comme les autres. Des officiers envoyés d'ici exprès lui aprêtoient à manger sur sa route, et, quand il approcha de Paris, on envoya au-devant de lui M. de Chambray[2], seigneur de Chantelou, maître d'hôtel de

---

1. Le Bernin quitta Rome le 29 avril 1665. M. Léon Mirot a recueilli et publié quelques documents intéressants sur le voyage de l'artiste en Italie et en France, principalement à Lyon (*op. cit.,* p. 198-203), documents auxquels il faut joindre ceux que Jal a utilisés dans son *Dictionnaire critique,* à l'article Bernin.

2. Paul Fréart, sieur de Chantelou — et non de Chambray, comme Per-

Sa Majesté, pour le recevoir, lui tenir compagnie et l'accompagner partout où il iroit. M. de Chantelou fut choisi parce qu'il sçavoit très-bien l'italien, qu'il avoit été en Italie où il avoit fait amitié avec le cavalier Bernin, et qu'il avoit pour lui une estime au-delà de ce qui se peut imaginer. Le cavalier arriva en France sur la fin du mois de mai, et M. de Chantelou alla au-devant de lui jusqu'à Juvisi.

On le logea d'abord à l'hôtel de Frontenac[1], que M. du Metz[2], intendant des meubles de la Couronne, eut ordre de faire meubler pour lui et pour son fils, et où il établit des officiers pour faire sa cuisine et le servir. Il salua le Roi le 4 juin 1665, jour de la Fête-Dieu, et en fut reçu autant bien qu'on le sçauroit imaginer[3]. Il fit tendre ses desseins dans un cabinet fort propre, où personne n'entroit que lui, M. de Chantelou et M. Colbert. Quelques personnes de qualité, à qui M. Colbert voulut bien donner ce régal, y furent aussi admises. Au bout de quinze jours ou environ, le sieur Fossier[4], qui avoit ordre de fournir

rault le dit à tort, par confusion avec Roland Fréart, — né au Mans le 25 mars 1609, mort en 1694. Lié avec Poussin d'une longue et tendre amitié, il avait été, en 1640 et 1643, envoyé en Italie par son cousin Sublet de Noyers, surintendant des bâtiments du roi. Depuis le 2 juin jusqu'au 20 octobre 1665, Chantelou a tenu un journal de son séjour auprès du Bernin, document très précieux que Perrault a connu, comme on le verra ci-dessous, et qui, demeuré longtemps manuscrit, a été publié par Ludovic Lalanne, dans la *Gazette des Beaux-Arts* (1877-1885, *passim.*), et ensuite en tirage à part (1885). Grand in-8°, de 272 p.). C'est sous cette dernière forme que nous le citerons ici.

1. Cet hôtel était alors la propriété de la couronne et le roi plus tard y installa sa suite. Son emplacement devait se trouver parmi les constructions existant à l'intérieur de la cour du Louvre et acquises de divers particuliers en vue de l'agrandissement du palais (L. Mirot, *Le Bernin en France*, dans les *Mémoires de la Société de l'histoire de Paris*, t. XXXI, p. 207, n. 1).

2. Gédéon du Metz était alors intendant des meubles de la couronne. Il mourut à quatre-vingt-trois ans, le 4 septembre 1709, président honoraire à la Chambre des Comptes et contrôleur général des meubles de France.

3. Pour les détails de cette présentation, voyez le *Journal* de Chantelou, p. 14. Mais on n'y trouve rien sur les incidents rapportés plus bas par Perrault.

4. Daniel Fossier, garde du magasin des marbres, qui s'acquittait avec

au cavalier tout ce qui lui seroit nécessaire pour dessiner
me dit que, si je le voulois, il me feroit voir les desseins
du cavalier. J'acceptai son offre, et je vis ces desseins.
Le lendemain, M. Colbert me demanda si je les avois vus.
Dans ce moment je pris le parti sans y avoir songé auparavant de dire que je ne les avois pas vus. Je puis assurer
que c'est la seule et la première fois que je n'ai pas dit
la vérité à M. Colbert. « C'est quelque chose de fort
grand, me dit M. Colbert. — Il y a sans doute des
colonnes isolées ? lui répondis-je. — Non, me dit-il, elles
sont au tiers du mur. — La porte est fort grande ? lui
dis-je. — Non, me dit-il, elle n'est pas plus grande que
la porte de la cour des cuisines. » Je lui dis encore quelque autre chose de semblable qui alloit à lui faire remarquer que le cavalier Bernin étoit tombé dans les mêmes
défauts que l'on reprochoit au dessein de M. Le Vau, et
de la plûpart des autres architectes ; et ce fut à cette
intention que je feignis n'avoir point vu les desseins du
cavalier, ces critiques devant avoir bien plus de force, ne
l'ayant pas vu, que si je les eusse faites après l'avoir examiné ; outre que je n'aurois peut-être pas osé en dire
alors mon avis avec autant de liberté.

Buste du Roi par le cavalier Bernin. — Le cavalier
proposa, dès qu'il fut arrivé, de faire le buste du Roi. Il
fit parfaitement bien sa cour par cet endroit. On porta
chez lui le plus beau bloc de marbre, qu'on pût trouver.
Il travailla d'abord sur le marbre, et ne fit point de
modèle de terre[1], comme les autres sculpteurs ont accoutumé de faire, il se contenta de dessiner en pastel deux
ou trois profils du visage du Roi, non point, à ce qu'il

beaucoup de zèle de ses fonctions et pour qui Colbert avait une grande sym-
pathie (*Lettres de Colbert*, t. V, p. 310).

1. Le 10 juin, Bernin demanda cependant de la terre à modeler, avant
d'entreprendre le buste, « afin d'occuper ses gens » (Chantelou, p. 28).

disoit, pour les copier dans son buste, mais seulement
pour rafraîchir son idée de temps en temps, ajoutant
qu'il n'avoit garde de copier son pastel, parce qu'alors
son buste n'auroit été qu'une copie, qui de sa nature est
toujours moindre que son original.

Portrait du cavalier Bernin. — Avant que de parler
davantage de ce buste du Roi, il est bon que je vous
fasse le portrait du cavalier Bernin. Sa taille étoit un peu
au-dessous de la médiocre, ayant bonne mine et un air
fort hardi. Son âge avancé et sa grande réputation lui
donnoient encore beaucoup de confiance. Il avoit l'esprit
vif et brillant et un grand talent à se faire valoir; beau
parleur, tout plein de sentences, de paraboles, d'histo-
riettes et de bons mots dont il se servoit dans la plûpart
de ses réponses, dédaignant de répondre simplement à
ce qu'on lui demandoit. Il étoit fort bon sculpteur, quoiqu'il ait fait une statue équestre du Roi fort misérable et
si peu digne du prince qu'elle représentoit que le Roi lui
a fait mettre une tête antique[1]. Il étoit médiocre architecte, et s'estimoit extrêmement de ce côté là. Il ne
louoit et n'estimoit presque rien que les hommes et les
ouvrages de son pays. Il citoit fort souvent Michel-Ange,
et on l'entendoit presque toujours dire : *Si come diceva
il Michel Angelo Buonarotti*[2].

Le Roi ne fut pas longtems à s'apercevoir qu'il louoit
peu de choses, et l'ayant dit à l'abbé Butti[3], grand par-

1. Cette figure, tout en marbre d'un seul bloc, est au bout de la pièce des
Suisses du jardin de Versailles. A la place de la tête de Louis XIV on y a
mis une tête de Marcus-Curtius, que M. Girardon, avoit copiée d'après l'antique (note de Patte). Voyez ci-dessous p. 85.

2. Comme disait Michel-Ange Buonarotti.

3. L'abbé Butti était né à Rome. Naturalisé en 1654, le roi lui accorda, le
9 novembre de cette année, une pension de 2000 livres sur l'évêché de Carcas-
sonne. Sur sa promesse de résider en France, Butti obtint en 1673, permission de disposer des biens qu'il y pourrait acquérir (Léon Mirot, *Le Bernin
en France*, dans les *Mémoires de la société de l'histoire de Paris*, t. XXXI,
p. 168, n° 1).

tisan du cavalier, cet abbé eut la hardiesse de dire au roi que c'étoit M. Le Brun qui faisoit courir ce bruit là, parce que le cavalier ne louoit pas ses ouvrages, qui en effet ne valoient rien. J'ai toujours remarqué dans les Italiens un grand acharnement sur M. Le Brun. J'en rapporterai dans la suite plusieurs exemples et dirai seulement ici que c'est une marque bien assurée qu'ils regardoient M. Le Brun comme un des plus grands hommes qu'il y ait jamais eu pour la peinture.

Revenons au buste du Roi [1]. Le cavalier y réussit heureusement quoiqu'il y ait plusieurs défauts. Le front est trop creux et diminue quelque chose de la belle physionomie du Roi. M. Varin [2] fut le premier qui s'en aperçut, ou du moins qui osa le dire. Le nez est un peu trop serré, et l'écharpe, à laquelle on donne tant de louanges, n'est pas bien entendue. Comme elle enveloppe le bout du bras du Roi, ce ne peut être qu'une écharpe qu'on a mise sur le buste du Roi, et non pas l'écharpe qui étoit sur le corps du Roi quand on a fait son buste, parce que cette écharpe alors n'environnoit pas son bras de la manière qu'elle l'environne.

Devis pour le bâtiment du Louvre fait par le cavalier Bernin. — Pendant qu'il travailloit à ce buste, on disposoit toutes choses pour l'exécution de son dessein pour le devant du Louvre. Il fit un devis, le plus ample qu'on ait jamais fait et le plus rempli de précautions inutiles, qu'il falloit cependant regarder comme des effets d'une prudence consommée. Il fit venir de Rome des *Muratieurs* [3]; c'est ainsi qu'on nomme là ceux que nous appe-

---

1. Ce buste est à Versailles dans la salle de Vénus.

2. Jean Varin, le célèbre graveur en médailles, sculpteur, contrôleur général et graveur général des monnaies de France, né à Liège en 1604, mort à Paris le 22 août 1672.

3. Ils se nommaient Pietro Fassi, Jacomo Patriarca, Bellardino Rossi et

lons ici des maçons, prétendant que nous n'entendions
rien à bâtir.

Manière de bâtir des Italiens. — Il vouloit qu'on obser-
vât deux choses, qu'il est bon de pratiquer en Italie, où
l'on se sert de possolane au lieu de sable, mais qui ne
valent rien en ce pays : la première, d'employer le moilon dans les fondations sans le dresser un peu avec le
marteau et le poser par assises, mais comme il se présente, tout biscornu et sans aucun arrangement, parce,
disoit-il, qu'étant jeté à l'avanture, il faisoit une meilleure
liaison avec le mortier, et un corps plus solide. Et la
seconde étoit de mouiller le moilon en le mettant en
œuvre. Nos entrepreneurs soutenoient vigoureusement
le contraire, en sorte qu'il fut résolu[1] qu'on feroit un
essai des deux constructions dans une place du palais
Mazarin.

*Deux essais de mur et de voute, l'un par les Italiens,
l'autre par les Français.* — Les murateurs bâtirent à leur
manière deux murs de cinq à six pieds de haut, sur
lesquels ils construisirent une voute de la même construction que les murs, c'est-à-dire de moilons posés à
l'avanture ; nos entrepreneurs élevèrent des murs de la
même hauteur, et firent au-dessus une voute de la même
forme et figure que celle des Italiens, avec les mêmes
matériaux, mais employés en la manière qu'on le pratique
en France.

*Celui des Italiens tomba au premier dégel et celui des
Français demeura ferme et en son entier.* — Il est vrai
que l'hiver ayant passé sur ces deux édifices, la voute
des Italiens tomba d'elle-même au premier dégel, et
que celle de nos entrepreneurs demeura ferme et

arrivèrent le 16 septembre 1665. Fassi avait déjà travaillé en France (Chantelou, *Journal*, p. 164).

1. Le 29 août.

plus forte qu'elle n'étoit quand ils l'achevèrent[1]. Les
... ateurs furent fort étonnés et dirent pour leur
... que c'étoit la gelée qui avoit tout gâté, comme
... une chose fort extraordinaire qu'il gelât en
...

*... une partie des défauts du dessein du cavalier
Ber...* Comme le dessein du cavalier Bernin n'étoit pas
très b... conçu et qu'il ne pouvoit être exécuté qu'à la honte
de la France, je fis un mémoire de quelques-unes des incongruités dont il étoit rempli, car je ne crus pas à propos
d'en remarquer un bien grand nombre pour la première
fois. J'envoyai ce mémoire à M. Colbert, qui étoit alors à
Saint-Germain. La première fois qu'il vint à Paris, après
l'avoir reçu, il me fit entrer avec lui dans son jardin, et
quitta même l'audiance qu'il donnoit pour me parler.
« J'ai été surpris, me dit-il, du mémoire que vous
m'avez envoyé ; tout ce que vous marquez est-il vrai, et
l'avez-vous bien examiné ? — Je ne crois pas, Monsieur,
avoir rien mis qui ne soit comme je l'ai remarqué ; mais
je vous demande pardon de la liberté que j'ai prise. —
Vous avez bien fait, me dit-il ; continuez, on ne peut trop
s'éclaircir sur une matière de cette importance. Je ne
comprends pas, ajouta-t-il, comment cet homme l'entend
de nous donner un dessein où il y a tant de choses mal
entendues. » Dès ce moment sans doute M. Colbert vit
qu'il s'étoit mal adressé, mais il crut qu'il falloit soutenir
la gageure ; il crut peut-être aussi que par ses bons avis
il remettroit le cavalier sur la bonne voie, et qu'en lui
montrant ses fautes, il lui feroit faire quelque chose
d'excellent ; mais il ne connoissoit pas encore le cavalier.

1. Cet incident n'est connu que par le récit qu'en fait ici Perrault. Mais on
sait par ailleurs qu'il y avait des rixes entre les ouvriers italiens, rixes qui
indisposaient contre eux (L. Mirot, *op. cit.*, p. 265).

Opposition du génie du cavalier Bernin à celui de M. Colbert. — D'ailleurs, il auroit été malaisé de trouver deux génies plus opposés. Le cavalier n'entroit dans aucun détail, ne songeoit qu'à faire de grandes salles de comédie et de festins, et ne se mettoit en nulle peine de toutes les commodités, de toutes les sujettions et de toutes les distributions de logemens nécessaires, choses qui sont sans nombre et qui demandent une application que le cavalier Bernin n'avoit pas et ne pouvoit avoir, du naturel prompt et vif dont il étoit.

Talents du cavalier Bernin. — Car, en un mot, je suis persuadé qu'en fait d'architecture il n'excelloit gueres que dans les décorations et les machines de théâtre. Encore, dit-on qu'il en faisòit quelquefois de très impertinentes, comme quand il fit croire que le feu avoit pris aux machines, car tout le monde pensa être étouffé par la presse qu'il y eut à se sauver de ce faux embrasement. M. Colbert, au contraire, vouloit de la précision, vouloit voir où et comment le Roi seroit logé, comment le service se pourroit faire commodément, et persuadé comme il étoit, et avec raison, qu'il falloit parvenir non-seulement à bien loger la personne du Roi et toutes les personnes royales, mais donner des logemens commodes à tous les officiers, jusques aux plus petits, qui ne sont pas moins nécessaires que les plus importans ; il se tuoit de faire et de faire faire des mémoires de tout ce qu'il falloit observer dans la construction de tous ces logements, et fatiguoit extrèmement le cavalier avec tous ces mémoires où il n'entendoit rien et ne vouloit rien entendre, s'imaginant mal à propos qu'il étoit indigne d'un grand architecte comme lui de descendre dans ces minuties. Il s'en plaignoit à M. de Chantelou, et même d'une manière peu respectueuse. « M. Colbert, lui disoit-il, me traite de petit garçon (ce sont les termes du journal de M. de

Chantelou[1], qui m'a été communiqué depuis sa mort) ; avec des discours inutiles sur des privés et des conduits sous terre, il consomme des congrégations toutes entières ; il veut faire l'habile et il n'y entend rien : c'est un vrai c....... » Il ajouta que M. Colbert lui avoit voulu faire faire *una mala creanza*[2] ; qu'il l'avoit assez poussé à cela, mais que la raison l'avoit retenu.

Ils étoient mal contents l'un de l'autre. — Si le cavalier n'étoit pas content de M. Colbert, M. Colbert de son côté n'étoit pas moins mal satisfait du cavalier, quoiqu'il n'en témoignât rien au dehors et qu'au contraire il parlât toujours de lui avec une estime extraordinaire. Il arriva une chose qui m'ouvrit les yeux là-dessus et qui me fit voir quel pays c'est que la Cour.

Occasion où M. Colbert me fit voir ce qu'il pensoit du cavalier Bernin. — Un jour M. Colbert dit au cavalier Bernin : « Nous allons nous embarquer dans un bâtiment qui coutera bien des millions, mais il n'importe, le Roi n'y aura point de regret s'il est tel qu'il a tout lieu de l'espérer. Cependant je fais une remarque que, si nous n'y prenons garde, il arrivera que dans ce bâtiment, où il y aura des salles de festins, des salles de comédie, des sallons d'une grandeur prodigieuse, des galleries admirables, et tout ce qui fait la majesté d'un grand palais, le Roi sera obligé de coucher dans une chambre si petite que la moitié des seigneurs et des officiers qui ont droit d'y entrer n'y pourront pas tenir. Ce seroit assurément un grand reproche qu'on auroit à nous faire : car il faut poser pour fondement que le Louvre doit être regardé comme une maison d'hiver, parce que dans les autres saisons le Roi peut loger dans ses autres maisons royales de campagne, qu'il faut en même temps que l'apparte-

1. P. 255.
2. Une inconvenance.

ment où sa personne sera logée soit exposé au midi,
c'est-à-dire sur la rivière, où se rencontre aussi la
belle vue. Il faut encore poser pour constant qu'on ne
peut établir le lieu où Sa Majesté couchera que dans
le pavillon qui termine l'aile qui regarde sur la rivière.
Car de faire l'appartement du Roi sur la face du
devant comme vous l'aviez proposé, il faudroit mettre
des sentinelles avancées pour empêcher le matin le bruit
des carosses et des charettes ; or, ce pavillon n'a que
trois croisées, dont il y en a deux qu'il faut donner à la
chambre de cérémonie ; de sorte qu'il n'en demeurera
qu'une pour la chambre à coucher, qui, par ce moyen,
sera si petite, comme je l'ai déjà dit, que la moitié
de ceux qui doivent y entrer n'y pourront pas tenir. »

Le cavalier promit qu'il songeroit à remédier à cet
inconvénient. Trois jours après, il apporta à l'assemblée
qui se tenait au Louvre pour les bâtimens, où étoient
M. Colbert et M. de Chambray [1], frère de M. de Chantelou, et moi, un dessein qu'il tenoit appuyé contre son
estomac, et, en s'adressant à M. Colbert, il lui dit qu'il
étoit persuadé que l'ange qui préside au bonheur de la
France l'avoit inspiré, qu'il reconnaissoit sincèrement
n'être point capable de trouver de lui-même une chose
aussi belle, aussi grande et aussi heureuse que celle qui lui
étoit venue dans la pensée. « *Io sono entrato*, poursuivit-
il, *in pensiero profondo* [2]. » Il dit ces mots avec une telle
emphase qu'il sembloit qu'il fût descendu jusqu'au fond
des enfers. Enfin, après un long discours capable d'im-
patienter le plus posé de tous les hommes, il montra son
dessein avec le même respect que l'on découvre *il vero*

1. Roland Fréart, sieur de Chambray, né le 13 juillet 1606, mort en décembre 1676. Il a publié entre autres ouvrages : *Parallèle de l'architecture
antique et de la moderne*, 1650, in-folio ; *Idée de la perfection de la peinture*, 1662, in-4° ; *Perspective d'Euclide*, 1663.

2. Je suis entré dans une profonde méditation.

ritratto di vero crucifixo [1]. Cette profonde pensée n'étoit autre chose qu'un petit morceau de papier collé sur un autre dessein du pavillon du Louvre sur la rivière, sur lequel il avoit marqué, avec du jaune, quatre croisées, au lieu de trois qu'il y avoit sur cet ancien dessein et dans le bâtiment. Il dit que de ces quatre croisées, il en conservoit deux à la chambre de parade, et qu'il donnoit les deux autres à la chambre de commodité, et qu'en repoussant un peu la cloison qui les sépare du côté de la grande chambre, il rendait à la vérité cette chambre un peu moins grande, mais que par là il agrandissoit suffisamment celle de commodité. M. Colbert parut approuver fort cette pensée et lui donna beaucoup de louanges. Moi, qui étois auprès de lui et qui étois gonflé de voir une telle forfanterie, je ne pus m'empêcher de lui dire tout bas que cela ne se pouvoit faire sans abattre tout le pavillon et même les trois autres qui sont en symétrie, chose à laquelle on étoit convenu de ne penser jamais. Le cavalier, qui apparemment fut blessé de la hardiesse que j'avois eu d'ouvrir la bouche, car il n'avait pù rien entendre, voulut sçavoir ce que j'avois dit. M. Colbert eut beau lui dire que cela ne valoit pas la peine d'être redit, il insista jusqu'à dire qu'il s'en iroit si on ne lui disoit ce que je venois de dire. Là-dessus, M. Colbert lui dit tout au long mon objection. Lui, sans y répondre, dit fièrement qu'on voyoit bien que je n'étois pas de la profession et qu'il ne m'appartenoit pas de dire mon sentiment sur une chose où je ne connoissois rien. M. Colbert lui dit qu'il avoit raison, et qu'il ne falloit pas s'arrêter à ce que je disois. Je fus traité de part et d'autre comme le plus chétif et le plus ignorant de tous les hommes. Le dessein fut admiré et, après avoir parlé ensuite de quelque

---

1. La vraie image du véritable crucifix.

autre chose, la compagnie se sépara. Le cavalier retourna
chez lui, et M. Colbert monta à son appartement qu'il
avoit dans le Louvre. Je le suivis, et, en passant dans
un corridor, je lui demandai pardon de la liberté que
j'avois prise de parler sur le dessein de M. le cavalier.
« Croyez-vous, me dit-il tout en colère, et plein d'indi-
gnation, que je ne voye pas tout cela aussi bien que vous ?
Peste soit du b...., qui pense nous en faire accroire. » Je
fus bien étonné et louai Dieu dans le même moment de
ce qu'il me faisoit voir si clairement quelle est la dissi-
mulation qu'on est obligé d'avoir quand on est à la
Cour.

Après que les desseins du cavalier parurent avoir été
suffisamment examinés, le jour fut pris pour mettre la
première pierre du fondement de la face principale du
Louvre[1]. Le Roi voulut bien la poser lui-même. La cérémonie s'en fit en la manière que voici.

*Comment le Roi posa la première pierre au bâtiment qui
fut commencé sur le dessein du cavalier Bernin.* — La
pierre que le Roi posa étoit d'un pied et demi en quarré
ou environ, taillée proprement. Dans le lit de dessus, on
y avoit entaillé la place de la médaille et de la plaque de
l'inscription, en sorte que la pierre qu'on mit dessus ne
touchoit point à la médaille ni à la plaque. Cette pierre
de dessus avoit aussi son lit de dessous bien taillé pour
se bien joindre à celle de dessous. La plaque où étoit l'inscription étoit de cuivre de deux lignes d'épaisseur et de
cinq à six pouces en quarré. La médaille étoit d'or et
avoit d'un côté la tête du roi, et de l'autre le dessein du
cavalier Bernin avec ces paroles : *Majestati et æternitati*

---

1. La *Gazette* annonce sommairement, sous la date du 17 octobre 1665, la
cérémonie de la pose de la première pierre du Louvre. Il y en a une description manuscrite plus détaillée dans les papiers Godefroy, à la bibliothèque
de l'Arsenal (ms. n° 6314, f. 275).

LA CONSTRUCTION DE LA COLONNADE DU LOUVRE,

D'après le plan de Claude Perrault. Gravure de Sébastien Le Clerc.

PL. 6.

Imperii Gallici sacrum. Elle valloit cent louis. Elle étoit fondue et de la main de M. Varin, et les paroles de M. Chapelain. La dépense de faire des poinçons et des carrés[1] étoit trop grande et auroit demandé trop de temps. On avoit préparé un auge de bois d'ébène ou de poirier noirci, fort propre, une truelle d'argent et un marteau de fer poli, avec un manche de bois violet, tourné aussi fort propre.

M. Colbert, suivi et accompagné de MM. les officiers des bâtimens, se rendit dans le milieu de la fondation, où étoient les entrepreneurs et le sieur Villedo[2], maître des œuvres. M. Colbert tenoit la toise qu'il me donna à tenir ensuite, les entrepreneurs la truelle, l'auge et les pinces, et le maître des œuvres le marteau. Le journal de M. de Chantelou porte que le cavalier Bernin tenoit la truelle. Le Roi vint, suivi de plusieurs seigneurs de la Cour. Quand Sa Majesté fut arrivée, l'un des entrepreneurs donna la truelle à M. le surintendant, qui ensuite la présenta au Roi, qui prit du mortier dans l'auge et le mit à l'endroit où se devoit mettre la première pierre, laquelle fut mise par les entrepreneurs sur le mortier. Ensuite le marteau lui fut présenté par le sieur Villedot, et Sa Majesté en frappa deux ou trois coups sur la pierre.

La médaille qui fut mise dans les fondations. — La médaille et l'inscription furent aussi présentées à Sa Majesté, qui, après les avoir regardées, les mit dans le creux de la pierre fait exprès, sur laquelle la seconde pierre fut mise. Après quoi Sa Majesté se retira et ordonna qu'on donnât cent pistoles aux ouvriers pour boire. Des trompettes qu'on avoit fait venir sur le bord de la fonda-

1. « En terme de monnoie, on appelle *quarré* la pièce d'acier dans laquelle la médaille, le jeton, la pièce de monnoie reçoit son empreinte (*Dict. de l'Académie*, 1694).

2. Michel Villedo, maître des œuvres de maçonneries des bâtiments du roi depuis 1654.

tion jouèrent des fanfares, comme ils avoient fait à l'arrivée de Sa Majesté. Le surintendant et les officiers des bâtimens accompagnèrent Sa Majesté jusqu'à la sortie de l'attelier, à la réserve du controlleur et du premier commis du surintendant qui demeurèrent sur le lieu, et qui n'en sortirent point qu'elles ne fussent recouvertes suffisamment, pour ne pas appréhender qu'on vînt la nuit enlever la médaille.

Inscriptions mises dans les fondations. — L'inscription françoise, mise dans les fondations du Louvre sur une grande plaque d'or, portoit ces paroles :

LOUIS XIV, ROI DE FRANCE ET DE NAVARRE

Après avoir dompté ses ennemis, donné la paix à l'Europe et soulagé ses peuples, résolut de faire achever le royal bâtiment du Louvre, commencé par François Ier et continué par les rois suivans. Il fit travailler quelque temps sur le même plan ; mais depuis, ayant conçu un nouveau dessein et plus grand et plus magnifique, et dans lequel ce qui avoit été bâti ne peut entrer que pour une petite partie, il fit jetter ici les fondemens de ce superbe édifice, l'an de grâce M. DC. LXV, le [17e] jour du mois d'octobre. Messire Jean-Baptiste Colbert, ministre d'État et trésorier des Ordres de Sa Majesté, étant alors surintendant de ses bâtimens.

Dans une autre plaque de cuivre de même grandeur et de même épaisseur, il y avoit :

Ludovicus XIV, Francorum et Navarræ rex christianissimus, florente ætate, consummatá virtute, devictis hostibus, sociis defensis, finibus productis, pace sancita, asserta religione, navigatione instaurata,

Regias Ædes

Superiorum principum ævo inchoatas, et ab ipso juxta prioris exemplaris formam magna ex parte constructas, tandem pro majori tam sua quam imperii dignitate longe ampliores atque editiores excitari jussit ; earumque fundamenta posuit anno R. S. M DC LXV. Octob. operi promovendo solerter ac sedulo invigilante Joan-Batista Colbert, Regi. Ædif. Præfecto.

Dispute que j'eus avec le cavalier Bernin. — Un jour [1] que j'étois dans l'attelier du cavalier Bernin, où il retouchoit le buste du Roi, je m'amusai à examiner le dessein de la façade du Louvre du côté de la rivière, que le sieur Mathias [2], élève du cavalier, mettoit au net et ayant remarqué qu'un côté n'étoit pas comme l'autre, j'en demandai la raison au signor Mathias. Le cavalier, qui m'entendit faire cette demande, entra tout-à-coup en fureur, et me dit les choses du monde les plus outrageantes, et, entre autres choses, que je n'étois pas digne de décroter la semelle de ses souliers. Après lui avoir laissé évaporer sa bile, je lui dis le plus honnêtement et le plus respectueusement que je pus, que je n'avois pas prétendu trouver rien à redire à son dessein, mais qu'ayant l'honneur d'être le premier commis des bâtimens, j'avois cru pouvoir m'instruire avec son élève de ce que j'ignorois et qu'étant tous les jours exposé à mille questions que des personnes de qualité me faisoient sur les bâtimens, j'avois fait la demande qui l'avoit blessé, pour me mettre en état de pouvoir répondre à ceux qui me feroient la même demande. Ce que je lui dis étoit si raisonnable que sa colère en diminua un peu ; cependant il continua à

1. 6 octobre. *Journal* de Chantelou, p. 206 et 210.

2. Matthia de Rossi, l'élève du cavalier Bernin, l'accompagna durant son voyage en France et retourna avec lui à Rome ; mais il revint à Paris à la fin de mai 1666, pour y séjourner une année et surveiller l'exécution des travaux du Louvre, suivant les plans de Bernin. Pendant tout le temps de ses séjours en France, Matthia de Rossi entretint avec l'Italie une abondante correspondance, conservée aujourd'hui au Cabinet des manuscrits de la Bibliothèque nationale (mss. ital., n° 2083) et qui a fourni à M. Léon Mirot les principaux éléments de son étude sur *Le Bernin en France, les travaux du Louvre et les statues de Louis XIV* [dans les *Mémoires de la Société de l'histoire de Paris et de l'Ile-de-France*, t. XXXI (1904), p. 161-288].

répéter ces paroles : « A un homme de ma sorte! moi
que le Pape traite avec honnêteté, et pour qui il a des
égards, que je sois traité ainsi! Je m'en plaindrai au Roi,
quand il iroit de ma vie ; je veux partir demain et m'en
aller. Je ne sçai à quoi il tient que je ne donne du marteau
dans mon buste après un si grand mépris qui se fait de
moi. Je m'en vais chez M. le nonce. » Je n'ai point sçu s'il
y alla ou non, mais il n'en parla ni au Roi ni à M. Colbert
et la chose en demeura là. M. le Chantelou met dans son
journal que ce fut lui qui empêcha qu'il ne se plaignît,
lui ayant représenté qu'il ruineroit la fortune d'un jeune
homme. Cependant il ne m'auroit fait aucun tort, car,
ayant raconté le même jour à M. Colbert la chose comme
elle venoit de se passer, il se contenta de me dire que
j'eusse mieux fait de ne rien dire sur le dessein du cavalier, mais que je ne craignisse rien ; qu'il était trop
habile homme pour faire un incident dans la conjoncture
où étoient les choses. Je crois effectivement que, s'il eût
reçu en ce temps-là les trois mille louis d'or que je lui
portai quand il s'en alla, comme je le dirai ci-après, il
auroit pu faire quelque incartade.

*Deux propositions que fit le cavalier Bernin pour les fon-
dations du Louvre qui furent trouvées toutes deux ne rien
valoir.* — Le cavalier proposa deux choses pour la construction des fondations du Louvre, outre celles que j'ai
marquées ci-devant, d'arroser le moëlon et de ne le point
arranger : la première, de faire une retraite de deux pieds
sur la troisième assise des fondations, ce qui n'auroit
rien valu, parce qu'elle auroit posé sur la queue des
libages de dessous ; cette retraite fut réduite de près de la
moitié ; et l'autre, de fouiller la terre à plomb, ce qui
n'auroit aussi rien valu et ne fut pas suivi.

Apophtegmes du cavalier Bernin. — M. de Chantelou a
rapporté dans son journal beaucoup d'apophtegmes et

de bons mots du cavalier Bernin, que je mettrai ici tout de suite pour éviter la peine de marquer les temps, les lieux et les rencontres où il les a dites, circonstances qui ne sont d'aucune utilité.

En parlant du buste du Roi qu'il alloit faire, il dit qu'un buste de marbre étoit comme un visage dont tout seroit blanc, etc[1].

Il dit qu'il n'étoit pas honteux à la France d'avoir pris un architecte à Rome, comme il ne seroit pas honteux à Rome de venir prendre en France un général d'armée, si elle en avoit besoin[2].

Il dit qu'ayant demandé au pape Urbain VIII une dot pour une fille qu'il lui assuroit avoir beaucoup de vertu, le pape lui répondit : « Elle a une dot, si elle a de la vertu[3]. »

Il disoit que les Espagnols n'avoient aucun goût pour les arts et il se moquoit d'eux volontiers[4].

Il estimoit le Pasquin de Rome (c'est un soldat d'Alexandre qui le soutient lorsqu'il fut blessé au siége de Tyr) le plus bel ouvrage de l'antiquité, et ensuite le Torse, qu'il disoit être un Hercule[5].

Il dit que[6] le pape Urbain VIII avoit fait sur sa Daphné l'épigramme qui suit :

Quisquis amans sequitur fugitivæ gaudia formæ,
Fronde manus implet, bacchas ceu carpit amaras.

Je l'ai ainsi traduite :

Qui suit une beauté dont le feu le consume
Ne cueille, en l'attrapant, qu'un fruit plein d'amertume.

1. Chantelou, *Journal*, p. 18.
2. *Ibid.*, p. 20.
3. *Ibid.*, p. 21.
4. *Ibid.*, p. 23.
5. *Ibid.*, p. 26.
6. *Ibid.*, p. 32.

Il dit que les médailles[1] qui avoient le moins de relief étoient des meilleurs maitres ;

Qu'il y avoit à Rome un bouclier de quatre à cinq pieds de haut qui ne pèse que deux livres, qui est cependant à l'épreuve du mousquet. Il est de trois peaux de poissons l'une sur l'autre.

Il dit qu'il y a des manèges en Italie qui ont des descentes et des montées pour y accoutumer les chevaux.

Il disoit à M. le nonce que c'étoit Dieu qui l'inspiroit en faisant le dessein du Louvre[2] ;

Que Michel-Ange n'avoit fait en sa vie que neuf ou dix figures, quoiqu'il ait vécu quatre-vingt-douze ans[3] ;

Qu'Annibal Carache, pressé de dire son sentiment sur les figures de Michel-Ange, dit qu'il faudroit avoir vû les corps des hommes du temps de Michel-Ange[4] ;

Qu'il avoit un grand ennemi à Paris, qui étoit la grande opinion que l'on avoit de lui : *il concetto che trovo di me ;*

Qu'il falloit mesurer l'eau avec une horloge[5].

Il dit à M. Colbert, qui louoit son dessein, qu'il n'en étoit pas l'auteur, mais que c'étoit Dieu[6] ;

Que Paul III dit un jour : « Quand j'ai refusé la grâce du criminel, mon jugement étoit là (en montrant son front) ; et quand je l'ai accordée à ses sœurs, il étoit ici » (en mettant la main sur son cœur)[7].

Il dit qu'on ne pouvoit emplir une fiole à une grosse fontaine, et qu'un foible génie ne pouvoit profiter avec

1. Cette remarque et les deux suivantes se trouvent p. 235.
2. Chantelou, *Journal*, p. 37.
3. *Ibid.*, p. 38.
4. *Ibid.*, p. 39.
5. *Ibid.*, p. 40.
6. *Ibid.*, p. 50.
7. *Ibid.*, p. 99.

un génie trop fort et trop abondant (ce génie trop fort et trop abondant, c'étoit lui, et je crois que M. Le Brun étoit le génie trop foible et qu'il dit ce bon mot au sujet du silence qu'il gardoit sur les ouvrages de M. Le Brun)[1] :

Qu'il falloit que les écoliers apprissent à dessiner les draperies sur les bas-reliefs (c'est ordinairement ce qu'il y a de moins bon dans les bas-reliefs antiques, selon moi)[2] ;

Qu'il ne faut point de fleurs aux bordures des tapisseries, ni d'or bruni aux bordures des tableaux, parce qu'ils brillent trop, ni d'ornements aux niches des figures, parce que ces figures en sont elles-mêmes l'ornement[3] ;

Que Raphaël commençoit à peindre comme le Titien quand il mourut, c'est-à-dire à faire des reflets, comme on le voit au portrait de Léon X[4] ;

Che le fabriche sono i ritratti del' animo dei principi[5] ;

Que le Tudesco peintre étoit tout un autre homme pour les desseins d'argenterie que M. Le Brun[6].

« Je doute, disoit-il, que le Roi se connoisse encore aux belles choses ; il faudroit pour cela qu'il eût vû quelque morceau d'architecture[7]. Maintenant qu'il a vû de la sculpture (il entendoit parler de son buste), il pourroit mieux en juger que de l'architecture. » Il dit à M. Le Brun qu'il falloit toujours faire les jambes plus longues que courtes (il avoit raison et c'étoit le défaut de M. Le Brun) ;

1. Chantelou, *Journal*, p. 155.
2. *Ibid.*, p. 156.
3. *Ibid.*, p. 159.
4. *Ibid.*, p. 65 et 204.
5. *Ibid.*, p. 213. Les bâtiments sont l'image des princes.
6. *Ibid.*, p. 213.
7. *Ibid.*, p. 214.

Que les Espagnols n'aiment en sculpture que le poli, qu'ils appellent *lindo*[1].

Un roi dit : « Je vole mes sujets. » Le ministre dit : « Je vole le roi. » Le tailleur dit : « Je vole le ministre. » Le soldat : « Je les vole l'un et l'autre. » Le confesseur : « Je les absous tous quatre. » Et le diable dit : « Je les emporte tous cinq. » Ce conte est de l'abbé Butti[2].

Il dit que la colonne Trajane a été l'école de Raphaël et de Jules Romain. Michel-Ange disoit que si les Lombards avoient bien dessiné[3], on ne regarderoit plus ses ouvrages ni ceux des autres, mais qu'il n'y avoit que Rome où il y eût une colonne Trajane. (Toutes forfanteries. Il y a quelques bas-reliefs dans le bas de cette colonne qui sont fort beaux, et presque tous les sculpteurs en ont des plâtres qui sont aussi bons que les originaux pour se former le goût. Le surplus de la colonne ne vaut guère, et depuis qu'on les a apportés, moulés en France, il ne s'est pas trouvé un seul peintre ni sculpteur qui ait été les copier, quoique l'on ne les ait fait venir que dans cette intention-là.)

M. de Chantelou a dit que les basses tailles de la colonne Trajane étoient faites avec cette considération que celles d'en haut paroissoient de la même grandeur que celles d'en bas, parce qu'elles sont réduites et faites pour être de la même ouverture d'angle des rayons visuels, ce qui fait que toutes les figures semblent d'une grandeur égale, quoiqu'elles soient toutes différentes les unes des autres. (Le bonhomme ne sçavoit ce qu'il disoit. Je les ai fait mesurer par M. Girardon, qui m'en a apporté les mesures qu'on trouvera dans mes papiers : les bas-reliefs du bas de la colonne sont de la même grandeur que

1. Chantelou, *Journal*, p. 214.
2. *Ibid.*, p. 230.
3. *Ibid.*, p. 249,

ceux du haut; il n'y a pas une ligne de différence.)

Il dit[1] qu'il y avoit des pierres de six toises cubes dans le frontispice du palais de Néron; cela est très ridicule quand même il auroit voulu dire toises carrées au lieu de toises cubes, et M. de Chantelou ajoute sur ce qu'on étoit en peine avec quelles machines on avoit pu élever ces pierres, qu'ils avoient un nombre infini d'esclaves. Voilà une belle solution !

Le Nonce[2] demanda si on appeloit la colonne Trajane à cause de Troye.

Sur ce qu'on blâmoit en Italie les bâtiments dont on voyoit les couvertures, M. le maréchal du Plessis[3] en apporta une bonne raison, outre l'ordinaire, qui est que les pays chauds n'ont pas besoin de toits pointus comme les pays froids à cause des grands vents et des grandes neiges, qui est que les tuiles sont fort laides en Italie et qu'ils n'ont point d'ardoises comme nous en avons en France.

Le cavalier Bernin ne dit rien des tableaux de M. Le Brun qu'il vit aux Carmélites[4].

L'abbé Butti dit que M. Le Brun étoit cause que M. Jabac[5] n'avoit pas voulu montrer ses desseins de peur qu'on ne vit les larcins de M. Le Brun[6].

Le cavalier dit[7] que Vigarani[8] n'avoit aucune intelligence ni de la perspective ni du dessein : que son père

1. Chantelou, *Journal*, p. 250.

2. *Ibid.*, p. 40.

3. *Ibid.*, p. 240.

4. *Ibid.*, p. 54.

5. Le banquier et amateur d'art Everard Jabach, dont le Roi acquit plus tard la collection.

6. *Ibid.*, p. 82 et 89.

7. *Ibid.*, p. 212.

8. Charles Vigarani, italien naturalisé français, intendant des machines et plaisirs du Roi, fils de Gaspard Vigarani, intendant des bâtiments du duc de Modène.

avoit sçu quelque chose touchant les machines, mais que
le fils ne sçavoit rien, et qu'il faisoit tout par un valet qui
en sçavoit plus que lui.

*Présent fait au cavalier de 3.000 louis d'or, d'un
brevet de 12.000 livres, etc.* — Il faut achever ici ce qui
regarde le cavalier Bernin avant que de passer à autre
chose. Lorsque les fondations du devant du Louvre, du
dessein du cavalier Bernin, furent fort avancées, il
demanda à s'en retourner, ne pouvant se résoudre à
passer l'hiver dans un climat aussi froid que le nôtre. La
veille de son départ, je lui portai moi-même et dans mes
bras, pour lui faire plus d'honneur, trois mille louis d'or
en trois sacs, avec un brevet de 12,000 liv. de pension
par an, et un de 1,200 liv. pour son fils.

Sa réponse. — Il me dit pour toute réponse que de
pareils bons jours seroient bien agréables, si l'on en
donnoit bien souvent et qu'à l'égard du brevet, il croyoit
qu'il pourroit être payé une année ou deux, et pas davantage. Je lui répondis que les promesses du Roi étoient
solides, et qu'il n'avoit aucun sujet de pouvoir en douter.
Je fus surpris d'une si bizarre réception. On lui promit
trois mille louis d'or par an, s'il vouloit rester, 6,000 liv.
pour son fils et autant au seigneur Mathias son élève,
900 liv. au sieur Jules[1], 600 liv. au sieur Cosme[2],
camerier, et 500 liv. à chacun des estafiers[3], et, en cas
que le sieur Mathias demeurât seul, on lui promit
12,000 liv. par an.

Raillerie du maréchal de Grammont. — Le maréchal de
Grammont[4] dit que le cavalier avoit fait de grandes libé-

1. Giulio Cartari, élève du Bernin qu'il avait suivi à Paris.
2. Cosimo Scarlati, maître d'hôtel du Bernin.
3. Les valets du Bernin. Ils étaient au nombre de trois.
4. Tous ces propos du maréchal de Gramont, de Monsieur, du comte du
Sault et autres sur Bernin, qui figurent ici pour la première fois dans les
Mémoires de Perrault, sont également rapportés dans le *Journal* de Chantelou

ralités en s'en allant, qu'il avoit donné une pièce de trente
sols à une vieille femme qui l'avoit servi pendant tout le
temps qu'il avoit demeuré à Paris. Il ajoutoit que cette
bonne femme lui ayant rejeté sa pièce de trente, le cavalier l'avoit ramassée. Je ne voudrois pas assurer que cette
histoire fût véritable. Il disoit qu'il ne pouvoit souffrir les
présomptueux ni encenser leurs ouvrages. Les gens du
cavalier firent une grande vilenie ; je crois que ce fut
sans sa participation. Le cavalier avoit demandé aux
officiers de la garde-robe un des plus beaux rabats
qu'eût le Roi pour le copier dans son buste. Lorsque
ces officiers le redemandèrent, les gens du cavalier ne
voulurent point le rendre. Le Roi en entendit parler et ne
voulut pas qu'on continuât à le redemander, et ils l'em-
portèrent.

*Le cavalier Bernin témoigne n'être pas content du présent
qu'on lui avoit fait.* — Le comte du Sault dit que le cavalier n'étoit pas content du présent que l'on lui avoit fait,
M. Colbert avoua que le cavalier ne lui en avoit pas
paru fort touché. Monsieur ayant dit la même chose que
le comte du Sault, M. de Chantelou voulut le désabuser,
mais Monsieur lui répondit : « Le Roi le croit ainsi pourtant. » Et M. l'abbé de Montagu, qui avoit été présent
quand le Roi s'en expliqua, confirma ce que Monsieur
avoit dit. M. de Chantelou manda au cavalier qu'il écrivit
à M. de Lionne et le priât de bien vouloir désabuser le
Roi. Il le fit et le Roi répondit qu'il savoit la chose d'un
lieu à n'en pas douter.

*Le Roi vient au Louvre pour résoudre la continuation
du bâtiment sur le dessein du cavalier Bernin.* — Quand
il fut question de bâtir sur les fondations du cavalier

(p. 258 et 259), hormis l'histoire de la perte du rabat de dentelle. D'après
Chantelou (p. 164), Bernin demanda, le 17 septembre, des collets du roi et
il en garda un (p. 167), qu'il exécuta (p. 176).

6

Bernin, M. Colbert, qui commençoit à se dégoûter de son dessein, à quoi mes observations n'avoient pas peu servi, il voulut que le Roi, qui étoit à Saint-Germain, vînt voir à Paris le modèle du dessein[1] du cavalier, qu'on avoit achevé avec beaucoup de soins et de dépense, et que Sa Majesté en résolût l'exécution en présence de toute sa cour, afin d'être disculpé envers le public, si le dessein venoit à être généralement désapprouvé. La veille du jour qui fut pris pour prendre cette résolution, je mis sur la table de M. Colbert un mémoire qui contenoit les raisons qu'il y avoit de ne le pas exécuter. M. Colbert, l'ayant lû, me fit appeller pour l'éclaircir sur tous les articles de mon mémoire. Il entra tellement dans tous les inconvéniens que j'y avois marqués, qu'il eut peur que le Roi n'arrivât au Louvre devant lui, et ne prît en présence de toute sa cour la résolution d'exécuter ce dessein avant qu'il arrivât. Il fit mettre promptement les chevaux au carosse, et commanda au cocher d'aller au Louvre le plus vite qu'il pourroit. Le cocher, qui crut qu'il vouloit aller aux Thuilleries, qu'on appelloit aussi quelquefois le Louvre, quand le roi y logeoit, prit le chemin des Thuilleries. M. Colbert, s'en étant aperçu, sortit presque tout le corps hors la portière, et tout en colère lui cria : « C'est au vieux Louvre que je veux aller » ; car il craignoit fort d'arriver trop tard. Il parut avoir beaucoup de joie quand il apprit que le Roi n'étoit pas encore arrivé.

M. Colbert à qui j'avois donné un mémoire des incongruités du dessein du cavalier parle tout bas au Roi qui ne résolut rien. — Dès que Sa Majesté parut, il alla au-devant et lui parla tout bas un temps considérable. Il lui représenta apparemment les principaux inconvéniens qu'il y

1. On peut voir dans le livre d'architecture nommé *le Grand Marot* le projet du cavalier Bernin, qui y est gravé tout entier (Note de Patte).

avoit à suivre le dessein du cavalier, car, après que le
Roi eut rejoint les seigneurs de sa cour et les courtisans
qui s'étoient un peu éloignés pendant qu'il parloit à M. Colbert, il leur demanda ce qu'il leur sembloit du dessein
du cavalier, dont le modèle, et en grand et en petit, étoit
devant leurs yeux, sans donner aucune marque de ce
qu'il en pensoit, ce qui les embarrassa beaucoup, car on
sçait qu'ils ne sont presque tous auprès du Roi que pour
être de son avis, et que pour en exagérer la sagesse à
l'envi l'un de l'autre. Comme ils avoient peur de n'entrer
pas dans le sentiment du Roi, c'étoit un plaisir de voir
l'adresse avec laquelle ils parloient sans prendre ni le
pour ni le contre : cependant, comme le cavalier ne s'étoit
pas fait aimer, ils penchoient plus vers la critique que
vers la louange.

Le Roi ne se déclara point, et, après une conversation
vague et indéterminée qu'il eut avec les seigneurs qui le
suivoient sur les modèles et en grand et en petit du
cavalier, il s'en alla sans rien résoudre, et chacun le
suivit sans dire un seul mot. Ce silence me parut aussi
étonnant que chose que j'eusse vue encore.

*Mémoire donné à M. Colbert qui faisoit voir que le
dessein du cavalier alloit à abattre tout le Louvre.* —
M. Colbert étoit assurément embarassé de ce qu'il avoit
à faire.

Cependant lui ayant représenté qu'il n'avoit rien
promis au cavalier Bernin qu'en cas qu'il n'abbatît rien
de ce que les rois prédécesseurs avoient fait construire
et que ç'avoit été toujours là la condition essentielle et
fondamentale ; et qu'au préjudice de cette condition le
cavalier Bernin abbatoit le Louvre entièrement en deux
manières : l'une en abbatant effectivement les quatre
dômes des milieux, lesquels ne pouvoient subsister en
exécutant son dessein, et l'autre, en couvrant les murs

des faces des quatre côtés du Louvre et en refondant
toute l'architecture dont ils sont ornés : car, ôter les
colonnes, les corniches et tous les ornemens d'un édifice,
ce n'est pas moins l'abbatre que c'est ruiner un tableau
que de peindre un autre sujet sur la même toile. Ce mémoire étoit fort pressant et fort décisif. M. Colbert me
fit appeler et me demanda si j'étois bien sûr de tout ce
que j'avois mis dans mon mémoire. « Monsieur, lui dis-je,
les choses sont tellement de la manière que je les ai
représentées que le seigneur Mathias en demeure d'accord. — Cela n'est pas possible, me répondit-il ; faites-
le venir, donnez-lui votre mémoire et qu'il mette en
marge ses réponses. »

*Le signor Mathias, élève du cavalier Bernin, en demeure
d'accord.* — Je le fis venir dans mon cabinet, et avec un
crayon qu'il avoit il approuva tous les articles de mon
mémoire. Je le menai ensuite dans le cabinet de M. Colbert, à qui il présenta ce même mémoire apostillé de sa
main sur tous les articles. M. Colbert l'ayant lù, se pro-
mena assez longtemps dans son cabinet sans parler, ce
qui me fit plus de peur que toutes les paroles que je lui
ai jamais ouï dire. Enfin il parla de la sorte : « Le cavalier s'est cru un grand personnage et nous a pris pour de
grands sots ; mais il s'est trompé également et en l'un
et en l'autre. Monsieur, continua-t-il en parlant au seigneur Mathias, songez à vous en retourner ; je suis content de vous, et je donnerai ordre que vous le soyez aussi.
Cependant, monsieur, comme vous voyiez bien qu'il alloit
à abbatre le Louvre, contre les conditions sous lesquelles
il a toujours dû travailler et sous lesquelles il est venu
en France, comment ne lui avez-vous point représenté
qu'il ne les observoit pas ? — Je le lui ai représenté plusieurs fois, répondit le seigneur Mathias, mais il m'a
toujours répondu que ce n'étoit pas à moi à raisonner

là-dessus, et qu'il ne m'avoit amené que pour dessiner et exécuter ses pensées [1].

Le signor Mathias s'en retourne à Rome. — Le signor Mathias fut bien payé et partit promptement [2], sans que depuis on ait ouï parler ni de lui ni du cavalier Bernin, touchant le bâtiment du Louvre.

Statue équestre du Roi faite par le cavalier Bernin et envoyée à Versailles. — Il est vrai que le cavalier entreprit de faire une figure équestre pour le Roi, qui, selon les promesses qu'il en faisoit, devoit être la plus belle chose du monde. La figure a couté des sommes immenses, et, lorsqu'elle a été rendue à Versailles avec des peines et des machines extraordinaires, elle a été trouvée si détestable que le roi la fit déplacer du lieu où l'on l'avoit posée et en a fait ôter la tête, qui avoit été faite à intention de lui ressembler, et M. Girardon y a mis une tête modellée sur l'antique. On n'a jamais pu sçavoir pourquoi il avoit si mal réussi dans cet ouvrage : les uns ont dit que l'âge l'avoit beaucoup affoibli, d'autres ont voulu que le chagrin de voir son dessein rebuté lui avoit fait prendre cette vengeance [3].

M. Colbert présente au Roi deux desseins pour la façade du Louvre, l'un de M. Le Vau, l'autre de M. Perrault, le médecin. — Quoique M. Colbert goûtât fort le dessein

1. Dans les lettres de Rossi dont M. Mirot a fait usage il n'y a rien sur ce colloque avec Colbert.

2. Mathias de Rossi partit pour l'Italie à la fin de mai 1667. Il reçut 9000 livres pour ses appointements, du 28 mai 1666 au 21 mai 1667 (*Comptes des bâtiments du roi*, publiés par J.-J. Guiffrey, t. I, col. 158), et, pour son retour à Rome, une indemnité de 70,000 livres (*Ibid.*, col. 226).

3. Sur la statue dont il est ici question et dont il a déjà été parlé, on peut consulter un article d'Anatole de Montaiglon : *Le Louis XIV du cavalier Bernin*, dans la *Revue universelle des arts*, t. VIII (1858), p. 505-514 ; et aussi les pages que M. Léon Mirot a consacrées à sa commande, à son exécution, à son transport et à ses avatars dans le travail déjà cité (*Le Bernin en France*, dans *Mémoires de la Société de l'histoire de Paris*, t. XXXI, p. 276-288). L'œuvre du Bernin était, en effet, de mauvais goût et le roi en fut si peu satisfait, qu'il avait tout d'abord donné l'ordre de la briser.

de mon frère, il ne laissa pas d'en faire faire un à M. Le
Vau. Après quoi il les présenta tous deux au Roi pour
choisir celui qui lui agréeroit le plus. J'étois présent
lorsque ces deux desseins furent présentés. C'étoit dans
le petit cabinet du Roi, à Saint Germain ; il n'y avoit que
Sa Majesté, son capitaine des gardes, M. Colbert et moi.
Le Roi les regarda tous deux fort attentivement, ensuite
de quoi il demanda à M. Colbert lequel des deux il trouvoit le plus beau et le plus digne d'être exécuté. M. Colbert dit que, s'il en étoit le maître, il choisiroit celui
qui n'avoit point de galerie (on ne donnoit pas encore le
nom de péristile à ces rangs de colonnes qui, posés le
long d'un bâtiment, forment une espèce de galerie couverte qui communique à toutes les pièces des apparte-
mens). Ce dessein étoit celui de M. Le Vau, ce qui m'é-
tonna fort. Mais il ne se fut pas plutôt déclaré pour ce
dessein que le Roi dit : « Et moi je choisis l'autre, qui me
semble plus beau et plus majestueux. » Je vis que M. Colbert avoit agi en habile courtisan, qui vouloit donner
tout l'honneur du choix à son maître. Peut-être étoit-ce
un jeu joué entre le Roi et lui. Quoi qu'il en soit, la chose
se passa de cette manière.

Le Roi choisit le dessein de M. Perrault, le médecin. —
Quelque connoissance qu'eût M. Colbert de la capacité
de mon frère dans l'architecture, je m'aperçus qu'il
hésitoit à faire exécuter son dessein, et qu'il lui sembloit
étrange de préférer les pensées d'un médecin, en fait
d'architecture, aux desseins du plus célèbre des architectes. L'envie des maîtres du métier, à Paris, ne manqua
pas de s'élever contre cette résolution et à faire de
méchantes plaisanteries, en disant que l'architecture
devoit être bien malade, puisqu'on la mettoit entre les
mains des médecins.

Établissement d'un conseil des bâtimens. — Je donnai

un mémoire à M. Colbert où je lui proposai de faire un
conseil des bâtimens, composé de M. Le Vau, premier
architecte, qui avoit près de trente années d'expérience,
de M. Le Brun, qui possédoit tous les beaux arts et qui
n'ignoroit pas les principes de l'architecture, et de mon
frère, qui avoit fait le dessein et qui assurément avoit
beaucoup de génie et de capacité ; qu'il étoit impossible
que voulant bien être à la tête de ce conseil, toutes choses
ne réussissent au-delà même de ses espérances. J'eus
l'honneur d'être le secrétaire de ce conseil, et je tins un
registre où j'écrivois toutes les résolutions que l'on y
prenoit. Il s'assembloit deux fois la semaine. Ce registre
que j'ai rendu avec tous les autres papiers des bâtimens,
est plein de choses très-curieuses et qui seroient très-
utiles à ceux qui aiment l'architecture : car mon frère,
étant presque toujours contredit par M. Le Vau et par
M. Le Brun, étoit obligé de faire à tous moments des
dissertations, ou plutôt des leçons d'architecture, qu'il
rapportoit par écrit dans l'assemblée suivante. J'en ai
les originaux que je garde avec plaisir. Il est vrai que
M. Le Vau et M. Le Brun ne pouvoient approuver le dessein de mon frère, disant toujours qu'il n'étoit beau qu'en
peinture,. et qu'assurément on s'en trouveroit mal dans
l'exécution, à cause de la trop grande profondeur du
péristile, qui étoit de douze pieds, et que les architraves, qui poussoient au vuide, jetteroient tout à bas;
mais on y a si bien pourvu que rien au monde n'est plus
solide. Il n'y a rien de si hardi ni de si beau dans tous
les ouvrages de l'antiquité.

Ce conseil des bâtiments et la retenue que nous avions,
mon frère et moi, de publier qu'il étoit l'auteur du dessein
que l'on exécutoit, donna la hardiesse au sieur Dorbay[1],

1. On trouve dans la bibliothèque du roi une gravure du dessein que M. Le
Vau présenta en concurrence avec celui de M. Claude Perrault. Il est d'une

élève de M. Le Vau, de dire que son maître en étoit l'auteur ; calomnie terrible, car c'étoit lui qui avoit mis au net celui de M. Le Vau qui fut présenté au Roi, et auquel celui de mon frère fut préféré.

Il ne tint pas à moi ni à mon frère que M. Le Vau n'eût l'honneur d'avoir inventé le dessein qui a été exécuté. Je proposai plus de dix fois au sieur Dorbay de faire un péristile à la façade principale du Louvre, je lui en dessinai le plan et l'élévation ; mais jamais il n'y voulut mordre ni en parler à son maître, car, et je le dis en vérité, mon frère et moi avions un tel amour pour la paix et pour la concorde, qu'il n'y avoit rien que nous n'eussions fait pour maintenir l'ordre naturel, qui veut que ce soit le premier architecte des bâtiments du roi qui donne les desseins de ce qui se bâtit pour le prince, particulièrement dans une rencontre de cette nature.

composition très différente, et surtout n'a point de péristile. Ceux qui, d'après les ennemis de la réputation de M. Perrault, ont répété que le péristile du Louvre, l'Observatoire, l'Arc de triomphe, sont composés par M. Le Vau, ont fait voir qu'ils se connoissoient bien peu au génie et aux talens des artistes puisqu'ils ne s'apercevoient pas de l'énorme différence qu'il y a entre le goût de ces deux architectes par la comparaison de leurs ouvrages. Si quelqu'un venoit nous dire qu'un tableau du Bourdon est de Rubens, qu'une figure du Puget est de Coisevox, qu'une simphonie de Campra est de Lulli, il ne trouveroit assurément aucune créance, parce que chaque auteur a une manière caractéristique qui est telle que les ouvrages de l'un ne peuvent être attribués à l'autre sans blesser le jugement de ceux qui ont du goût et des connoissances dans les arts. De même aussi, dans l'architecture, la manière de M. de Brosses n'est point celle de M. Mansard, de M. Le Mercier, ni de M. François Blondel, etc. Si la composition du péristile du Louvre, de l'Observatoire et de l'Arc de triomphe, est de M. Le Vau, il faut aussi que tous les ouvrages connus pour être véritablement de lui, tels que le château de Vaux-le-Vicomte, les deux grands corps de bâtimens de Vincennes qui sont du côté du parc, les hôtels de Lionne et du président Lambert, à Paris, enfin le collége des Quatre Nations, soient composés dans le même esprit, dans le même caractère d'architecture que les trois premiers ; mais c'est tout le contraire : il seroit même difficile de trouver deux manières de traiter l'architecture plus opposées. Autant M. Le Vau est lourd dans ses proportions générales et mesquin dans ses profils, autant M. Perrault est élégant, noble, pur dans les détails comme dans l'ordonnance de ses édifices. Ce dernier s'étoit frayé une route dans l'architecture qu'il ne tenoit que de son génie, et que M. Le Vau ne connut jamais (note de Patte).

On fait un modèle en petit de la façade du Louvre avec le même nombre de pierres qu'en devoit avoir le bâtiment. — Pour lever toutes les inquiétudes que M. Colbert pouvoit avoir sur la construction de cet édifice, je lui proposai de trouver bon qu'on fît un petit modèle du péristile avec de petites pierres de taille de même figure et en même nombre que l'ouvrage en grand se devoit faire. Quand il fut achevé et retenu par de petites barres de fer, grosses proportionnellement à celles qu'on employeroit dans l'ouvrage effectif, M. Colbert demeura tellement convaincu de la fermeté et de la solidité de tout l'ouvrage, où le fer ne porte rien et ne fait que retenir la poussée des architraves, en quoi il a une si grande force qu'il n'y a point de pesanteur, quelle qu'elle puisse être, qui puisse la rompre, ne faisant que river et ne portant rien. Il fut encore pratiqué un vuide entre le plafond du péristile et la couverture de dessus, où plusieurs hommes peuvent aller et travailler sans peine à remédier aux inconvéniens qui pourroient survenir dans la suite des temps. Le tout a été si bien construit que rien ne s'est démenti et il y a apparence que la durée de cet édifice ne finira jamais. Le détail de cette construction est dans le premier volume des desseins d'architecture de mon frère qui est parmi mes livres.

LIVRE TROISIÈME

M. *Colbert m'ordonne de demander à être de l'Académie françoise.* — En ce temps-là, M. Colbert m'ayant demandé des nouvelles de l'Académie françoise [1], dans la pensée qu'il avoit que j'en étois, et moi lui ayant répondu que je n'en sçavois point, n'ayant pas l'honneur d'être de cette compagnie, il parut étonné et me dit qu'il falloit que j'en fusse. « C'est une compagnie, ajouta-il, que le Roi affectionne beaucoup ; et, comme mes affaires m'empêchent d'y aller aussi souvent que je le voudrois bien, je serai bien aise de prendre connoissance par votre moyen de tout ce qui s'y passe. Demandez la première place qui vaquera. »

1. La société de Conrart, dont les premières réunions eurent lieu en 1629, fut le noyau initial de l'Académie. Elle se composait alors d'une douzaine de membres. Ce nombre fut porté à 27, lorsque le cardinal de Richelieu leur proposa, au commencement de 1634, de se constituer en un corps régulier. Il y avait 36 membres au mois de janvier 1645 quand furent signées les lettres patentes qui organisaient l'Académie française. Le chiffre de 40 ne fut atteint, selon Pellisson, qu'en 1639, par l'élection de Priézac. Les documents originaux manquent sur cette période de l'existence de l'Académie qui s'étend de sa constitution jusqu'à l'époque dont Perault va parler. On est réduit, sur ce point, aux témoignages des contemporains, en particulier de Pellisson, qui eut en mains les premiers procès-verbaux de l'Académie. Nous renverrons, pour tout ce qui concerne les origines de cette compagnie, aux diverses histoires dont elle a fait l'objet et aussi à l'*Essai d'une bibliographie raisonnée de l'Académie française*, par René Kerviler (1877, in-8°). Signalons seulement deux monographies de M. Gaston Boissier, aussi alertes que bien informées (*l'Académie française au XVIIᵉ siècle*, dans la *Revue des Deux Mondes* du 15 juin 1897 ; et *l'Académie française dans l'Institut de France*, 1907 t. I, p. 85-134) et encore la consciencieuse *Isographie de l'Académie française* de M. Raoul Bonnet, liste alphabétique des académiciens depuis l'origine avec des notices biographiques et les fac-similés de leurs signatures, (1907, in-8°).

Peu de temps après, M. Boileau[1], frère de M. Despréaux,
vint à mourir. Tous les académiciens à qui j'en parlai ou
en fis parler me promirent leur voix et me dirent qu'il falloit avoir l'agrément de M. le chancelier[2]. Je l'allai voir
à Saint-Germain-en-Laye, où M. le chancelier me dit
qu'il avoit promis la place que je lui demandois à Mme la
marquise de Guiche, sa fille, pour M. l'abbé de Montigny[3], mais qu'il me donneroit sa voix et son agrément
avec plaisir pour la première qui vaqueroit.

À quelques mois de là, M. de La Chambre[4], médecin
très-célèbre et de l'Académie françoise, vint à mourir.
Toute l'Académie fit aussitôt son compte de me mettre
en sa place ; mais M. Colbert me dit que je n'y songeasse
pas, parce que M. de La Chambre, médecin et fils du

1. Gilles Boileau, poète et traducteur, avocat au Parlement, payeur des
rentes de l'Hôtel de Ville de Paris, puis contrôleur de l'argenterie du roi,
trésorier de la Sainte-Chapelle, né à Paris le 22 octobre 1631, mort dans la
même ville le 16 mars 1669. Il avait été élu à l'Académie française, en mars
1659, en remplacement de Colletet.

2. Pierre Seguier, chancelier de France depuis le 19 décembre 1635. L'un
des membres fondateurs de l'Académie française, il donna sa démission lorsqu'il en devint le protecteur en décembre 1642, après la mort du cardinal de
Richelieu. On peut consulter sur lui l'ouvrage de René Kerviler, le Chancelier Pierre Seguier, second protecteur de l'Académie française (Paris, 1874,
in-8°).

3. Jean de Montigny, poète et littérateur, aumônier ordinaire de la reine
Marie-Thérèse, puis évêque de Saint-Pol de Léon. Il mourut à Vitré (Ille-et-
Vilaine), le 28 septembre 1671, et c'est lui que Perrault remplaça.

4. Marin Cureau de La Chambre, membre de l'Académie des sciences dont
il a été question déjà. Son fils aîné, François, fut médecin comme le père, et
praticien renommé. Le second fils, Pierre Cureau de La Chambre, littérateur et prédicateur (21 décembre 1640-15 avril 1693), curé de Saint-Barthé-
lemy de Paris, fut élu à l'Académie, en 1670, en remplacement de Racan. Il
avait accompagné Bernin à Rome, lors du retour de celui-ci, et s'était lié avec
l'artiste, qu'il pratiqua pendant une année et avec lequel il correspondit quinze
ans. L'abbé de La Chambre a consacré dans le Journal des Savants du
24 février 1681, un Éloge de sept pages au cavalier, qui a ensuite paru à
part, précédé d'une Préface pour servir à l'histoire de la vie et des ouvrages
du cavalier Bernin (sans lieu, ni date, in-4°, de 27 p.). On voyait jadis, dans
l'église Saint-Eustache, le médaillon de l'abbé de La Chambre par Tuby
« d'après un dessin de Bernin », à ce que dit Hurtaud. Ce médaillon est conservé actuellement au musée de Versailles (n° 1894).

défunt, lui en avoit parlé pour son frère, curé de Saint-
Barthélemi. Je n'y songeai plus, et il fallut solliciter puis-
samment presque tous ceux de la compagnie qui me vou-
loient nommer de n'en rien faire, et leur représenter de
quelle conséquence seroit qu'à mon occasion l'intention
de M. Colbert ne fût pas exécutée. M. de La Chambre fut
donc élu, et j'attendis encore. Le procédé de l'Académie,
dont j'étois fort content, déplut tellement à mes frères,
et ils me fatiguèrent si fort là-dessus, que je laissai passer M. Regnier [1], M. Quinault, et plusieurs autres. Mais
enfin, l'abbé de Montigny, évêque de Léon, étant mort,
l'Académie me nomma sans que je fisse aucune solli-
citation.

Le jour de ma réception étant venu [2], je fis une harangue
dont la compagnie témoigna être bien satisfaite, mais
d'une manière si naturelle que je ne pouvois pas douter
que ses louanges ne fussent sincères. Cela me porta à
leur dire que, si mon discours leur avoit fait quelque
plaisir, il auroit fait plaisir à toute la terre si elle avoit
pu m'entendre; qu'il me sembloit qu'il ne seroit pas mal
à propos que l'Académie ouvrît ses portes aux jours de
réception, et qu'elle se fît voir dans ces sortes de cérémonies, lorsqu'elle est parée, de même qu'il est très-bon
qu'elle les ferme lorsqu'elle travaille à son dictionnaire,
parce que le public n'est pas capable de connoître les
beautés de ce travail, qui ne se peut faire sans disputes
et même quelquefois sans chaleur.

1. L'abbé François-Séraphin Régnier Desmarais (13 août 1632-6 septembre 1713), fut élu, en janvier 1670, en remplacement de Marin Cureau de La
Chambre. Il devint secrétaire perpétuel de l'Académie le 31 juillet 1683. —
Quinault avait remplacé, à l'Académie, Salomon de Virelade, mort le 2 août
1670.

2. Le 23 novembre 1671. Le *Remerciement à Messieurs de l'Académie françoise*, prononcé par Perrault à cette occasion, est imprimé dans son *Recueil de
divers ouvrages en prose et en vers* (1675, in-4°, p. 211; 1676, in-8°, p. 222),
et aussi dans le *Recueil des Harangues* de l'Académie (1698, in-4°, p. 164).

Pl. 7.

L'ARC DE TRIOMPHE DU FAUBOURG SAINT-ANTOINE.

D'après les plans de Claude Perrault. Gravure de Sébastien Le Clerc.

On résout à l'Académie françoise de faire à l'avenir les réceptions en public. — Ce que je dis étoit si raisonnable, et d'ailleurs la plûpart s'imaginant que cette pensée m'avoit été inspirée par M. Colbert, tout le monde s'y rangea et l'approuva d'une commune voix. Il n'y eut que M. Chapelain, rigide observateur des coutumes anciennes, qui s'y opposa quelque temps, prétendant qu'il ne falloit rien innover; mais il ne fut suivi de personne.

Le premier qui fut reçu après moi fut M. l'abbé Fléchier[1], présentement évêque de Nismes. Il y eut une foule de monde et de beau monde à sa réception, et le public témoigna une extrême joie de ce nouvel établissement.

On peut dire que l'Académie changea de face à ce moment : de peu connue qu'elle étoit, elle devint si célèbre que l'on ne parloit presque d'autre chose. Cela alla toujours depuis en augmentant; en suite des harangues du récipiendaire et du directeur qui étoient beaucoup plus étudiées et châtiées que lorsqu'elles se faisoient à huis clos, plusieurs de la compagnie lisoient de leurs ouvrages sur toutes sortes de sujets agréables. L'abbé Tallemant[2], le jeune, prononça trois ou quatre fois des discours d'éloquence très-beaux, mais surtout si bien prononcés qu'il enlevoit toute la compagnie. La

---

1. Esprit Fléchier, né à Pernes (Vaucluse), le 10 juin 1632, mort à Nimes, le 16 février 1710. Il fut élu, en remplacement de Godeau, le 5 décembre 1672, en même temps que Racine et l'abbé Galloys. La réception publique de ces trois nouveaux membres eut lieu le même jour, le 12 janvier 1673. On a conservé le texte des harangues de Fléchier et de l'abbé Galloys. Le discours de Racine n'a pas été transcrit sur les registres de l'Académie et est demeuré inconnu. M. Ludovic Halévy a consacré à cette triple réception une étude intitulée : *La première séance publique de l'Académie française*, étude dont il a été donné lecture à la séance annuelle des cinq Académies du jeudi 25 octobre 1888.

2. Paul Tallemant, né à Paris le 18 juin 1642, mort le 30 juillet 1712. Il fut élu à l'Académie française, en 1666, en remplacement de Gombauld, et fit également partie de l'Académie des inscriptions, dont il fut le secrétaire de 1694 à 1706.

satisfaction qu'en reçut le public, et particulièrement
M. Colbert, fut cause de sa fortune ; il lui fit donner par
le Roi le prieuré de Sausseuse[1], proche Vernon, et une
pension de 1,500 livres, espérant qu'il en feroit un excellent prédicateur. Il avoit commencé dès sa jeunesse à
s'appliquer à la prédication, où il réussit beaucoup ; mais,
ayant voulu s'y remettre après dix années d'interruption,
il ne se retrouva plus le même et abandonna tout.

*Le Roi veut bien être protecteur de l'Académie françoise
et en prend la qualité.* — Dans ce temps, M. le chancelier,
protecteur de l'Académie, vint à mourir[2]. Le Roi, qui
aime cette compagnie, ne dédaigna pas de lui succéder
dans la place de protecteur de l'Académie françoise. Il
voulut qu'elle tînt à l'avenir ses assemblées dans le
Louvre, au même endroit où se tenoit le conseil lorsque
Sa Majesté y logeoit[3]. M. Dumetz, garde des meubles de
la couronne, eut ordre de meubler cet appartement, ce
qu'il fit avec une propreté et même une magnificence qui
marquoient l'amour qu'il a pour les belles-lettres et ceux
qui en font profession. M. Colbert, affectionnant fort
l'honneur de la compagnie, porta encore le Roi à lui donner
tous les livres doubles de sa bibliothèque royale, ce qui

1. Sans doute la Saussaye, commune du canton d'Amfreville, dans l'Eure,
dont l'église était une collégiale.

2. Mort à Saint-Germain-en-Laye, à l'hôtel de la Chancellerie, le 28 jan-
vier 1672 ; son corps fut transporté au couvent des Carmélites de Pontoise.
C'est le 12 mars suivant que le roi se déclara le protecteur de l'Académie
(*Gazette de France*, 1672, n° 36).

3. Elle fut établie dans les deux salles du rez-de-chaussée qui portent
aujourd'hui, dans le musée de sculpture moderne, les noms de Puget et de
Coustou. La salle la plus vaste servait pour les séances publiques et la plus
petite, qui était à la suite de la première, était employée au travail du dictionnaire. Une vue de la première salle figure en tête de la seconde édition
des *Harangues prononcées par MM. de l'Académie françoise* (Paris, Coignard,
1714, 3 vol. in-12°). Cette planche qui a pour titre : *Réception d'un Académicien*, a été maintes fois reproduite et ne peut dater que de 1713, époque où
des fauteuils uniformes furent concédés par le roi comme siège des académiciens.

forma une belle petite bibliothèque [1]. Il fit encore acheter
tous les livres de ceux de la compagnie qui, étant morts,
n'avoient point d'héritiers qui pussent les fournir, ce qui
alla à sept ou huit cens livres. L'intention étoit que tous
ceux de la compagnie qui composeroient des ouvrages
en missent un exemplaire à cette bibliothèque [2], ce qui,
avec le temps, auroit fait un amas de livres très-beau et
très-honorable à la compagnie; mais cela n'a pas été
observé fort exactement.

*On commence à faire l'élection des Académiciens par
billets.* — Lorsque j'entrai dans l'Académie, l'élection des
académiciens se faisoit de cette sorte. Un mois après la
mort d'un académicien, un de la compagnie, après en
avoir parlé avec quelques-uns de ses amis de la compagnie, disoit : « Nous avons perdu M. tel, etc. Je crois que
nous ne saurions mieux faire que de jetter les yeux sur
M. tel pour remplir sa place. Vous connoissez son mérite,
etc. » Je dis un jour, peu de temps après ma réception [3],
qu'il me sembloit que Dieu avoit bien assisté la compagnie dans le choix de ceux qu'elle avoit reçus jusqu'alors,
vû la manière dont elle les nommoit; mais que, selon
moi, ce scroit le tenter que de vouloir continuer à en
user de la sorte; que ma pensée étoit qu'il faudroit
doresnavant élire par scrutins et par billets, afin que
chacun fût dans une pleine liberté de nommer qui il lui

1. Il y a un *Catalogue des livres donnés par le roi à l'Académie françoise*
(Paris, Pierre Le Petit, 1674, in-8°, de 64 p. Bibliothèque de l'Institut, AA
1682 A). Ces volumes sont au nombre de 660. L'ordonnance qui les concède·
est datée de Nancy, le 21 août 1673, et c'est Perrault qui les reçut, le 24 août,
et les fit porter dans le local des séances de l'Académie.

2. Cette invitation fut faite dans la séance du lundi 15 janvier 1674.

3. C'est dans la séance du lundi 21 novembre 1672 que Perrault aborda
cette question. Le procès-verbal de la réunion de ce jour porte le règlement
qui devait être doresnavant observé pour procéder à la désignation des nou
veaux membres. Ce règlement fut adopté à l'unanimité des dix-neuf membres
présents hors une voix.

plairoit. Comme on crut que cette pensée ne venoit pas de moi seulement, mais qu'elle pouvoit m'avoir été inspirée par M. Colbert, ou du moins qu'il l'avoit approuvée, tout le monde demeura d'accord qu'il falloit prendre cette voie à l'avenir, ce qui a été exécuté et bien à propos, car, vu l'empressement terrible qu'il y a eu depuis à entrer dans la compagnie, elle auroit été remplie d'un grand nombre de mauvais sujets et il y auroit eu de grandes disputes à toutes les réceptions.

Machine pour élire des officiers. — J'ai donné une petite machine, pour faire ces élections et pour se faire des officiers, qui est assurément commode, et j'en ai fait la dépense avec plaisir [1].

M. Colbert ayant observé que les Assemblées de l'Académie ne se faisoient pas avec la régularité nécessaire pour bien avancer le travail du dictionnaire, où il y avoit plus de quarante ans qu'elle travailloit, y établit l'ordre que je vais dire. Il n'y avoit point d'heure réglée à laquelle l'assemblée dût commencer à travailler, ni à laquelle elle dût finir : les uns venoient de bonne heure, les autres fort tard; les uns y entroient lorsque les autres commençoient à en sortir, et quelquefois toute l'assemblée se passoit à dire des nouvelles. Il fut résolu qu'elle commenceroit à trois heures sonnantes, et qu'elle finiroit lorsque cinq heures sonneroient.

Pendule, registres, feu, etc., donnés à l'Académie. — Pour exécuter ce règlement avec justesse, M. Colbert [2] fit mettre et donner une pendule à l'Académie, avec ordre

1. Perrault fit ce don plus tard, à la séance du lundi 29 mars 1678. Le procès-verbal porte, à l'occasion de cette machine « très ingénieuse », qu'il est « difficile de l'expliquer, mais très facile de la comprendre, quand on la voit ». L'Académie s'en servit dès le 5 avril suivant. Furetière dit malicieusement dans un de ses factums (éd. Asselineau, t. I, p. 185) que cette machine était « propre à jouer des gobelets... aux élections pour le scrutin. »

2. C'est dans la séance du lundi 2 janvier 1673 que Perrault porta les intentions de Colbert à la connaissance de l'Académie, qui s'en montra fort

au sieur Thuret [1], horloger, de la conduire et de l'entretenir. M. Colbert lui fit donner aussi un registre [2], couvert de maroquin et très propre, où le secrétaire écrivoit
toutes les délibérations de la compagnie ; des écritoires,
des flambeaux, de la cire et du bois, et établit des gages
à une des mortes payes [3] du Louvre, pour ouvrir, fermer
et nettoyer les salles où la compagnie s'assemble, et en
être comme l'huissier et le concierge.

Jettons donnés à l'Académie. — Pour engager encore
davantage les académiciens à être assidus aux assemblées,
il établit qu'il leur seroit donné quarante jettons par
chaque jour qu'ils s'assembleroient, afin qu'il y en eût
un pour chacun, en cas qu'ils s'y trouvassent tous (ce qui
jamais n'est arrivé), ou plutôt pour être partagés entre
ceux qui s'y trouveroient, et que, s'il se rencontroit quelques jettons qui ne pussent pas être partagés, ils accroî-
troient à la distribution de l'assemblée suivante. Ces jettons ont d'un côté la tête du Roi avec ces mots : *Louis
le Grand*, et de l'autre côté une couronne de laurier avec
ces mots : *A l'immortalité*, et autour : *Protecteur de
l'Académie françoise* [4].

heureuse et ordonna que des remerciements seraient exprimés de vive voix
au ministre par une députation.

1. Il avait soin également des pendules de l'Académie des sciences et de
l'Observatoire.

2. Ce registre, relié en maroquin rouge, subsiste encore. C'est le plus
ancien recueil de procès-verbaux que l'Académie ait conservé. Il s'étend
du lundi 13 juin 1672 au mardi 1er juillet 1681, et contient également quelques pièces intéressant l'histoire de la compagnie. Ce registre a été publié
intégralement, avec des notes explicatives de Marty-Laveaux, dans le recueil
si précieux mis au jour par l'Académie elle-même, sous ce titre : *Les Registres de l'Académie française* (1672-1793) (4 vol. in-8°).

3. Le salaire annuel des mortes-payes chargées de ces diverses besognes
était de 60 livres.

4. Perrault lui-même avait fait un projet de jeton qui ne fut pas exécuté.
Dans le catalogue des autographes de Benjamin Fillon, sous le n° 2244,
figure une lettre de lui, du 8 novembre 1671, à un correspondant inconnu,
dans laquelle il est question de ce projet qu'un dessin accompagnait. D'après

Il avoit pensé de faire donner un demi-louis d'or à chacun des présens; mais il songea que cette libéralité pourroit ruiner l'Académie, parce que cette distribution iroit à 8 ou 900 livres par an, ce qui seroit regardé comme un excellent bénéfice, que les grands de la cour solliciteroient et feroient avoir à leurs aumôniers, aux précepteurs de leurs enfants et même à leurs valets de chambre pour récompense de leurs services. Cette réflexion le fit même hésiter pour les jettons; mais, ayant considéré que la rétribution étoit fort modique[1] et qu'elle seroit un merveilleux aiguillon pour exciter ou du moins pour déterminer les académiciens à assister aux assemblées, il se détermina à faire cette gratification à la compagnie. On lui doit en partie l'achèvement du Dictionnaire, car, depuis ce rétablissement, on a plus travaillé et mieux travaillé dix fois qu'on n'avoit fait jusqu'alors[2].

Pour empêcher qu'on n'en donnât à ceux qui viendroient après l'heure sonnée, ce qui commençoit à se pratiquer par une espèce d'honnêteté qu'on avoit pour eux, et ce qui eût anéanti tout le fruit qu'on en pouvoit attendre, je n'entrai exprès deux ou trois fois qu'un moment après l'heure sonnée. On voulut me mettre sur la feuille pour participer aux jettons; je ne le voulus point, afin qu'étant établi qu'on ne me faisoit point de grâce lorsque j'arrivois l'heure étant sonnée, personne ne se plaignît si on en usoit de même à son égard.

ce qu'en dit Perrault, le jeton devait représenter, d'un côté, le buste de Louis XIV; de l'autre, le Roi assis recevant les hommages des Académiciens que lui présente Colbert.

1. Suivant un renseignement fourni par le P. Léonard dans ses notes sur l'Académie (Archives nationales, M 763) le jeton valait alors 32 sols. Dans une lettre du 3 juin 1692, Racine mande à Boileau que le président Rose songeait à « faire retrancher les jetons, s'il n'était, dit-il, retenu par la charité. »

2. L'Académie ne coûtait alors au roi qu'environ 7,000 livres par an, dont 6,400 représentaient les émoluments des jetons.

*Le Roi agrée que l'Académie le harangue dans toutes
les rencontres où le Parlement et les autres cours souve-
raines sont mandées pour le haranguer.* — Il arriva encore
en ce même temps là une chose qui donna bien du relief
à la compagnie : c'est que le Roi trouva bon qu'elle vînt
le haranguer[1], de même que le Parlement et les autres
cours supérieures, dans toutes les rencontres où il trouveroit bon qu'elles se donnassent cet honneur. C'est à
M. Rose[2], secrétaire du cabinet, et qui depuis a été de
l'Académie, à qui on en a l'obligation. Voici comment
la chose se passa.

Le Roi jouoit à la paulme à Versailles, et, après avoir
fini sa partie, se faisoit frotter au milieu de ses officiers
et de ses courtisans, lorsque M. Rose, qui le vit en bonne
humeur et disposé à entendre raillerie, lui dit ces paroles :
« Sire, on ne peut pas disconvenir que Votre Majesté ne
soit un très-grand prince, très-bon, très-puissant et très
sage, et que toutes choses ne soient très-bien réglées
dans tout son royaume ; cependant j'y vois régner un
désordre horrible, dont je ne puis m'empêcher d'avertir
Votre Majesté. — Quel est donc, Rose, dit le Roi, cet
horrible désordre? — C'est, Sire, reprit M. Rose, que je
vois des conseillers, des présidens et autres gens de
longue robe dont la véritable profession n'est point de
haranguer, mais bien de rendre justice au tiers et au quart,
venir vous faire des harangues sur vos conquêtes, pen-

1. D'après d'Olivet, l'Académie jouit pour la première fois de ce privilège
en 1668, à la suite de la conquête de la Franche-Comté. Dans son discours
de réception, Rose lui-même fait allusion au rôle qu'il eut en tout cela et l'explique plus clairement dans une note.

2. Toussaint Rose, seigneur de Coye, né à Provins, baptisé le 5 septembre 1615, mort à Paris le 6 janvier 1701. Il fut attaché au cardinal de
Richelieu, au cardinal de Retz et au cardinal Mazarin, avant de devenir secrétaire de la chambre et du cabinet du roi. Rose « avait la plume », c'est-à-
dire qu'il était autorisé à signer et à écrire au nom du roi des lettres que
celui-ci ne voulait pas prendre la peine de tracer. Rose fut élu le 2 décembre
1675, en remplacement de Conrart.

dant qu'on laisse en repos là-dessus ceux qui font une
profession particulière de l'éloquence. Le bon ordre ne
voudroit-il pas que chacun fît son métier, et que MM. de
l'Académie françoise, chargés par leur institution de cul-
tiver le précieux don de la parole, vinssent vous rendre
leurs devoirs en ces jours de cérémonie où Votre Majesté
veut bien écouter les applaudissemens et les cantiques
de joie de ses peuples sur les heureux succès qu'il plaît
à Dieu de donner à ses armes ? — Je trouve, Rose, dit le
Roi, que vous avez raison : il faut faire cesser un si grand
désordre, et qu'à l'avenir l'Académie françoise vienne
me haranguer comme le Parlement et les autres compagnies supérieures. Avertissez-en l'Académie, et je donnerai ordre qu'elle soit reçue comme elle le mérite. »

M.***, qui étoit alors directeur, suivi de toute l'Académie en corps, alla haranguer le roi à Saint-Germain,
en suite du Parlement, de la Chambre des comptes et de
la Cour des aydes. Elle fut reçue comme ces compagnies.
Le grand maître des cérémonies alla la prendre dans la
salle des ambassadeurs, où elle s'étoit assemblée, et la
mena jusqu'à la chambre du Roi, où le secrétaire d'État
de la maison du Roi se trouva et la présenta au Roi, qui
l'attendoit. La harangue plut extrêmement, et le Roi
témoigna de la joie de l'avoir appellée à cette cérémonie.
Elle a continué depuis à s'acquitter de ce devoir dans
toutes les rencontres qui s'en sont présentées, avec
applaudissements extraordinaires.

L'Arc de triomphe. — Après les conquêtes de Flan-
dres et de la Franche-Comté, M. Colbert proposa d'élever
un arc de triomphe [1] à la gloire du Roi. M. Le Brun et M. Le

---

1. La première pierre de cet arc de triomphe fut posée le 6 août 1670. Il
ne fut élevé en pierre que jusqu'à la hauteur des pieds d'estaux des colonnes,
et, pour juger de l'ouvrage entier, on le continua seulement en plâtre.
Louis XIV parut, dit-on, si peu sensible à la perfection de ce monument, que
la ville en discontinua la construction. Après la mort de ce prince, le duc

Vau en firent des desseins, et moi en ayant aussi fait un que j'envoyai à M. Colbert, et que j'appellois un griffonnement, il écrivit à la marge de ma lettre que ce griffonnement lui plaisoit plus que les desseins qu'on lui avoit donnés. C'est sur ce griffonnement que mon frère forma le dessein qui a été exécuté en grand modèle comme on le voit à la porte Saint-Antoine. Il en fit encore plusieurs autres desseins, dont il y en a assurément de plus beaux que celui qui a été exécuté, mais que M. Colbert n'osa choisir, parce, disoit-il, qu'ils n'étoient pas dans la forme qu'on a toujours donnée à ces sortes d'édifices, mais c'étoit selon moi une raison de les préférer, étant d'ailleurs très-agréables. On les peut voir dans le second volume des desseins d'architecture de mon frère le médecin. Ce fut M. Gittard [1], architecte, que M. Colbert chargea de faire exécuter le modèle sous la conduite de mon frère. Quand le Roi alla voir ce modèle, il en parut tout-à-fait content; mais presque tout le public trouva que les arcades, et particulièrement celle du milieu, n'étoit pas assez large pour sa hauteur. Monsieur, frère unique du Roi, qui se fait un plaisir de lui dire toutes les nouvelles de la ville, lui dit que tout le monde se plaignoit de ce défaut. Le Roi ordonna là-dessus à M. Colbert de lui faire deux petits desseins, l'un du

d'Orléans, régent, prit encore moins d'intérêt à cet édifice, de sorte qu'on se détermina à le démolir en 1716. Leclerc nous a gravé une belle estampe de ce magnifique arc de triomphe, qui doit faire regretter que l'on n'en ait pas suivi en son temps l'entière exécution (Note de Patte.) — On trouvera une description de ce monument dans le *Voyage de Lister à Paris en* 1698, traduit et publié par la Société des Bibliophiles français, p. 60. Les deux colonnes qui ont été construites sous le Consulat et qui se voient encore sur la place du Trône indiquent la plus grande largeur de l'arc de triomphe de Perrault, dont les bas-reliefs ont été, paraît-il, reproduits dans la porte de Paris, à Lille. (*Société des Beaux-Arts des départements,* 1891, t. XV, p. 164). Voyez ci-dessous APPENDICE V.

1. Daniel Gittard, né à Blandy-en-Brie, le 14 mars 1625, mort à Paris, le 15 décembre 1686. Il continua l'église Saint-Sulpice commencée par Le Vau, et l'église Saint-Jacques-du-Haut-Pas.

modèle tel qu'il étoit, et l'autre de la proportion qu'on souhaitoit qu'il eût. Mon frère fit ces deux desseins, qui ont été deux ou trois mois dans la chambre du Roi, et que Sa Majesté rendit ensuite à M. Colbert en lui disant : « Je persiste toujours à trouver le dessein du modèle tel qu'il est plus beau que l'autre ; cependant, comme il faut avoir égard au public, je suis d'avis de partager le diffé-rent par la moitié, et d'augmenter la largeur des arcades de la moitié de ce que l'on demande. » Cette résolution fut suivie dans l'ouvrage effectif, qui est d'une propor-tion moyenne entre celle des deux petits desseins/J'ai ces deux desseins dans des bordures dorées que je garde comme deux pièces curieuses.

Dessein d'amener la rivière d'Étampes à Paris. — Environ ce temps-là il se présenta un homme qui s'offroit de faire venir sur le haut de Paris la rivière d'Étampes, ou du moins une partie, moyennant une somme qu'il demandoit. La chose est très faisable et il fit graver une carte, qui est parmi mes estampes, où le chemin qu'il lui auroit fait prendre est marqué. A l'en-droit où la rivière d'Orge passe entre Viry et Savigny, il faisoit un aqueduc qui portoit l'eau d'un coteau à l'autre par-dessus cette rivière.

Pensée d'une maison royale. — Cela me fit naître une pensée qu'on pourroit bâtir en cet endroit la plus belle maison royale qu'on puisse imaginer[1], à cause du bonheur de sa situation et de l'amas des eaux qui s'y rencontrent, savoir : la rivière d'Orge qui passe dans une des plus belles prairies du monde ; la rivière d'Étampes qui vien-droit la traverser et passer par-dessus par des aqueducs, qui, étant fort larges, feroient un canal dont les eaux

---

1. *Note de Perrault :* « En l'année 1701, j'ai dessiné cette maison royale avec tous les jardins, rivières, fontaines et forêts voisines en trois petits tableaux que j'ai dans mon cabinet. »

Pl. 8.

MÉDAILLE COMMÉMORATIVE DES GRATIFICATIONS AUX SAVANTS ET LITTÉRATEURS.

LOUIS XIV RECEVANT L'ACADÉMIE FRANÇAISE.
Dessin de S. Le Clerc.
(Musée Condé, Chantilly).

iroient faire des effets d'eau prodigieux dans un canal de
quinze ou seize cents toises de long et de cent toises de
large que formeroit la rivière d'Orge. Les deux coteaux
des côtés, celui de Viry et celui de Savigny, où il y a un
monde infini de sources, seroient ornés d'une infinité de
fontaines. Le château seroit planté sur le sourcil du
coteau de Savigny, au soleil levant, et auroit toute la vue
de la rivière de Seine jusque et au-delà même de Corbeil.
Il auroit d'un côté la forêt de Seguigny, de l'autre celle
de Senart qu'un pont sur la rivière de Seine uniroit l'une
à l'autre. Si j'eusse eu le temps de faire un plan de tout
ce que j'avois imaginé, comme on étoit en branle de
quitter Versailles, en ce temps-là, pour aller bâtir dans
un terrain plus heureux, peut-être auroit-on choisi cet
endroit. La pensée de faire venir la rivière d'Étampes le
long du coteau n'alloit qu'à embellir ainsi Paris. La proposition ne fut pas écoutée. Cependant la chose est très
faisable et seroit d'une très grande beauté et d'une plus
grande utilité encore.

*Dessein de conduire une partie de la rivière de Loire
à Versailles.* — On écouta plus favorablement la proposition que l'on fit d'amener à Versailles une portion de
de la rivière de Loire. M. Riquet[1], qui a fait le canal de
la communication des mers, étoit l'entrepreneur de ce
travail, et le devoit exécuter moyennant la somme de
deux millions quatre cens mille livres. Le traité étoit
prêt à signer, lorsqu'ayant par hasard parlé de cette proposition à M. l'abbé Picard, de l'Académie des sciences,
il me dit que cela étoit impossible, qu'il avoit nivellé le
terrain, fort légèrement à la vérité, mais suffisamment
pour pouvoir assurer qu'il n'y avoit pas de pente pour
l'amener où on le proposoit, qui étoit sur la montagne

---

1. Pierre-Paul Riquet, le créateur du canal du Languedoc, né à Béziers
en 1604, mort à Toulouse le 1er octobre 1680.

de Satori, vis-à-vis de Versailles. Je dis cela à M. Colbert, qui marqua du chagrin de ce que je lui disois; il m'ordonna cependant de faire venir M. l'abbé Picard, qui lui dit positivement les mêmes choses. M. Colbert, fâché de voir de l'obstacle à la satisfaction qu'il espéroit donner au Roi, poussa un peu l'abbé Picard en lui disant qu'il devoit prendre garde à ce qu'il avançoit, que M. Riquet n'étoit pas un homme ordinaire, et que les grandes choses qu'il avoit faites dans le canal de la communication des mers étoient un préjugé qu'il ne se trompoit pas aussi lourdement que l'on vouloit le lui faire entendre. M. l'abbé Picard, sans répondre un seul mot à M. Colbert, fit une révérence et se retira. Ce procédé me surprit un peu, et M. Colbert me parut ne s'y attendre pas.

Ce dialogue se passa au bout de sa bibliothèque. Comme il retournoit gagner son cabinet, je lui dis que, s'il le vouloit bien, je mettrois aux mains M. Riquet et M. l'abbé Picard, sans que l'un ni l'autre s'apperçût que ce fût à dessein, et que je lui rapporterois le plus fidèlement qu'il me seroit possible la conversation qu'ils auroient ensemble; que je prierois M. Riquet de vouloir bien m'instruire de son dessein, et que M. l'abbé Picard, que j'aurois mandé, survenant là-dessus, je les ferois entrer facilement en une dispute qui pourroit éclaircir bien des choses. M. Colbert approuva ma pensée, et, le lendemain matin, je les envoyai prier tous deux de me venir trouver.

Quand M. Riquet fut venu, car je l'avois mandé le premier, je lui dis : « M. Colbert m'a ordonné, Monsieur, de prendre connoissance de la belle entreprise que vous allez commencer pour faire venir une partie de la rivière de Loire, parce qu'il veut que je lui en rende compte et que j'entre dans le détail de cette affaire pour en régler les payemens avec vous. Je vous avoue, Monsieur, poursuivis-je, que la chose me paroit bien difficile, car Versailles est sur une éminence, et la rivière de Loire est assurément dans le plus bas des plaines où elle passe. — Cela est vrai, Monsieur, reprit-il ; mais le niveau est plus juste que tous les raisonnemens que l'on peut faire à boule vue et sur de simples apparences. J'ai fait jetter des niveaux depuis la Loire, où je la veux prendre, jusqu'à l'endroit où je la dois mener, et je suis sûr de mon affaire. J'ai de la pente au-delà de ce qu'il m'en faut. — On m'a dit, repris-je, que vous promettiez, Monsieur, de rendre l'eau de la Loire sur le haut de la montagne de Satori. — Je ne sçai ce qu'ils me content, m'interrompit-il, de la montagne de Saint Satori. — Il n'y a point, lui dis-je, de saint à cette montagne ; elle se nomme simplement la montagne de Satori, et apparemment vous avez fait espérer que vous conduiriez là l'eau que vous promettez ; car M. Le Nôtre dit, il y a deux jours, au Roi, en l'accompagnant sur les bords du canal de Versailles, que ce seroit une belle chose de voir descendre les vaisseaux de la rivière de Loire avec leurs mâts et leurs voiles, le long de la montagne, en manière de ramasse, et s'envenir flotter sur le canal. M. Le Nôtre n'a pû dire cela que le Roi ne lui eût dit que vous ameneriez l'eau de la Loire sur la montagne de Satori. Le Roi n'a pû le dire que M. Colbert ne lui eût dit, ni M. Colbert qu'il ne l'ait appris de votre bouche. » Mon induction étoit un peu pressante, mais M. Riquet ne s'embarrassoit pas de si peu de chose. « Suffit, dit-il, que je ferai en galant homme tout ce que j'ai promis. »

Dans ce moment, M. l'abbé Picard entra dans mon cabinet. « Monsieur, lui dis-je, vous aimez les belles choses et surtout celles qui ont du merveilleux. On va faire à Versailles ce que l'on n'a jamais crû se pouvoir faire. M. Riquet s'engage d'y amener une partie de la rivière de Loire sur le haut de la montagne de Satori : jugez quels effets d'eau l'on pourra faire, ayant une rivière en ce lieu là ! — Il ne faut plus de pompes ni de moulins, répondit M. l'abbé Picard ; mais je tiens la chose bien difficile, et Monsieur me pardonnera, s'il lui plaît, si je doute que l'eau de la Loire puisse monter à la hauteur du rez-de-chaussée du château de Versailles, bien loin de pouvoir s'élever sur la montagne. Tout le monde sçait que la Seine, à l'endroit de Saint-Germain-en-Laye, est plus basse en été de quatre-vingts pieds que le rez-de-chaussée de Versailles. Or, de croire que la Loire, en quelque endroit que l'on la prenne, soit plus haute que la Seine de quatre-vingts pieds, il n'est pas aisé de se l'imaginer. — Les imaginations, dit M. Riquet, doivent le céder à des mesures justes que l'on a prises. — Ces mesures, reprit M. l'abbé Picard, ne sont pas aisées à prendre, et je doute que les niveaux ordinaires soient suffisamment bons pour des distances aussi grandes que celles-là. » Ils se dirent encore plusieurs choses où je vis que M. Riquet n'étoit pas bien sûr de son affaire.

Je fis le rapport fidèlement de cette conversation à M. Colbert, qui, quelques jours après, nomma M. l'abbé Picard et plusieurs autres de l'Académie des sciences pour aller tout de nouveau niveler la pente qu'il pouvoit y avoir de la rivière de Loire à Versailles. On leur donna des ordres du Roi pour entrer dans tous les lieux où ils auroient besoin de faire passer leur niveau, avec un exempt de la prévôté pour les faire exécuter en cas qu'il s'y trouvât de la résistance. Le nivellement fut fait avec toute l'exactitude possible et avec des niveaux d'une justesse infiniment plus grande que celle des gens de M. Riquet, la plûpart maçons de village, et il fut trouvé que l'eau ne pouvoit venir que plus bas que le pied du château de Versailles, et qu'ainsi elle ne feroit point les effets pour lesquels on avoit désiré de l'avoir. Cette précaution n'épargna pas seulement au Roi 2,400,000 livres, et peut-être beaucoup davantage (car ces sortes de dépenses excédent toujours de beaucoup les projets qu'on en dresse), mais le trouble, l'inquiétude et le dommage qu'on auroit fait dans tous les pays où on auroit passé et dans ceux où on n'auroit pas passé, en leur faisant acheter bien cher la grâce de ne pas passer dans leurs terres, sans compter la honte d'avoir bouleversé tant de bois, de villages et de maisons inutilement et pour n'avoir su ce que l'on faisoit. Ce me fut un plaisir d'avoir aidé à détourner cette folle et malheureuse entreprise [1].

Proposition de conduire à Versailles une partie de la rivière des Gobelins. — Dans ce temps-là ou à peu près, des ingénieurs proposèrent d'élever la rivière des Goblins à Buc au-dessous de Bièvre [2], pour en amener une partie à Versailles. De bons bourgeois de Paris, très-ignorans en fait d'élévation d'eau et de tout ce qui en dépend, étoient les cautions et les associés de ces ingénieurs. Ils me faisoient pitié, car je voyois qu'ils s'alloient ruiner dans une entreprise qui ne pouvoit réussir. Je crois que M. Colbert le voyoit aussi bien et mieux que moi ; mais tout ce qui pouvoit aller à donner des eaux

1. Le carton O¹ 1735, aux Archives nationales, contient les pièces suivantes concernant cette affaire : 1° lettre de l'abbé Picard à Perrault, contrôleur des bâtiments, disant que Riquet s'est absolument rendu, mais qu'il persiste à dire qu'il n'a jamais fait que la proposition d'amener l'eau dans le réservoir du château ; 2° procès-verbal signé Riquet et Picard certifiant les cotes de l'abbé Picard ; une Étude pour prendre la Loire au-dessus de Briare, vers La Charité où elle se trouve à un niveau suffisant pour être conduite à Versailles. Voy. L.-A. Barbet, *Les grandes eaux de Versailles, installations mécaniques et étangs artificiels, description des fontaines et de leurs origines* (1907, in-4°), p. 52.

2. On fit en effet de nombreux projets pour amener les eaux de la Bièvre dans les bassins de Versailles, projets sur lesquels on est assez mal informé maintenant, mais dont certaines parties s'exécutèrent (L.-A Barbier, *Les grandes eaux de Versailles*, p. 48-51).

à Versailles étoit si sacré et si bien reçu du Roi, que
M. Colbert écoutoit tout avec une bénignité inconce-
vable, et se donnoit des peines incroyables à vérifier
tout ce qu'on proposoit, quoique convaincu, la plûpart
du temps, que ce n'étoit que de pures visions.

Proposition de fouiller des métaux en France. — Environ ce temps-là, M. Colbert[1] faisoit rechercher des métaux
en plusieurs endroits de la France, sur les avis qu'on
lui donna qu'il y en avoit abondamment de toutes les
façons : car les ministres ne manquent jamais de gens
qui leur donnent des avis suivant leur inclination, et
M. Colbert eût été fort aise que toutes choses se fussent
trouvées en France. Il me renvoyoit tous les échantillons
de ce qu'on fouilloit pour les faire éprouver dans les four-
neaux de l'Académie des sciences. Après plus de cinquante
mille écus de dépense, il se trouva que les frais de la
fouille excédoient de beaucoup le produit, et qu'il étoit
beaucoup plus expédient d'acheter du plomb et de l'étain
en Angleterre, et du cuivre en Suède (car on n'avoit
guères fouillé que de ces trois métaux), que d'en vouloir
tirer en France. Sur quoi il me dit : « Nous avons fait là
une folie d'autant plus inexcusable qu'elle a été faite il
y a soixante ans, ou environ, sous Henri IV, comme on
le voit par des pièces d'or et d'argent que nous avons,
où il y a écrit : EX AURO GALLICO, EX ARGENTO GALLICO. »
Je lui dis que dans soixante ans, et plus tost même, on
feroit encore la même faute si on n'écrivoit dans plusieurs livres qu'on s'étoit mal trouvé de cette entreprise.

Je donnai le dessein de la grotte de Versailles qui est

1. On a une lettre de Colbert, du 4 février 1666, à Bodin, procureur du
roi au siège présidial de Périgueux, pour le presser de tenir la main aux
recherches de cuivre qu'on fait en Périgord, et lui vanter les avantages de
trouver ce métal en France, au lieu de l'acheter de la Suède (*Lettres, instructions et mémoires de Colbert*, t. III, p. 40, note 2).

de mon invention[1]. — Lorsque le Roi eut ordonné qu'on
bâtit la grotte de Versailles, je songeai que, Sa Majesté
ayant pris le soleil pour sa devise, avec un globe terrestre au dessous et ces paroles : *Nec pluribus impar*, et
la plûpart des ornemens de Versailles étant pris de la
fable du Soleil et d'Apollon (car on avoit mis sa naissance et celle de Diane, avec Latone, leur mère, dans
une des fontaines de Versailles, où elle est encore), on
avoit aussi mis un soleil levant dans le bassin qui est à
l'extrémité du petit parc ; je songeai donc qu'à l'autre
extrémité du même parc où étoit cette grotte (car elle a
été démolie depuis), il seroit bon de mettre Apollon qui
va se coucher chez Thétis après avoir fait le tour de la
terre, pour représenter que le Roi vient se reposer à
Versailles après avoir travaillé à faire du bien à tout le
monde[2]. Je dis ma pensée à mon frère le médecin, qui

1. Cette grotte, appelée la grotte de Thétys, était située à l'endroit
occupé aujourd'hui par le vestibule de la chapelle. C'était une des curiosités
de Versailles, qui plaisait beaucoup aux contemporains et dont quelques-uns
nous ont laissé des descriptions enthousiastes : Félibien, Madeleine de Scudéry, La Fontaine (Pierre de Nolhac, *la Création de Versailles*, 1901, in-folio,
p. 82). C'est dans ce décor de rocailles que Racine, Boileau et Molière s'assemblèrent, un jour de l'automne 1668, pour entendre la lecture des vers de
Psyché que leur fit La Fontaine lui-même (*Ibid.*, p. 69). La grotte de Thétys
ne resta debout qu'une vingtaine d'années. En 1684, elle fut démolie pour per-
mettre la construction de l'aile nord du château.

Nous avons reproduit en notes divers passages pris par J.-F. Blondel dans
le manuscrit perdu de Perrault et qui serviront à éclairer certains endroits
de ses mémoires. Voir aussi APPENDICE VI.

2. « Voyez la description de cette grotte par Félibien, historiographe des
bâtiments du Roi, imprimée en 1671 chez Coignard, rue Saint-Jacques, extraite
du sixième volume des Œuvres du Cabinet du Roi, ancienne édition, où l'on
trouve en vingt planches gravées par Edelinck, Baudet, Chauveau et Le
Pautre, tous les développements intéressants de cette grotte. Voyez aussi
dans le premier volume manuscrit de Perrault, p. 157, les desseins qu'il avait
donnés de cette grotte en 1667. Charles Perrault rapporte dans ce manuscrit
que le projet de son frère ne fut pas exécuté, parce qu'il avait imaginé un
dessein sans exemple. Raison, dit-il, pour laquelle il aurait dû être préféré.
C'était des figures colossales qui auraient été de marbre blanc revêtues en
partie de rocailles, qui les aurait fait paraître d'une seule pièce. L'intérieur
de cette grotte était magnifique. Le Brun, dit toujours Charles Perrault, avait
seulement disposé les groupes des figures exécutées par Girardon et Regnau-

en fit le dessein, lequel a été exécuté entièrement, sçavoir : Apollon dans la grande niche du milieu, où les
nymphes de Thétis le lavent et le baignent, et dans les
deux niches des côtés, il représenta les quatre chevaux
du Soleil, deux dans chacune niche, qui sont pansés
par des Tritons. M. Le Brun, lorsque le Roi eut agréé ce
dessein, le fit en grand et le donna à exécuter, sans
presque y rien changer, aux sieurs Girardon et Regnaudin[1] pour le groupe du milieu, et aux sieurs Gaspard
Marsi[2] et Guérin pour les deux groupes des côtés, où sont
les chevaux pansés par des Tritons. Mon frère fit aussi
des desseins pour tous les autres ornemens de cette
grotte, figures, rocailles, pavé, etc. ; il fit aussi le dessein de la porte, qui était très beau : c'étoit un Soleil
d'or qui répandoit ses rayons aussi d'or sur toute l'étendue des trois portes, lesquelles étoient de barres de fer
peintes de verd[3]. Il sembloit que le Soleil fût dans cette
grotte et qu'on le vit au travers des barreaux de la porte.

Dessein de l'allée d'eau à Versailles. — Mon frère fit
aussi le dessein de l'allée d'eau[4], qui fut entièrement exé-

din, et Claude Perrault avait donné le dessein de tout le reste, même des compartiments de la voûte et du sol, dont il nous a conservé les desseins, dans
les pages 161 et 163 du même volume manuscrit. » (J.-F. Blondel, *Architecture françoise*, t. IV (1756), p. 107.)

1. François Girardon (1628-1715). Fils d'un fondeur de métaux de Troyes,
il fut l'élève de François Anguier et exécuta nombre de projets de Le Brun. —
Thomas Regnaudin (1622-1706). Dans le groupe de marbre, *Apollon servi par
les nymphes*, quatre figures sont de Girardon et trois de Regnaudin. Il est
actuellement conservé dans le bosquet des Bains d'Apollon (Stanislas Lami,
Dictionnaire des sculpteurs de l'école française sous Louis XIV, 1906, in-4º,
p. 207).

2. Gaspard Marsy (1624-1681). — Gilles Guérin (1605-1678). — Les *Deux
Tritons abreuvant les chevaux d'Apollon* complètent actuellement la décoration du bosquet des bains d'Apollon (Stanislas Lami, *op. cit.*, p. 354).

3. C'étaient trois grilles, placées devant trois portes parallèles, dont les
barreaux convergents semblaient sortir d'un soleil central occupant les van-
taux du milieu. Elles furent exécutées par le serrurier Mathurin Breton, et
payées 4,520 livres (L.-A Barbet, *op. cit.*, p. 277, note 3).

4. « Plusieurs attribuent à Le Brun le dessein de cette cascade et de l'allée

cuté. En ce temps-là, le Roi laissoit ordonner de toutes choses à M. Colbert, et M. Colbert se fioit à nous pour l'invention de la plupart des desseins qu'il y avoit à faire. Mais, les dames ayant remarqué que le Roi y prenoit beaucoup de plaisir, elles voulurent se mêler d'en donner de leur côté pour amuser le Roi agréablement. Mme de Montespan donna le dessein de la pièce du marais, où un arbre de bronze jette de l'eau par toutes ses feuilles de fer blanc, et où les roseaux de même étoffe jettent aussi de l'eau de tous côtés.

Dessein de vases en marbre et en bronze pour Versailles. — Mon frère eut ordre de faire des desseins de grands vases de marbre et de bronze pour mettre dans les jardins de Versailles. Il en fit un grand nombre qui sont dans le premier ou dans le second volume de ses desseins d'architecture. Ils ont été presque tous exécutés. M. Girardon en a exécuté deux entre autres qui sont très-beaux et très-grands ; ils sont de marbre blanc : l'un représente la Force, et l'autre la Douceur[1]. Les anses de celui de la Force sont ornées des peaux de lion dont la tête et la queue font les anses ; quatre des principaux travaux d'Hercule sont représentés dans les quatre faces. A celui de la Douceur, des couronnes de fleurs que tiennent des Amours forment les anses. Les trois Grâces et trois autres sujets semblables ornent les quatre faces de ce vase.

---

d'eau : cependant l'on en trouve les desseins p. 165, etc., dans le premier volume manuscrit de Claude Perrault, que Charles, son frère, prétend avoir été exécutés, et où il dit que Le Brun a seulement présidé à la composition des figures. En sorte que Claude Perrault, au dire de son frère, paraît avoir eu quelque part à la décoration de plusieurs des fontaines et des bosquets de Versailles : ce qui prouverait que non seulement il était bon architecte, à en juger par le péristyle du Louvre et les autres édifices que nous avons donnés de lui dans les volumes précédents, mais encore qu'il excellait dans les arts de goût. » (J.-F. Blondel, *Architecture françoise*, t. IV. p. 103, note n.) — Sur l'allée d'eau et son exécution, voy. P. de Nolhac, *La création de Versailles*, p. 124 ; André Pératé, *Versailles*, p. 61 ; L.-A Barbet, *op. cit.* p. 294

1. Stanislas Lamy, *op. cit.*, p. 209.

Il donna aussi le dessein du bas-relief qui est au-dessous de la fontaine de la pyramide[1], que M. Girardon exécuta avec encore plus d'agrément que le dessein n'en avoit. Aussi ce bas-relief est peut-être un des plus beaux qu'il y ait eu jusqu'alors[2].

Dans ce temps-là, M. Colbert et presque toute la Cour, ayant considéré que ce qui restoit du petit et ancien château de Versailles n'avoit aucune proportion ni aucun rapport avec les bâtimens neufs qu'on y a ajoutés, tâchèrent à porter le Roi à faire abattre ce petit château pour faire achever tout le palais du même ordre et de la même construction que ce qui est bâti de nouveau.

Dessein donné par mon frère d'un nouveau bâtiment pour Versailles. — Mon frère eut ordre de faire un dessein de ce bâtiment-là; il en fit un plan et une élévation qui furent très-approuvés non-seulement du Roi, mais de son conseil, où il appela tous les princes, plusieurs ducs et maréchaux de France[3]. Mais le Roi voulut toujours conserver le petit château. On eut beau lui dire qu'il menaçoit ruine et qu'il boucloit en plusieurs endroits;

1. Dans le parterre du Nord du parc de Versailles.

2. « Charles Perrault, dans le premier volume manuscrit des œuvres de son frère, dit page 156, que Claude Perrault avait donné des desseins pour ce bosquet (de l'arc de triomphe) qui surpassaient en magnificence celui dont nous venons de parler. Non seulement nous doutons de ce qu'il avance, mais nous ne les trouvons point dans le deuxième volume des œuvres de cet auteur, où Charles Perrault les avait indiqués. » (J.-F. Blondel, *Architecture françoise*, t. IV, p. 104, note *r*.)

3. « Les personnes qui seront curieuses de prendre l'idée de ce qu'originairement on appelait le château de Versailles peuvent avoir recours à un petit plan, inséré dans la description sommaire de ce château, que Félibien donna en 1671, et dans plusieurs vues qui ont été gravées par Pérelle. Ils en trouveront encore les plans dans le premier volume manuscrit de Perrault, qui se voit au dépôt des tableaux du Roi, à la surintendance des bâtiments, à Versailles; où l'on trouve, page 43 et suivantes, non seulement ce que Versailles était du temps de cet architecte, mais encore les projets qu'il avait donnés pour en embellir la façade, et rendre, dit-il, plus commode l'intérieur du château. » (Jacques-François Blondel, *Architecture françoise*, t. IV (1756), p. 94.)

il se douta du dessein, et dit d'un ton fort et qui paroissoit ému de colère : « Faites ce qu'il vous plaira, mais, si vous l'abattez, je le ferai rebâtir tel qu'il est et sans y rien changer. » Ces paroles rafermirent tout le château et rendirent ses fondemens inébranlables [1].

1. Claude Perrault, entre autres projets, en avait fait pour la chapelle du château.

« Longtemps avant que cet architecte (Hardouin Mansard) eût entrepris la construction de cette chapelle (de Versailles), plusieurs autres avaient été chargés de donner des projets ; Claude Perrault même avait reçu ordre d'en composer pour la décoration intérieure de l'ancienne chapelle érigée lors des premiers bâtimens de Versailles, du temps de Louis XIII. On voit les desseins qu'il avait faits à ce sujet, dans le premier volume manuscrit de ses œuvres, page 155 ; mais il paraît que le plan et la disposition de l'ancien bâtiment ne lui avaient pas sans doute permis d'imaginer rien qui fût digne de la magnificence de Louis XIV : ce qui en suspendit l'exécution et détermina dans la suite à changer cette chapelle de lieu, et à la construire à neuf. En effet, on ne remarque guère, dans les desseins qui nous restent de Perrault, que l'assemblage assez mal assorti de moyennes niches et de grandes arcades ; on y voit des médaillons d'une proportion outrée, de petites parties, et des ornemens, la plupart chétifs. Tant il est vrai que, quelque habile que soit l'artiste, encore est-il nécessaire, pour que ses productions aient un certain mérite, qu'il ne soit point contraint dans ses idées, et qu'il puisse être l'auteur de l'ouvrage entier. » (Jacques-François Blondel, *Architecture françoise*, t. IV (1756), p. 142.)

LIVRE QUATRIEME

Ce que M. Huygens et M. Colbert dirent sur la tour de la pompe de Versailles. — M. Colbert mena un jour M. Huygens à Versailles pour le lui faire voir. Il admira tout ; mais, ayant vû une tour[1] fort haute sur la chaussée de l'étang de Clagny, il me demanda à quel effet on avoit bâti là cette tour. Je lui dis que c'étoit pour élever l'eau de l'étang. « Est-ce, reprit-il, qu'on veut faire une fontaine sur cette tour ? — Nullement, lui répondis-je ; c'est pour la faire aller de là dans les réservoirs et des réservoirs à toutes les fontaines. — Il n'étoit point nécessaire, me dit-il, de faire monter l'eau sur cette tour ; la pompe l'auroit portée aussi aisément de l'étang dans les réservoirs, sans aucun entrepôt, et la dépense de la tour est assurément très-inutile. » Je compris la chose dans le moment même, et je le dis à M. Colbert, qui en demeura d'accord sans hésiter et ajouta : « Que voulez-vous ? il faut bien payer son apprentissage. » Mais ce qui est encore bien plus étonnant, c'est qu'on a fait la même faute à Marly, où on a bâti une tour encore plus large et plus haute, et d'une dépense incomparablement plus grande que celle de Versailles et qui n'est pas moins inu-

1. Cette tour en briques et pierres supportait le réservoir qu'on alimentait par une pompe de l'eau des étangs de Clagny, proche et au nord du château de Versailles. Ce réservoir ainsi placé à un niveau supérieur à celui des bassins du parc pouvait les alimenter, grâce à une canalisation en plomb dont Perrault surveilla l'exécution par Denis Jolly.

tile : car avec la même force qui élève l'eau d'une hauteur immense sur cette tour, on pouvoit la pousser par les tuyaux de la conduite dans les réservoirs de Versailles sans l'élever sur cette tour. Je ne me mêlois point du tout de ce travail, et, comme M. Colbert en sçavoit autant que moi sur cet article, je ne crus point devoir lui en parler et n'y songeai pas même.

Nivellement fait pour creuser le canal de Versailles. — Quand le canal de Versailles fut proposé à faire, le sieur Jolli[1], maître de la pompe du Pont-Neuf, qu'on écoutoit fort en ce temps-là parce qu'il se connoissoit en ce qui regarde les eaux et les forces mouvantes, nivella le terrain, et dit qu'il y avoit dix pieds de pente depuis l'endroit où on devoit le commencer jusqu'à l'endroit où il devoit finir. Si cela eût été vrai, l'entreprise n'eût pas été possible, parce qu'il auroit fallu l'élever de dix pieds par un bout, et l'eau n'auroit pû demeurer qu'avec des peines et des dépenses incroyables sur une terre portée. M. Colbert envoya quérir MM. de l'Académie des sciences, et leur ordonna de niveller le terrain où l'on vouloit placer le canal. Ils n'y trouvèrent que deux pieds de pente, et l'on entreprit le canal sur leur parole. Ce qu'ils dirent s'est trouvé si juste que, le canal ayant été achevé, il ne s'est trouvé que deux ou trois pouces d'erreur sur la lon-

1. Denis Jolly, plombier et fontainier, travailla beaucoup aux canalisations de Versailles et sans scrupules. Dans le carton O¹ 1887 des Archives nationales se trouve un rapport manuscrit de Perrault intitulé : *Preuves de la tromperie du sieur Jolly, dans les fournitures de plomb et de soudure qu'il a faites à Vincennes et à Versailles depuis 1664 jusqu'au 6 avril 1667.* La tromperie, d'après le rapport, porterait sur les poids et s'élèverait à 50,589 livres. Les Archives nationales possèdent également douze cahiers des fournitures de Jolly. s'étendant de 1665 à 1669. A la suite des mémoires arrêtés par Perrault, on lit : « Il y a apparence que ce sont les mémoires pour lesquels il paraît rester dû par le Roi au dit Jolly, environ 25,000 livres dont la compensation sera faite, de concert avec lui, pour les malversations dont il est accusé au sujet du poids de ses ouvrages. ce qui le fit chasser encore de la pompe du Pont-Neuf, dont il avait l'entretien. » (L.-A. Barbet, *Les grandes eaux de Versailles*, p. 31.)

gueur, qui est de neuf cents toises sur trente toises de
large. Le canal qui le traverse, et qui va de Trianon à la
Ménagerie, a quarante toises de largeur. Cette précision
si juste ne venoit pas seulement de l'habileté des nivel-
leurs, mais de l'excellence du niveau, qui n'avoit point
eu de pareil jusqu'alors.

*Nouvelle construction d'un niveau présenté par MM. de
l'Académie.* — Cette excellence consiste particulièrement
en trois choses : l'une, qu'au lieu de la ficelle que les
maçons mettent à leur niveau, MM. de l'Académie y ont
mis un cheveu de femme fort long, qui marque l'aplomb
du niveau avec une précision infiniment plus grande que
ne fait le cordeau qui est aux niveaux ordinaires; la
seconde, en ce que ce cheveu est enfermé dans un tuyau
de tole qui empêche le vent de le mouvoir en aucune sorte.
Il y a une ouverture à ce tuyau, à l'endroit où le cheveu
marque l'aplomb, laquelle est fermée par un verre qui
empêche le vent d'entrer et laisse passer la vue. La troisième consiste en ce qu'on met une lunette d'approche
sur la traverse du niveau; cette lunette fixe tellement la
vue, qui vacille toujours quand le niveau est sans lunette,
qu'on peut mesurer juste des distances de cent et deux
cents toises, sans se tromper de l'épaisseur d'un cheveu.
Tous les ouvriers ne pouvoient comprendre comment on
pouvoit parvenir à cette justesse d'opération, car avec
leurs niveaux ordinaires ils ne pouvoient pas niveller une
distance de trente toises sans se tromper de trois ou quatre
pouces.

*Le fonds de l'extraordinaire des guerres réglé à 60 mil-
lions et ce qu'il produisit dans les bâtiments du Roi.* —
Dans ce temps, la guerre s'étant allumée plus forte que
jamais, on fit entendre au Roi que, pour la faire avec tout
le succès qu'il méritoit, il falloit faire un fonds à l'extraordinaire des guerres de soixante millions par an, sur le

Pl. 9.

Charles Perrault
de l'Académie Française

PORTRAIT DE CHARLES PERRAULT.
Peint par Tortebat, gravé par Edelinck.

pied de cinq millions par mois. Le Roi en fit la proposition à M. Colbert, qui en fut effrayé, et qui dit d'abord
qu'il ne croyoit qu'il fût possible de fournir à cette
dépense. Le Roi lui dit qu'il y songeât, et qu'il se présentoit un homme qui entreprendroit d'y suffire s'il ne
vouloit pas s'y engager. M. Colbert fut un assez long
temps sans aller chez le Roi, travaillant chez lui à remuer
tous ses papiers, sans que nous sçussions ce qu'il faisoit,
ni encore moins ce qu'il pensoit. Enfin, après un temps
assez considérable, il me dit d'aller à Versailles, de
porter au Roi les desseins de quelques ouvrages qu'il
devoit résoudre. Le Roi, après les avoir examinés, me dit
de dire à M. Colbert qu'il vînt le lendemain à Versailles
et qu'il y auroit conseil. Il y alla, et les choses reprirent
leur train ordinaire. On dit qu'il avoit pris la résolution
de se retirer, voyant la difficulté qu'il y avoit à fournir
à cette dépense de soixante millions avec toutes les
autres dépenses de l'État, mais que sa famille lui per-
suada de ne point quitter la partie, et que c'étoit un
piège que l'on lui tendoit pour le perdre en l'éloignant ainsi
des affaires. Pour moi, je veux croire que son amour pour
le bien public, joint à la connoissance qu'il avoit que
personne ne pouvoit mieux que lui se tirer d'une conjoncture aussi dure que celle qui se présentoit, il voulut bien
affronter ce travail pour le bien du royaume.

Cet événement, ou, pour mieux dire, cet horrible surcroit de dépense est une des époques des plus considérables qui soit arrivée il y a bien longtemps. Jusques-là
toutes les charges de l'État se payoient au jour ordinaire
de leur échéance; depuis ce jour, les pensions, dont
beaucoup furent retranchées, furent de seize ou dix-huit
mois. Dans les bâtimens, les ordonnances qui, étant
signées le matin, se payoient souvent l'après-dinée, ne
se payoient guère que plusieurs mois après, en vertu

d'un état de distribution qui se faisoit à mesure qu'il y avoit des fonds. Le trésorier des bâtimens, à qui il restoit ordinairement cinquante mille écus ou deux cens mille francs à la fin de son année, qu'il remettoit entre les mains de son confrère qui entroit en exercice, se trouvoit ordinairement en avance de pareille somme dont il étoit fort longtemps à être remboursé. Nous remarquions que jusqu'à ce temps, quand M. Colbert entroit dans son cabinet, on le voyoit se mettre au travail avec un air content et en se frottant les mains de joie des affaires qu'il alloit expédier, mais que depuis il ne se mettoit guère dans son siège, pour travailler, qu'avec un air chagrin et même en soupirant. M. Colbert, de facile et aisé qu'il étoit, devint difficile et difficultueux, en sorte qu'on n'expédioit pas alors tant d'affaires, à beaucoup près, que dans les premières années de sa surintendance des bâtimens.

Comment mon frère le receveur général fut dépossédé de sa charge. — J'ai oublié de vous rapporter ici comment mon frère le receveur général des finances de Paris fut dépossédé de sa charge de receveur général, et ce que nous fîmes, mais inutilement, pour lui faire rendre justice par M. Colbert. La chose est aussi étonnante de la part de M. Colbert qu'aucune autre qu'il ait faite en sa vie. Pour bien entendre cette affaire, il faut la prendre dès son commencement.

Mon frère ayant passé un temps très-considérable dans l'emploi de commis des parties casuelles, d'abord chez M. de Vassan, le père de celui que vous avez connu, et ensuite chez M. Sabatier, où il fut premier commis et où M. Colbert fut aussi commis, mais subalterne, et enfin chez M. Duhousset, qui le prit pour le même emploi en achetant de M. Sabatier la charge de trésorier des parties casuelles, après plusieurs années d'exercice, M. Duhousset lui fit acheter la charge de receveur général des

finances de Paris qui appartenoit à M. Bonneau, allié de
M. Duhousset. Il posséda cette charge pendant dix
années, depuis 1654 jusqu'en 1664. Pendant tout ce
temps, les recettes furent si difficiles qu'au commencement de 1664 mon frère se trouva en avance de quatre
cent mille livres, ou environ, ce qui arriva particulièrement parce que le Roi avoit remis au peuple tout ce qui
pouvoit être dû du reste des tailles de ces dix années,
libéralité admirable si elle n'eût point été faite aux
dépens des receveurs généraux, à qui ces restes apparte-
noient, et qui ont presque tous péri, faute d'en avoir fait
le recouvrement. M. Fouquet, alors surintendant, avoit
beau être sollicité, il ne faisoit et n'a jamais fait aucun
fonds pour remplacer les restes remis gratuitement au
peuple. Je me souviens d'avoir ouï dire plusieurs fois à
mon frère, en parlant à ceux qui étoient assignés sur la
recette générale de Paris, et qui lui demandoient leur
payement : « Vous vous plaignez de moi, et vous avez
raison ; mais plaignez-vous encore davantage. Allez dire
partout, mais particulièrement à M. le surintendant, que
je vous retiens votre bien, que je suis un fripon et un
voleur ; vous me ferez plaisir : car, comme c'est à lui à
faire un fonds pour remplacer les restes que le Roi a
donnés, cela l'obligera peut-être à le faire pour mettre
fin à vos cris et à vos plaintes, qui sont très-raisonnables
et très-justes. »

Quand M. Colbert fut mis en la place de M. Fouquet,
tout Paris, et particulièrement tous les gens d'affaires,
vinrent chez mon frère lui faire compliment et des con-
jouissances sur cette promotion, parce que personne
n'ignoroit l'amitié ancienne qui étoit entre M. Colbert et
lui. Cependant cette élévation de M. Colbert a été la
ruine entière de mon frère. On a crû que la réputation
qu'il vouloit s'acquérir auprès du Roi d'un homme par-

faitement intègre le porta à avoir pour mon frère des
duretés qu'il n'auroit pas exercées contre un autre.

Comme mon frère étoit horriblement persécuté par
ceux à qui il devoit, il crut qu'il pourroit prendre quelques deniers sur le courant de l'année 1664 pour acquitter les dettes les plus criardes. Mais M. Colbert, rigide
observateur de l'ordre et des règles qu'il s'étoit imposées
dans l'administration des finances, et qui avoit fixé à un
certain jour les payemens que les receveurs généraux
devoient faire au trésor royal, ayant été averti par
M. Olivier, huissier de la chaîne, préposé au recouvrement de ces deniers là, que mon frère ne faisoit pas ses
payemens en leur entier, voulut en sçavoir la raison. Mon
frère, intimidé plus qu'il ne falloit, se cacha, de sorte
que M. Colbert me fit venir à lui et me dit avec beaucoup de marques d'amitié : « D'où vient que votre frère
ne fait pas ses payemens, comme il en a été convenu ?
Je suis fâché de ce désordre, et je voudrois qu'il m'eût
coûté dix mille écus de mon argent et que cela ne fût pas
arrivé. » Je lui répondis que j'étois fort surpris de ce
qu'il me disoit, que je n'avois aucune connoissance de
l'état des affaires de mon frère, et que j'irois incessamment, s'il l'avoit agréable, trouver mon frère pour en
être instruit; que cependant je ne pouvois le trop remercier de la bonne volonté qu'il témoignoit avoir pour lui,
le suppliant de vouloir bien la lui continuer. Je sus de
mon frère ce que je viens de rapporter, et que la crainte
d'être mis prisonnier par les plus fâcheux de ses créanciers lui avoit [fait] prendre sur le courant quelques sommes pour les acquitter. [Je retournai en faire rapport à
M. Colbert], lui représentant que mon frère n'étoit réduit
en cet état que parce qu'on ne lui avoit point remplacé
le fonds des restes remis au peuple. Cette réponse ainsi
faite à M. Colbert, dès le lendemain il fit vendre sa charge

de receveur général à M. Sonnin[1], pour une somme
beaucoup [au-dessous] de ce qu'elle valloit et de ce que
mon frère l'avoit achetée ; en même temps il le déposséda
de l'exercice de la même charge et y commit M. Coquille
un des deux receveurs généraux, ses confrères. Le même
jour, il nomma M. Marin[2], intendant des finances, pour
faire rendre compte à mon frère de ses années d'exercice. Le tout fut exécuté avec une dureté extraordinaire
et épouvanta tous les gens de finances. Dans le cours des
sollicitations que mon frère faisoit à M. Colbert, M. Colbert lui dit : « Dites à votre frère qu'il me parle de vos
affaires. » Dès le lendemain matin, j'entrai dans son cabinet, et lui dis qu'assurément mon frère avoit eu tort de
se servir des deniers de la présente année pour acquitter
les dettes des années précédentes, mais que la faute étoit
bien excusable, se voyant menacé tous les jours d'être
mis en prison par ses créanciers, ce qui ne [se] pouvoit
faire sans ruiner son crédit et sans causer une douleur
mortelle à sa femme et à toute sa famille ; qu'au fond il
lui étoit dû de grandes sommes par le Roi, et qu'il ne
seroit pas tombé dans ce malheur si elles lui avoient été
payées. M. Colbert me répondit que mon frère étoit au
même cas que les deux autres receveurs généraux ses
confrères. Je lui répartis que mon frère m'avoit dit qu'il
étoit dans une situation bien différente de celle de ses
confrères, dont l'un étoit le neveu et l'autre l'allié de
M. Marin, intendant des finances, qui les avoit favorisés
en toutes rencontres, en leur procurant des fonds et des
réassignations pendant qu'il laissoit tomber sur mon
frère tout ce qu'il pouvoit de non-valeurs et de charges
fâcheuses ; qu'il y avoit d'ailleurs une autre différence entre

1. Jean-Baptiste de Sonning, receveur général des finances.
2. Denis Marin, intendant des finances et secrétaire de Colbert.

eux, qui étoit que tous les acquits de mon frère étoient
en récépissés des commis du bureau de l'épargne, de
sorte qu'il avoit fait tous ses payemens en argent comptant, au lieu que la plûpart des acquits de ses confrères
étoient en quittances comptables, dans lesquelles ils
avoient fait entrer des billets de l'épargne, ce qui alloit
à des profits très-considérables : car souvent, dans une
quittance comptable de cinq cent mille francs, il y
entroit pour vingt mille écus de billets de l'épargne,
lesquels n'avoient pas couté plus de dix ou douze mille
francs, le surplus tournant au profit du receveur général
et du trésorier de l'épargne ; que ces profits pouvoient
avoir en quelque sorte dédommagé ses confrères, et les
mettoient en un autre état que celui où étoit mon frère.
Mes raisonnements ne plurent pas à M. Colbert, et il me
dit que je prisse mon parti ; que je visse si je voulois
bien continuer à rendre service dans les bâtimens ; qu'en
ce cas, je ne lui parlasse plus des affaires de mon frère ;
que si je voulois continuer à lui en parler, que je me reti-
rasse, et qu'alors il m'écouteroit et me répondroit. Je lui
répondis que je n'avois point d'autre parti à prendre que
de me taire et de me conformer entièrement à sa volonté.
Mon frère, après cette réponse, recontinua ses sollicitations pendant un très-long temps, donnant tous les éclair-
cissemens qu'on pouvoit desirer, jusques-là que par ses
comptes, arrêtés à la Chambre, le Roi lui devoit et lui
doit encore (car il n'a jamais pù être payé) plus de trois
cens mille livres. Au milieu de ses sollicitations, M. Colbert dit encore à mon frère que je lui parlasse de ses
affaires. M'étant donc présenté à lui, il me dit : « Votre
frère est un homme d'esprit, il y a long-temps que je le
connois pour tel ; il sçait que je suis de ses anciens amis.
Il s'est confié là-dessus, et a cru qu'il pouvoit impuné-
ment jouer le tour qu'il m'a fait. — Monsieur, lui répon-

dis-je, vous me pardonnerez, s'il vous plaît, si je vous
dis que je ne vois quel tour il vous a fait. — Le tour qu'il
m'a fait, c'est qu'il a acquitté pour la moitié avec l'argent de cette année toutes les dettes qu'il me demande
aujourd'hui en leur entier. — Ah ! Monsieur, m'écriai-je,
pouvez-vous avoir une telle pensée d'un homme que vous
dites être votre ami et que vous connoissez il y a si longtemps ? Mon frère souffrira sans peine la pauvreté où il est
réduit, mais il ne pourra supporter la douleur de passer
dans votre esprit pour un malhonnête homme. Si nous
avons quelque défaut dans notre famille, c'est de n'avoir
pas assez d'attache au bien et de le mépriser, bien loin
que pas un de nous puisse être capable d'une lâcheté
semblable. » Je me retirai là-dessus. J'eus encore quelques conférences avec M. Colbert, qui n'aboutirent à rien
qu'à me faire fermer la bouche en la même manière qu'il
avoit déjà fait. Un jour enfin, je le priai de vouloir donner à mon frère quelque petite commission pour pouvoir
subsister ; mais je ne pus rien obtenir, et mon frère
demeura sans charge et sans même un valet pour le
servir. Entre ses créanciers, il y avoit un nommé M. Char-
tier, homme estimé très dur et tout à fait inexorable.
Cependant, au lieu de persécuter mon frère, il le défen-
doit et le soutenoit envers et contre tous ses autres
créanciers, me disant : « Si votre frère avoit mon bien
entre ses mains, je sçaurois bien me le faire rendre ; mais
c'est un homme qu'on a égorgé au coin du bois. Je le
soulagerai en tout ce qui me sera possible, bien loin de
l'opprimer. » La réputation de mon frère étoit telle que
dans tout le temps de son adversité, qui a duré seize ans,
deux de ses amis lui ont mis en dépôt tout leur argent
comptant, qui montoit à plus de quarante mille écus, ce
qui marquoit une grande confiance dans sa probité. Mon
frère représenta quelquefois à M. Colbert qu'entre ses

créanciers il en avoit trois ou quatre de ses plus proches
parens qu'il eût été bien aise de pouvoir satisfaire ; que
leurs dettes ne montoient pas ensemble à plus de cinquante
mille livres ; qu'il le supplioit de lui accorder cette somme
en déduction des trois cens mille livres que le Roi lui
devoit, et que, s'il lui faisoit cette grâce, il ne mourroit
pas avec tant de douleur. M. Colbert eut la dureté de
les lui refuser, et le laissa mourir sans lui faire raison de
la moindre chose.

*Comment je demandai à M. Colbert son agrément pour
mon mariage.* — Lorsque je me mariai[1], j'allai à M. Colbert lui en demander son agrément. Dès que je lui eus
nommé la personne et qui étoit son père, il me demanda
combien on me donnoit. Je lui dis qu'on me donnoit
soixante et dix mille livres. « C'est trop peu, me dit-il ;
vous pouvez croire que je songe à vous. Vous voyez ce
que j'ai fait pour M. du Mets, je ne ferai pas moins pour
vous assurément. Je vous trouverai une fille, parmi les
gens d'affaires, qui vous apportera une dot bien plus
avantageuse. Mais, poursuivit-il, n'est-ce point un mariage par amitié dont vous me parlez ? — Je n'ai vû la
fille, repris-je, qu'une fois depuis qu'elle est hors de religion, où elle a été mise dès l'âge de quatre ans ; mais je
connois le père et la mère il y a plus de dix ans, pour
avoir vécu depuis ce temps-là très familièrement ensemble. Je les connois, ils me connoissent, et je suis assuré
que je vivrai parfaitement bien avec eux. Voilà, Monsieur,
la principale raison qui m'y engage. Je serois très fâché

1. Charles Perrault épousa, le dimanche 1er mai 1672, dans l'église Saint-
Gervais, Marie Guichon, âgée de dix-neuf ans seulement et fille d'un payeur
des rentes (Jal, *Dictionnaire critique*, p. 1321). Le futur époux avait alors quarante-quatre ans et demeurait rue Neuve-des-Bons-Enfants. Il semble que
les rapports entre Colbert et son commis fussent déjà un peu refroidis à cette
époque, car le surintendant ne signa point au mariage de Perrault. De cette
union naquirent trois enfants : Charles-Samuel, le 25 mai 1675 ; Charles, le
20 octobre 1676 ; Pierre, le 21 mars 1678.

de rencontrer un beau-père qui se plaindroit sans cesse
que je ne fais rien, qui voudroit que je vous importu-
nasse tous les jours de me donner les moyens de faire
quelque chose. Je ne veux point en venir là. Vous me
faites donner des apointements plus forts que je ne
mérite, mais hors cela je n'ai aucun profit. Non seulement
tous les marchés qui se font ne me rapportent rien, mais
les brevets que vous donnez pour des logemens, pour
des priviléges et autres choses semblables, non-seulement je n'en prens rien, mais j'y mets mon parchemin, ma
peine et celle de mon commis, sans en profiter d'autre
chose que d'une révérence très-mal faite le plus souvent.
Je suis très content que cela aille ainsi ; mais il y a tel
beau-père qui n'en seroit point du tout content. — Je
crois, me dit M. Colbert, que vous avez raison ; faites votre
affaire, et soyez sûr que j'aurai soin de vous. » Je fus
bien aise d'avoir trouvé l'occasion de faire sçavoir nettement à M. Colbert de quelle manière je le servois, et que
je me reposois entièrement sur lui de la récompense de
mon travail.

*Résolution de fermer le jardin des Thuilleries non exécu-
tée.* — Quand le jardin des Thuilleries fut achevé de
replanter et mis dans l'état où vous le voyez : « Allons,
me dit-il, aux Thuilleries en condamner les portes. Il
faut conserver ce jardin au Roi et ne le pas laisser ruiner
au peuple, qui, en moins de rien, l'aura gâté entièrement. » La résolution me parut bien rude et bien fâcheuse
pour tout Paris. Quand il fut dans la grande allée, je lui
dis : « Vous ne croiriez pas, Monsieur, le respect que
tout le monde, jusqu'au plus petit bourgeois, a pour ce
jardin-ci. Non-seulement les femmes et les petits enfans
ne s'avisent jamais de cueillir aucune fleur, mais même
d'y toucher ; ils s'y promènent comme s'ils étoient tous
des personnes très-raisonnables. Les jardiniers peuvent,

Monsieur, vous en rendre témoignage. Ce sera une afflic-
tion publique de ne pouvoir plus venir ici se promener,
particulièrement en ce temps où l'on n'entre plus au
Luxembourg ni à l'hôtel de Guise. — Ce ne sont que des
fainéants qui viennent ici, me dit-il. — Il y vient, lui
répondis-je, des personnes qui relèvent de maladie, pour y
prendre l'air ; on y vient parler d'affaires, de mariages et
de toutes choses qui se traitent plus convenablement
dans un jardin que dans une église, où il faudra à l'avenir
se donner rendez-vous. Je suis persuadé, continuai-je,
que les jardins des rois ne sont si grands et si spacieux
qu'afin que tous leurs enfans puissent s'y promener. » Il
sourit à ce discours, et, dans ce même temps, la plupart
des jardiniers des Thuilleries s'étant présentés devant
lui, il leur demanda si le peuple ne faisoit pas bien du
dégât dans leur jardin. « Point du tout, Monseigneur,
répondirent-ils presque tous en même temps ; ils se con-
tentent de se promener et de regarder. — Ces Messieurs,
repris-je, y trouvent même leur compte, car l'herbe n'y
en revient pas si aisément dans les allées. » Monsieur fit
le tour du jardin, donna ses ordres et ne parla point d'en
fermer l'entrée à qui que ce soit. J'eus bien de la joie
d'avoir en quelque sorte empêché qu'on n'ôtât cette promenade au public. Si une fois M. Colbert eût fait fermer
les Thuilleries, je ne sçais pas quand on les auroit rou-
vertes. Cette action auroit été louée de toute la Cour, qui
ne manque jamais d'applaudir aux ministres, particulièrement quand il paroit y avoir du zéle pour le plaisir du
prince.

Comment Lulli eut l'opéra. — Environ ce temps-là,
Lulli [1] se fit donner le droit de composer seul des opéras

---

1. Jean-Baptiste Lulli, né à Florence en 1633, mort à Paris, le 22 mars 1687.
Le privilège d'une académie royale de musique, exclusif à tous autres, lui fut
accordé par lettres-patentes de mars 1672.

et d'en recevoir tout le profit, qui étoit très-considérable.
Ils avoient commencé à s'établir par un petit opéra dont
Mesdames Sarcamanan[1] chantoient et faisoient les premiers personnages. Il fut chanté d'abord au village d'Issi,
dans la maison d'un orfèvre, où il réussit beaucoup. On m'y
mena à la première représentation, qui fut très-agréable.
L'abbé Perrin[2] avoit composé les paroles, et Cambert[3] la
musique. Le succès heureux de cette pastorale en musique leur fit entreprendre d'autres opéras qui furent
représentés en public avec applaudissemens et avec bien
du profit pour le poëte, pour le musicien et pour tous
les acteurs[4]. Lulli, qui s'étoit moqué jusques-là de leur
musique, voyant le grand gain qu'ils faisoient, demanda
au Roi qu'il lui fit don du droit de faire seul des opéras[5]

1. Intitulé *la Pastorale en musique* ou *l'Opéra d'Issy*, il fut représenté au
mois d'avril 1659, à Issy, dans la maison de M. de La Haye, et, après huit
ou dix représentations fort bien accueillies, on le donna à Vincennes, devant
le roi et la cour. Loret, qui mentionne ces spectacles dans sa *Muse historique*, lettres du samedi 10 mai et du samedi 31 mai 1659, n'oublie pas de
mentionner chaque fois le grand succès de la Sarcamanan,

> Dont grosse et grande la maman,
> Fille d'agréable visage
> Qui fait fort bien son personnage,
> Qui ravit l'oreille et les yeux,
> Et dont le chant mélodieux,
> Où mille douceurs on découvre,
> A charmé plusieurs fois le Louvre.

2. Pierre Perrin, né à Lyon en 1620, mort en 1675. Il prenait le titre
d'abbé et était introducteur des ambassadeurs près de Gaston d'Orléans.

3. Robert Cambert, né à Paris vers 1628, organiste de l'église Saint-
Honoré et surintendant de la musique d'Anne d'Autriche, mort à Londres au
commencement de 1677, où il était devenu surintendant de la musique de
Charles II.

4. La collaboration de l'abbé Perrin et de Cambert ne donna de nouveau
fruits que douze ans après le premier, en 1671 : *Pomone*, d'abord, puis *Les
Plaisirs et les Peines de l'Amour*. Entre temps, Perrin avait obtenu, le
28 juin 1669, des lettres patentes pour « établir par tout le royaume des
académies d'opéra. »

5. On a souvent conté les subtiles intrigues qui firent profiter Lulli des
discordes et des maladresses de ses rivaux. Disons seulement qu'il acheta
le privilège du besoigneux Perrin et fit fermer le théâtre de Cambert avant
d'obtenir pour lui-même le privilège qu'il convoitait. Voy. en particulier,
A. Pougin, *Les vrais créateurs de l'opéra français; Perrin et Cambert* (1875),

et d'en avoir tout le profit. Perrin et Cambert s'y oppo-
sèrent, et M. Colbert lui-même [1], qui ne trouvoit pas qu'il
y eût de justice à déposséder les inventeurs ou du moins
les instaurateurs de ce divertissement à Paris, n'en étoit
point d'accord, trouvant d'ailleurs plus à propos pour
perfectionner les François dans l'étude de la musique, de
laisser à tout le monde la faculté de composer des opéras
tant pour les paroles que pour la musique, de même qu'il
se pratique pour les comédies et tragédies que chacun
fait telles qu'il lui plaît et les présente aux comédiens
pour être représentées. Lulli alla au Roi lui demander
ce don avec tant de force et tant d'importunité que
le Roi, craignant que de dépit il ne quittât tout, dit à
M. Colbert qu'il ne pouvoit pas se passer de cet homme-
là dans ses divertissemens, il falloit lui accorder ce qu'il
demandoit, ce qui fut fait dès le lendemain, au grand
étonnement de bien des gens et de moi particulièrement,
qui sçavois que M. Colbert étoit d'un sentiment tout
opposé. Deux ou trois jours après, je lui entendis dire
que les courtisans blâmoient ce don qu'on avoit fait à
Lulli, disant que cet homme alloit gagner des sommes
immenses, qu'il auroit mieux vallu se laisser partager
entre plusieurs musiciens, que cela auroit engagés par
émulation à se surpasser les uns les autres, et à porter
ainsi la musique à sa dernière perfection. « Je voudrois,
disoit M. Colbert, que Lulli gagnât un million à faire des
opéras, afin que l'exemple d'un homme qui auroit fait
une telle fortune à composer de la musique engageât tous
les autres musiciens à faire tous les efforts pour parvenir
au même point que lui. » Tant il est vrai que les ministres

et Romain Rolland, *Histoire de l'opéra en Europe avant Lulli et Scarlati*
(1895, p. 249-274).

1. *Les Peines et les Plaisirs de l'Amour* étaient dédiés à Colbert en des
termes avantageux qui ne pouvaient qu'agréer au sentiment de patriotisme
artistique du ministre.

VUE DE CHÂTEAU DE VERSAILLES DU NORD DU CÔTÉ DE LA POMPE.

Gravure d'Israël Silvestre.

PL. 10.

sçavent toujours faire valoir les desseins et les résolutions de leur maître[1].

Comment Lulli obtint la grande salle des comédies du Palais-Royal. — Après que Lulli eut obtenu son don, il me pria, conjointement avec M. Vigarani, qui faisoit les machines et les décorations du théâtre, de prier pour eux M. Colbert de demander au Roi la grande salle de comédie du Palais-Royal pour y représenter leur opéra. J'eus l'honneur de faire pour eux cette proposition à M. Colbert, qui m'écouta fort favorablement. Je me souviens que je lui dis à propos de cela qu'une des choses que les empereurs romains avoient eu soin d'observer étoit de donner des jeux et des spectacles au peuple, et que rien n'avoit plus contribué à leur gagner le cœur et à les maintenir dans la paix et dans la tranquillité ; qu'aujourd'hui ce n'étoit plus l'usage que les princes prissent ces soins là, mais qu'assurément ce seroit une chose bien douce au peuple de Paris s'il avoit au moins la satisfaction de prendre ces sortes de divertissemens dans le palais de son prince. « Vous êtes éloquent, me répondit M. Colbert en souriant ; j'y songerai. » Il en parla au Roi, qui fut bien aise d'accorder cette grâce à Lulli. Ensuite ils demandèrent mille écus pour rétablir les lieux et les mettre en état ; cette somme leur fut accordée[2] et je puis dire qu'ils m'en eurent encore une partie de l'obligation. De tous ces bons offices je n'en eus autre chose que l'honnêteté qu'ils eurent de ne vouloir pas prendre de mon argent à la porte une seule fois ; mais aussi n'en

1. Colbert fut bien vite tout acquis aux intérêts de Lulli, et c'est à Colbert que Lulli s'adressait lorsque quelque difficulté surgissait, ainsi que le prouve une lettre du 3 juin 1672 (*Revue des documents historiques*, t. II, p. 3).

2. Elle figure à la date du 5 octobre 1674 sur les *Comptes des bâtiments*, publiés par M. Guiffrey, t. I, col. 759. Entre temps, Perrault était intervenu littérairement en faveur de l'opéra et avait défendu *Alceste*, dont Quinault avait fait les vers et Lulli la musique (*Recueil de divers ouvrages*, in-4°, p. 269).

voulois-je pas davantage et je ne fis en cela que ce que
j'ai toujours fait dans toutes les occasions où j'ai rendu
quelque service.

*Pensée de faire boucher toutes les fenêtres qui donnent
sur le jardin du Palais-Royal.* — Je crois avoir rendu
aussi un service bien considérable à tous les propriétaires
des maisons qui ont des vues sur le jardin du Palais-
Royal. Mademoiselle de La Vallière demeuroit au Palais-
Royal et apparemment ces vues l'incommodoient.
M. Colbert, qui le jugea bien, me dit qu'il falloit faire
hausser les murs de clôture de ce jardin à la hauteur des
toits des maisons qui sont autour et en murer toutes les
fenêtres. Cela n'auroit pas seulement gâté toutes ces
maisons, mais auroit donné l'air d'une prison ou d'un
couvent à ce jardin, tout beau qu'il est. Cela me fit
frémir. Je dis à M. Colbert, pour éloigner un peu l'exécution de ce travail, que l'entrepreneur le plus propre
pour cet ouvrage étoit occupé à quelque chose qu'il
achevoit à Versailles, et qu'aussitôt qu'il auroit fini ce
travail, on pourroit lui ordonner ce rehaussement de
mur. M. Colbert approuva ma proposition et la chose fut
différée. Peu de jours après, Mademoiselle de La Vallière
sortit du Palais Brion, et on ne parla plus d'élever les
murs de clôture ni de murer les fenêtres. Si on eût une
fois commencé ce travail, on l'auroit achevé et peut-être
que les propriétaires de ces maisons n'auroient jamais
obtenu de remettre les choses en leur premier état.

*Affiches pour donner au rabais tous les ouvrages des
bâtiments.* — En l'année 167., le Roi alla visiter les fortifications que M. de Louvois avoit fait faire à diverses
places du royaume. Le Roi en revint très-satisfait, mais
surtout du peu qu'elles avoient coûté, par rapport à la
grandeur et à l'étendue des ouvrages que M. de Louvois
n'avoit pas manqué de lui exagérer. Au retour, il dit à

M. Colbert : « Je viens de voir les plus belles fortifications du monde et les mieux entendues ; mais ce qui m'a
le plus étonné, c'est le peu de dépense qu'on y a faite.
D'où vient qu'à Versailles nous faisons des dépenses
effroyables, et nous ne voyons presque rien de fait ? Il y
a quelque chose à cela que je ne comprens point. »
M. Colbert fut vivement blessé de ce reproche, et, quoiqu'il rendit au Roi de très-bonnes raisons de la différence
qu'il y avoit entre les atteliers d'armée, où les soldats
ne reçoivent qu'une très-petite paye, et les atteliers
comme ceux de Versailles, où l'on paye de fortes jour-
nées aux paysans qui y travaillent ; que les ouvrages des
fortifications se voient tout d'un coup d'œil et sont tous
d'une même espèce, mais que ceux de Versailles sont
répandus en mille endroits et presque tous d'espèces
différentes, il crut que le Roi avoit été mal prévenu sur cet
article, et qu'assurément on lui avoit fait entendre qu'on
payoit trop cher tout ce qui se faisoit à Versailles. Pour
ôter au Roi cette pensée très-fausse et très-mal fondée, il
ordonna qu'on donnàt à l'avenir tous les ouvrages des
bàtimens au rabais, et, afin que la chose se fìt avec éclat,
il voulut qu'on mìt des affiches aux coins des rues de tous
ces ouvrages pour recevoir les offres de tous les ouvriers.
Ce fut pour moi un surcroit de travail effroyable que
de dresser toutes ces affiches, qui furent en très-grand
nombre et toutes d'un détail incroyable, car toutes les
sortes d'ouvrages de chaque métier y étoient spécifiées.
Cela n'aboutit à rien d'utile ; au contraire, cela causa un
très-grand mal, car les plus méchants ouvriers chassèrent
par leurs rabais les meilleurs et les plus en état de rendre
bon service. Il y eut des menuisiers qui, n'ayant que
de méchant bois dans leurs chantiers, firent de si mauvais ouvrage pour Versailles que, quand les pièces dont
ils avoient fait les croisées étoient fermées, on y voyoit

presque aussi clair que quand elles étoient ouvertes. Il y
eut de bons ouvriers qui continuèrent à travailler comme
ils avoient accoutumé, et, quand on leur disoit que, si on
les payoit sur le pied des affiches et des marchés qu'on
avoit fait avec leurs confrères, ils seroient ruinés : « Nous
ne nous soucions point des affiches ; nous ferons toujours de bon ouvrage, et nous sommes sûrs que M. Colbert
est trop juste pour ne nous le payer pas ce qu'il vaut. » Et
en effet cela arriva ainsi : ils furent payés à l'ordinaire, et
l'on n'eut point d'égard aux marchés faits avec les autres
ouvriers. C'est une méchante chose que d'avoir quoi que
ce soit à trop bon marché. Il faut qu'un surintendant ou
les contrôleurs sous son autorité mettent les prix, mais
des prix raisonnables aux ouvrages, et qu'ensuite ils les
donnent aux meilleurs ouvriers. Cette proposition peut
paraître un peu paradoxe, mais elle est très véritable et
l'on ne peut être bien et fidèlement servi qu'en la suivant.

Ce changement me rendit le travail si onéreux, et M. Colbert devint si difficile et si chagrin, qu'il n'y avoit plus
moyen d'y suffire ni d'y résister. Dans ce même temps,
il voulut que M. de Blainville, son fils, que l'on appelloit
alors M. Dormoy, travaillât sous lui dans les bâtimens
et fît presque tout mon emploi. Cela me fit souhaiter
de le lui abandonner tout entier, jugeant bien d'ailleurs
que M. Colbert n'en seroit pas fâché, afin que son fils eût
l'honneur tout entier, après lui, de ce qui se feroit dans
les bâtimens. Il se plaignit à moi qu'il y avoit un grand
nombre de parties d'ouvriers qui n'étoient pas arrêtées,
particulièrement celles des entrepreneurs du Louvre, qui
ne le sont pas encore en cette année 1702 où j'écris le
présent mémoire, marque que ce n'étoit pas ma négli-
gence qui en retardoit l'exécution, car il y a plus de
vingt ans que je les ai quittées. J'eus beau lui représenter que le grand nombre des affaires courantes m'avoit

tellement occupé qu'il ne m'avoit été possible de faire
rien davantage, outre qu'il ne m'avoit jamais donné ni
l'ordre ni le pouvoir d'arrêter ces mémoires d'une si
grande importance. Il ne laissa pas de gronder toujours
et de me charger d'une faute qui étoit purement la
sienne. Cela alla si loin que je fus obligé de lui demander mon congé, qu'il m'accorda d'autant plus volontiers
qu'il étoit bien aise, comme j'ai dit, de faire paroître son
fils[1] ; ce qui n'arriva point, car, comme il étoit fort jeune
et aimant son plaisir, il n'étoit pas possible qu'il fournit
à la moitié d'un si vaste et si pénible emploi, dont
M. Colbert n'avoit jamais compris ni la difficulté ni
l'étendue, parce que je ne lui faisois point valoir la peine
que je prenois, suivant la mauvaise coutume que j'ai toujours eue de ne point parler des peines que je me donne
dans le service que je rends. J'ai su depuis que M. Colbert disoit : « C'est un abîme que les bâtimens ; plus j'y
travaille et plus j'y trouve de difficultés. Les finances ne
m'ont point donné de peine en comparaison ; je les ai
toutes réglées avec facilité et je ne puis sortir des embarras que les bâtimens me donnent. »

Je mis donc tous les papiers des bâtimens en bon
ordre et les lui rendis avec un inventaire très-exact et me
retirai sans éclat et sans bruit. Quand M. Colbert fut mort,
on me traita d'une manière assez étrange : on me rem-
boursa ma charge, qui valloit bien vingt-cinq mille écus,
avec la somme de vingt-deux mille livres ; et on donna
à M. Le Brun et à M. Le Nôtre vingt mille [livres] cha-

---

1. Jules-Armand Colbert, marquis d'Ormoy et de Blainville, quatrième fils
de Colbert, né le 7 décembre 1663, avait dès 1672 la survivance de la surintendance des bâtiments. A partir de 1679, il commença à s'en occuper, mais
si mal qu'il mécontenta le roi et fut obligé de s'en démettre, le jour même de
la mort de Colbert, pour une somme de 900.000 livres que Louvois lui
compta. D'Ormoy alla à l'armée, et après une carrière brillante et rapide, il
mourut glorieusement à Hochstett en 1704.

cun par gratification pour leurs bons et agréables services
provenans du prix de ma charge, qui fut vendue soixante-
six mille livres ou environ.

Me voyant libre et en repos, je songeai qu'ayant travaillé avec une application continuelle pendant près de
vingt années et ayant cinquante ans passés, je pouvois
me reposer avec bienséance et me retrancher à prendre
soin de l'éducation de mes enfans.

Dans ce dessein, j'allai me loger en ma maison du faubourg Saint-Jacques[1], qui, étant proche des collèges,
me donnoit une grande facilité d'y envoyer mes enfans,
ayant toujours estimé qu'il valloit mieux que des enfans
vinssent coucher dans la maison de leur père, quand cela
se peut faire commodément, que de les mettre pension-
naires dans un collège, où les mœurs ne sont pas en si
grande sûreté. Je leur donnai un précepteur, et moi-même
j'avois le soin de leur faire assez souvent leurs leçons.

M. Colbert étant mort et M. de Louvois ayant été fait
surintendant des bâtimens, nous allâmes, M. Charpentier, M. l'abbé Tallemant, M. Quinault et moi, à Fontainebleau, pour demander à M. de Louvois s'il souhaitoit que nous continuassions les exercices de la petite
Académie des inscriptions et des médailles, que nous
tenions chez M. Colbert. Nous fîmes un mémoire, et ce
fut moi qui le dressai, comme tenant la plume de cette
Académie. Ce mémoire marquoit à quelle intention
M. Colbert l'avoit établie, qui étoit d'avoir auprès de lui
des gens de lettres de qui il pût prendre avis dans une
infinité de choses qui se font dans les bâtimens, où il est
nécessaire qu'il y ait de l'esprit et qui la plûpart ne se
peuvent bien faire sans une connoissance de la manière
dont en ont usé les anciens, et aussi pour faire des des-

---

1. Elle était située sur les fossés de l'Estrapade, en la paroisse Saint-
Benoit, et Perrault l'habita jusqu'à sa mort.

criptions des monumens et autres choses remarquables
que l'on feroit, et qui mériteroient de passer dans les
pays étrangers et d'être laissées à la postérité. Ce mémoire fut donné à M. de Louvois, qui le donna à lire à
M. le chancelier, son père. Ce mémoire fit un effet assez
étrange. M. le chancelier Le Tellier s'étoit toujours moqué
de cette petite Académie, et elle étoit un sujet ordinaire
de ses plaisanteries, ne trouvant point d'argent plus mal
employé que celui que M. Colbert donnoit à des faiseurs
de rébus et de chansonnettes. Cependant, quand il eut
lu ce mémoire, il changea du blanc au noir et dit à M. de
Louvois, son fils, en le lui rendant : « Voilà un établissement qu'il faut conserver avec grand soin, car rien ne
peut faire plus d'honneur au Roi et au royaume à si peu
de frais. » L'après dinée de ce même jour, M. Charpentier, M. Quinault et M. l'abbé Tallemant se présentèrent
à M. de Louvois. Je ne crus pas qu'il fût à propos que je
m'y trouvasse, dans la crainte que M. de Louvois ne me
dît quelque chose qui me déplût, et que dans la chaleur
je ne lui fisse quelque réponse un peu trop forte et dont
j'aurois été fâché dans la suite. M. de Louvois leur dit
ces paroles : « Vous avez jusqu'ici, Messieurs, fait des
merveilles ; mais il faut, s'il se peut, faire encore mieux
à l'avenir. Le Roi vous va donner de la matière où il ne
tiendra qu'à vous de faire des choses admirables. Combien êtes-vous ? — Nous sommes quatre, Monseigneur,
répondit M. Charpentier. — Qui sont-ils ? lui dit M. de
Louvois. — Il y a, reprit M. Charpentier, M. Perrault...
— M. Perrault ? dit M. de Louvois ; vous vous moquez, il
n'en étoit point ; il avoit assez d'affaires dans les bâtimens. Et les autres, qui sont-ils ? — Il y a, dit M. Charpentier, M. l'abbé Tallemant, M. Quinault et moi. —
Mais ne vous voilà que trois... Où est le quatrième ? —
J'ai eu l'honneur de vous dire, reprit M. Charpentier,

qu'il y avoit M. Perrault. — Et je vous dis, reprit M. de
Louvois avec un ton élevé et qui marquoit qu'il ne vouloit pas être davantage contredit, qu'il n'en étoit pas. »
M. Charpentier se tut, et M. de Louvois poursuivit :
« Qui étoit donc ce quatrième ? » Alors M. Charpentier,
ou M. Quinault, ou l'abbé Tallemant dit : « M. Félibien[1]
venoit quelquefois dans l'assemblée lire des descriptions
qu'il faisoit de divers endroits des bâtimens du roi. —
Voilà enfin ce quatrième que je cherchois, dit M. de Louvois. Or çà, allez-vous-en, Messieurs, et travaillez de
toute votre force. »

Voilà comme je fus exclus de la petite Académie, où
j'aurois été assez aise d'être continué ; mais il fallut
encore souffrir cette mortification.

Pour me donner quelque occupation dans ma retraite,
je composai le poëme de *Saint Paulin*[2], qui eut assez de
succès, quoique quelques personnes très-considérables
par leur esprit et par leur réputation s'y opposassent en
toutes rencontres. Il est vrai qu'il y avoit quelques vers
un peu faibles et c'étoit ceux-là seulement que ces personnes mal intentionnées savoient par cœur et débi-
toient dans les compagnies[3].

Ensuite je composai le petit poëme du *Siècle de Louis
le Grand*, qui reçut beaucoup de louanges dans la lecture[4] qui s'en fit à l'Académie françoise, le jour qu'elle
s'assembla pour témoigner la joie qu'elle ressentoit de

---

1. André Félibien, sieur des Avaux, né en mai 1619 et mort le 11 juin 1695,
historiographe des bâtiments du roi dès 1666, membre et secrétaire de l'Académie d'architecture dès sa fondation en 1671.

2. *Saint Paulin, évesque de Nole, avec une Epistre chrestienne sur la Pénitence et une ode aux nouveaux convertis* (Paris, 1686, in-8°). Le poëme est
dédié à Bossuet.

3. Cette phrase est raturée sur le manuscrit.

4. Le 27 janvier 1687. Furetière, dans son troisième factum, parle assez
avantageusement de l'accueil que reçut le poème de Perrault, et plus avantageusement encore de la protestation de Boileau (Asselineau, t. I, p. 302).

la convalescence de Sa Majesté après la grande opération qui lui fut faite. Ces louanges irritèrent tellement M. Despréaux qu'après avoir grondé longtemps tout bas, il s'éleva dans l'Académie, et dit que c'étoit une honte qu'on fît une telle lecture, qui blamoit les plus grands hommes de l'antiquité. M. Huet[1], alors évêque de Soissons, lui dit de se taire, et que, s'il étoit question de prendre le parti des anciens, cela lui conviendroit mieux qu'à lui, parce qu'il les connoissoit beaucoup mieux, mais qu'ils n'étoient là que pour écouter. Depuis, le chagrin de M. Despréaux lui fit faire plusieurs épigrammes qui n'alloient qu'à m'offenser, mais nullement à ruiner mon sentiment touchant les anciens. M. Racine me fit compliment sur cet ouvrage, qu'il loua beaucoup, dans la supposition que ce n'étoit qu'un pur jeu d'esprit qui ne contenoit point mes véritables sentimens, et que dans la vérité je pensois tout le contraire de ce que j'avois avancé dans mon poëme[2]. Je fus fâché qu'on ne crût pas ou du moins qu'on fît semblant de ne pas croire que j'eusse parlé sérieusement, de sorte que je pris la résolution de dire sérieusement en prose ce que j'avois dit en vers, et de le dire d'une manière à ne pas faire douter de mon vrai sentiment là-dessus. Voilà quelle a été la cause et l'origine de mes quatre tomes de *Parallèles*.

1. L'érudit Pierre-Daniel Huet, né à Caen le 8 février 1630, mort à Paris, dans la maison professe des Jésuites, le 26 janvier 1721, successivement évêque de Soissons et d'Avranches. Élu le 30 juillet 1674, à l'Académie, en remplacement de Gomberville, il a laissé des mémoires, qui ont été traduits par Ch. Nisard (1853, in-8°).

2. Racine fit une épigramme qu'on trouve dans ses œuvres (Collection des grands Écrivains, t. IV, p. 244).

> Grand Dieu, conserve-nous ce roi victorieux,
> . . . .
> Empêche d'aller jusqu'à lui   .
> . . . .
> Toute langueur, toute fièvre ennemie
> Et les vers de l'Académie.

RELATION DU VOYAGE FAIT EN 1669

PAR MM. DU LAURENT, GOMONT, ABRAHAM ET PERRAULT[1]

12 *septembre. Chastres.* — Le 12 septembre 1669, nous partîmes, mon frère et moi, de Paris avec MM. du Laurent et Abraham, à deux heures après-midi, dans un carrosse attelé de six chevaux gris et escortés du sieur Clervant. Nous arrivâmes à Chastres[2], où nous couchâmes *aux Trois Rois.*

13. *Étampes.* — Le vendredi 13, nous fûmes dîner à Étampes, *aux Trois Rois.* Nous entrâmes dans la ville précédés d'une compagnie du régiment des gardes suisses, qui alloit attendre le Roi à Chambord, et de deux carrosses à six chevaux et du reste du train du duc de Saint-Aignan. Cet équipage nous fit recevoir avec des cris de *Vive le Roi!* dans les rues.

Lasse. — Nous fûmes coucher à un château à six lieues d'Étampes, qui est une baronnie nommée Lasse[3], qui appartient à M. de Gomont, ordinaire de chez le Roi et gouverneur de Montdidier. Nous y fûmes régalés par le seigneur du lieu et par la dame, qui est une belle per-

---

1. Nous ne connaissons sur ces compagnons de voyage de Claude Perrault que ce que lui-même en a dit ci-dessous. — Le titre du manuscrit appelle l'un d'eux, à tort, M. de Saint-Laurent.

2. Terre et marquisat érigé en duché d'Arpajon.

3. Actuellement Laas, commune du canton et de l'arrondissement de Pithiviers (Loiret).

sonne, et fort civile, et non moins spirituelle. M. de
Gomont, avocat, frère du seigneur, nous attendoit en un
lieu où il étoit venu en litière, deux jours devant, à cause
d'une blessure qu'il avoit à la jambe qui s'étoit trouvée
aggravée.

14. *Orléans. Obélisque de Sainte-Croix. Arcs-boutants
de Sainte-Croix.* — Le samedi 14, jour de Sainte-Croix,
nous partîmes à 11 heures pour Orléans [1], où, en arrivant,
nous fûmes d'abord aux Chartreux voir dom Le Fevre et
de là à Sainte-Croix où nous entendîmes la musique qui
est fort bonne et qui ce jour ne cédoit guère à celle de
Notre-Dame-de-Paris. Nous
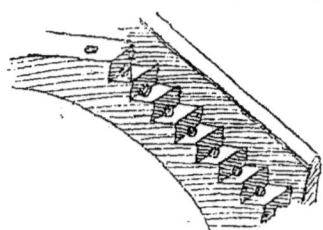 montâmes au clocher de l'hor-
loge, qui est un obélisque
de charpenterie, couvert de
plomb, sur le milieu de
l'église. Cet obélisque est fort
beau, mais la charpente est
un peu gauche. Nous observâmes que ce qu'il y a de plus
remarquable au bâtiment de l'église est les arcs-boutants
qui portent chacun un rampant pour monter aux balustrades qui sont au haut de l'église, qui reçoivent l'eau
des toits qui s'écoule le long de ces rampants au travers
des degrés qui sont percés par le milieu.

Le soir nous fîmes accommoder une estrade ou mar-
chepied de bois avec un étrier de fer derrière notre carrosse pour placer deux grands laquais, qui, sans cela, ne
pouvoient s'y tenir à cause d'un fort grand coffre qui
l'occupoit.

15. *Cléry. Saint-Laurent-des-Eaux. Chambord.* — Le
dimanche 15, nous partîmes avec M. de Gomont et notre

---

1. Sur Orléans, on peut consulter F. Le Maire, *Histoire de la ville et duché
d'Orléans*, 1648, 2 vol. in-folio, et D. Polluche, *Description d'Orléans*, 1678,
in-8°, etc.

Relation du voyage fait en 1669 par M.r... de... Perrault.

111

FAC-SIMILE DU MANUSCRIT AUTOGRAPHE DE LA RELATION DU VOYAGE A BORDEAUX.

Par Claude Perrault.

escorte fut augmentée d'un second cavalier qui étoit le
sieur de La Chastre, valet de chambre de M. de Gomont.
Nous entendîmes la messe à Notre-Dame de Cléry[1], à la
chapelle qui est dans le jubé, où il y avoit d'assez beau
monde. Nous fûmes ensuite dîner à Saint-Laurent-des-
Eaux[2]. De là nous fûmes à Chambord, où nous saluâmes
MM. de Saint-Aignan, de Sommery, gouverneur, et de
Ménars, qui nous reçurent avec beaucoup d'honnêteté et

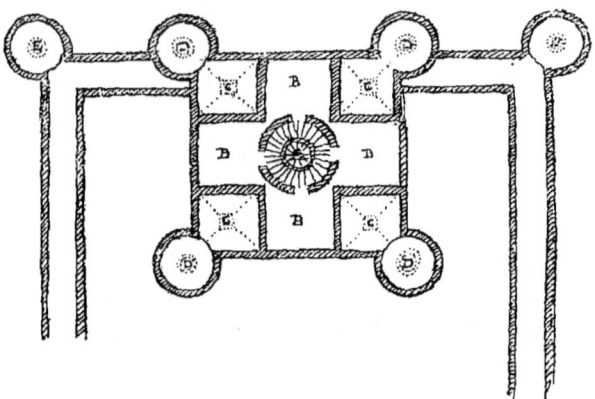

nous pressèrent fort de faire collation. Le château, dont
l'entrée et le devant n'est point achevé, a quelque chose
de riant et de magnifique tout ensemble[3]. L'architecture
est peu régulière; les colonnes et les pilastres ne soutiennent que des corniches architravées; les colonnes

1. Cléry-sur-Loire, chef-lieu de canton de l'arrondissement d'Orléans
(Loiret). Son église collégiale possédait une fameuse statue de la Vierge, à
laquelle Louis XI portait une grande dévotion.

2. Commune du canton de Bracieux, arrondissement de Blois (Loir-et-
Cher).

3. André Félibien, sieur des Avaux, a fait, à peu près à la même époque
que Perrault, une description plus détaillée du château de Chambord. On la
trouvera, avec les annotations dont Anatole de Montaiglon l'a accompagnée,
dans les *Mémoires pour servir à l'histoire des maisons royales et bâtiments
de France*, publiés, en 1874, pour la Société de l'histoire de l'Art français
(p. 27-43 et 95).

sont renflées par le milieu outrageusement, à la manière
de L. B. Alberti. Les pierres sont fort blanches en dehors
de même qu'en dedans assez tendres et fort petites.

Escalier de Chambord. — Il y a au milieu du château
un escalier A qui est double, ayant deux rampants les
uns sur les autres, chaque rampant n'ayant que 9 pieds
d'échappée et étant sans palliers. Les marches n'ont que
15 ou 16 pouces au plus de large et 7 pieds de long. Il y
a quatre grandes terrasses BBBB de 28 pieds sur 56,
pavées de grandes pierres. Ces terrasses sont au milieu
des quatre faces et de quatre pavillons CCCC, et ces
pavillons ont de grosses tours DDDD en leurs enco-
gnures, outre deux autres tours EE qui sont aux extrémités. Ces pavillons et ces tours, qui sont tous couverts
en dessus, outre leurs lanternes, sont presque tous acca-
blés d'une quantité de cheminées qui s'élèvent fort haut,
étant ornées de colonnes, de niches et autres membres
d'architecture qui, étant placés sans symétrie, font un
assez mauvais effet. Nous fûmes de là coucher à Blois,
aux Trois Marchands, qui est une fort bonne hôtellerie.

16. *Blois. Escalier de Blois. Nouveau bâtiment du
château de Blois. Vestibule de l'escalier du nouveau château.* — Le lundi 16, nous fûmes au matin voir le château, qui est composé de trois sortes de bâtiments [1]. Celui
qui est à l'entrée est bâti par Louis XII, dont l'effigie est
sur la porte, à cheval, avec un épigramme de six vers
latins écrits en lettres gothiques. Le corps de logis qui
est à droite en entrant paraît plus ancien, quoi qu'il soit
bâti par François Ier. Ce qu'il a de remarquable est un
escalier en vis dont les marches sont fort larges et cour-

---

1. Pour le château de Blois comme pour celui de Chambord, nous renverrons à la description plus circonstanciée que Félibien en a donné dans les
Mémoires pour servir à l'histoire des maisons royales et bâtiments de France
(p. 1-24 et 93). Voir aussi le livre récent de Fernand Bournon, *Blois, Chambord et les châteaux de Blésois*, dans la collection : *les Villes d'art célèbres*.

bées. La coquille est fort belle, étant en plafonds et
comme soutenue par des bandes qui se croisent. Le bâtiment qui est en face a été bâti par M. le duc d'Orléans
défunt. Il est composé
de deux pavillons qui
sont joints par un corps
de logis. Ils ont deux
ordres d'architecture :
celui d'en bas est ioni-
que, l'autre, corin-
thien. Dans la cour, les
flancs des pavillons qui
s'avancent en ailes ont
leurs angles rentrants
remplis d'une plate-
forme en quart de rond,

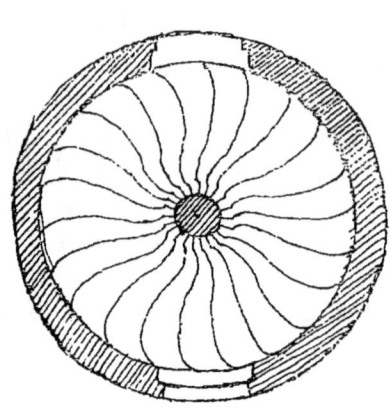

qui est soutenue par des colonnes isolées, d'ordre ionique,
avec des figures au dessus des colonnes. La face des
pavillons qui regarde le jardin a des avant-corps couverts
de frontispices et un balcon à chaque avant-corps. Le
vestibule qui est fort beau et fort orné est percé par le
milieu de la voûte par le carré A, qui laisse voir un autre
vestibule au-dessus qui est aussi fort beau. Son entrée

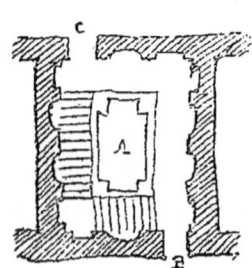

de la cour est à un coin comme
vers B et celle du jardin est à
l'autre vers C. Le concierge, qui
étoit un grand bredouillon, m'im-
portuna fort par les récits qu'il
nous fit et l'histoire de la mort de
MM. de Guise, et nous fit employer
tout notre temps à voir les endroits
où il a été tué, le cachot où le Car-
dinal passa la nuit avec l'archevêque de Lyon, dans lequel
on descend par un trou qui est fermé d'une pierre ronde,

de là l'endroit dans la cour où ils ont été brûlés. Nous
fûmes dans le jardin qui est à côté du château pour voir
l'orangerie et la galerie qui est au-dessus, bâtie par
Henri IV. Mais le portier était à vendanger. Il n'y a

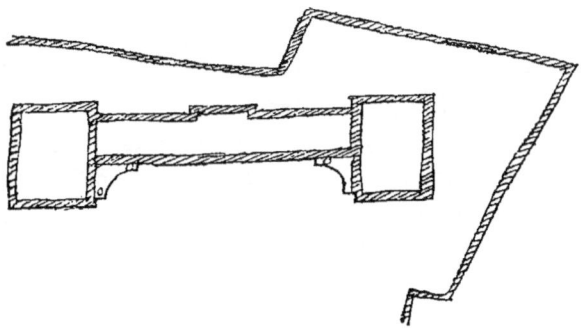

point de parterre en la face principale, cet endroit étant
fort étroit et fermé par une haute terrasse.

Observatoire de Blois. — Dans le jardin, il y a un
bâtiment pour servir d'observatoire. C'est une tour
carrée qui a au haut un corridor découvert en terrasse
large de six ou sept pieds, qui tourne autour d'une petite
chambre sur la porte de laquelle il y a écrit : VRANIAE
SACRVM.

Saint-Solenne. Saint-Romer. — Nous fûmes voir toutes
les églises. Celle de Saint-Solenne est voûtée de bois
peint de blanc comme le reste de l'église. L'église de
Saint-Romer, qui est d'un gothique fort ancien, a au
milieu de la croisée une espèce de dôme à la moderne[1].

*Amboise. Le grand bois de cerf. Petite chapelle fort
belle. Grands escaliers pour monter à cheval et en car-*

1. L'église Saint-Solenne, telle que Perrault la vit, fut renversée, en 1678,
par un ouragan. En 1730, elle changea son vocable pour celui de Saint-
Louis. C'est aujourd'hui l'église cathédrale de Blois. — Saint-Laumer —
et non Saint-Romer — actuellement Saint-Nicolas, est l'église de l'ancienne
abbaye de Saint-Laumer.

rosse. — L'après-dîné nous fûmes à Amboise, où nous couchâmes. Nous fûmes voir le château que nous trouvâmes gardé par deux hommes, dont l'un vint nous conduire. Il nous fit voir la grande chapelle, le grand bois de cerf qui est pendu fort haut. Je remarquai que la portion du crâne qui y est attachée et qui est presque la moitié de ce qui enferme la cervelle est fort petite à comparaison du bois et des autres os feints qu'on voit en ce lieu, qu'on dit être du même cerf, mais en récompense cet os du crâne est extraordinairement épais. L'énorme grandeur de ce bois et des autres os ont fait croire qu'ils sont feints et faits de quelque composition artificielle, mais les os que l'on manie qui sont le corps d'une vertèbre et trois côtes sont des os véritables, que quelques-uns disent être des os de baleine.

Il y a encore une autre chapelle plus petite qui est fort remarquable, à cause de la délicatesse de sa sculpture, qui est fort ancienne et fort gothique et des meilleurs maîtres du temps. Elle est petite, composée de trois chapelles, deux aux côtés de celle qui est au milieu et qui est la principale. Dans chacune des petites chapelles il y a une cheminée.

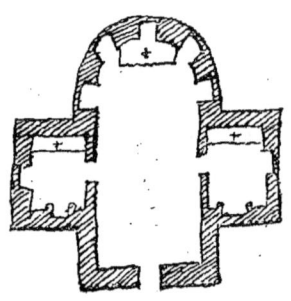

Aux deux coins du château sont deux grands escaliers qui sont faits pour monter en carrosse depuis le bas de la ville jusque dans le château, qui est sur un haut rocher. Ce sont deux grosses tours qui ont en leur milieu une autre tour qui sert de noyau à l'escalier, qui est d'une largeur et d'une hauteur surprenantes. Il est voûté et fait une coquille qui est soutenue par des arcs fort bien tournés. La tour qui sert de noyau est percée par plusieurs fenêtres.

17. *Tours. Marmoutier. La Sainte Ampoule. Nouveau bâtiment.* — Le mardi 17, nous arrivâmes à Tours[1] sur les neuf heures du matin. Nous rencontrâmes M. et Mme Robichon à une lieue de la ville, qui venoient au devant de nous dans le carrosse de M. de Fontenailles, chez qui nous dinâmes. Après diner toute la compagnie fut à Marmoutier[2], excepté mon frère qui demeura avec M. de Fontenailles. Nous y vîmes les reliques de saint Martin, de saint Corentin, etc., et nous baisâmes la Sainte Ampoule. Nous vîmes le nouveau bâtiment, qui est grand et fort haut élevé, mais assez mal ordonné. L'architecte y a voulu faire un grand ordre, quoiqu'il n'en soit pas capable, parce que le second étage doit servir de dortoir qui demande des fenêtres fort proches les unes des autres et fort petites, suivant la règle de saint Benoît qui ne permet pas qu'elles aient plus de deux pieds et demi de large sur quatre de haut, ce qui n'est guère propre pour un ordre dont les pilastres ont cinq pieds de large, et ce qui est encore de plus mal est, qu'au lieu de mettre deux fenêtres entre les pilastres, comme il pouvoit, il n'en a mis qu'une, ce qui fait un pycnostyle qui a fort mauvaise grâce quand il n'est point de colonnes isolées. Ce bâtiment qui n'est pas à moitié fait et qui a engagé la maison de 15 000 livres de rente fait beaucoup de bruit dans le monde; mais on n'a pas raison de blâmer ces religieux que d'avoir mal choisi leur architecte, qui est un frère augustin, car tous leurs cloîtres, leurs dortoirs et autres bâtiments étant en ruines, ils ne pouvoient pas

1. Voyez *Tours et les châteaux de Touraine*, par Paul Vitry, dans la collection *les Villes d'art célèbres*.

2. Célèbre abbaye de Bénédictins qui se trouvait dans le faubourg de Saint-Symphorien, à Tours.

moins faire que ce qu'ils ont fait, et, s'il y a du superflu,
il le faut attribuer à l'imprudence de l'architecte dans la
fantaisie de son grand ordre, pour lequel il a fallu un
nombre infini de grandes et énormes pierres pour faire
la corniche avec la saillie qui est nécessaire à un ordre
de cinq pieds de module. Car d'ailleurs les grandes pièces,
comme le chapitre, les cloitres et le réfectoire sont fort
médiocres.

Rougemont. — Nous montâmes à Rougemont où est le
palais abbatial, les pressoirs et les cuves d'où par un
tuyau le vin est caché au travers de la montagne, dans
les celliers qui sont dessous, taillés dans le roc. Ensuite
nous fûmes faire collation dans l'abbaye. De Marmoutier
nous passâmes à la Béraudière pour voir la belle vue,
mais il étoit trop tard, et en revenant nous fîmes la plus
grande partie du chemin à pied, à cause qu'il est si
étroit que nous jugeâmes qu'il ne faisoit pas sûr de passer
à quatre chevaux sur un précipice dans l'obscurité. Nous
nous servîmes ce jour et le lendemain du carrosse de
M. de Fontenailles afin de faire reposer nos chevaux. Ce
même soir nous fûmes voir M. Voisin de la Noraye,
intendant, et M. l'Archevêque. MM. du Laurent, de
Gomont et Abraham furent coucher à l'hôtellerie de
Sainte-Marthe, où étoit logé notre train, et mon frère et
moi demeurâmes chez M. de Fontenailles. Après souper,
Mme Robichon fut fort malade d'une colique, qui la
tourmenta toute la nuit ; je la fus conduire chez elle
et y demeurai fort tard.

18. *Sainte-Maure. Sainte-Catherine.* — Le mercredi 18,
nous fûmes, mon frère et moi, entendre la messe à Saint-
Martin et faire quelques visites dans la ville. Nous ache-
tâmes des dés à coudre et nous vinmes encore diner avec
toute la compagnie chez M. de Fontenailles. Avant que
de nous mettre à table, les juges et consuls de la ville

vinrent prêter le serment entre les mains de M. du Laurent, suivant la permission qu'ils ont de prendre l'occasion de la présence de quelques-uns de messieurs qui passent par la ville, ce qui les exempte de faire un voyage à Paris.

Après diner, nous partîmes, un peu après trois heures, pour Richelieu, mais nous ne pûmes aller coucher qu'à Sainte-Maure[1], qui est une ville qui appartient à Mme de Chevreuse, où nous n'arrivâmes qu'après minuit à cause des mauvais chemins qui sont proche Sainte-Catherine[2], lieu célèbre à cause des pruneaux qui s'y font. Ces chemins sont creusés en plusieurs endroits par les orages de l'été, qui y font des trous si creux qu'il est impossible aux carrosses d'y passer ni d'en sortir parce qu'ils sont bordés des deux côtés de berges et de haies : de sorte qu'étant arrivés dans ce chemin au commencement de la nuit, nous y demeurâmes près de quatre heures pour faire une demie-lieue. et sans ce que nous avions pourvu à avoir de la lumière que nous allumâmes avec un fusil, nous y aurions couché. Nous brûlâmes trois flambeaux.

En passant à Sainte-Catherine, entre dix et onze, il sortit d'une maison une femme éplorée qui vint à la portière de notre carrosse demander s'il n'y avoit point un médecin dans notre compagnie, et qu'il y avoit une personne fort malade qui en avoit grand besoin. Cette harangue surprenante ayant d'abord fait faire un cri à toute la troupe, on demanda à cette femme d'où lui venoit cette pensée d'aller chercher un médecin sur les grands chemins. Elle ne dit point d'autre raison sinon qu'elle avoit jugé que notre train devoit être d'un grand seigneur et que d'ordinaire les grands menoient des méde-

1. Chef-lieu de canton d'Indre-et-Loire, arrondissement de Chinon.
2. Saint-Catherine de Fierbois, à 7 kilomètres de Sainte-Maure.

cins avec eux, ce qui nous sembla justifier la bonne opinion qu'on avoit de nous quand on avoit crié : *Vive le Roy !*
à la vue de notre équipage. La vérité est que la malade
l'étoit beaucoup, et que poursuivant notre chemin et
nous étant enfoncés à demi-lieue de là dans les fon-
drières des mauvais chemins dont il a été parlé, nous
rencontrâmes le chirurgien qui venoit voir la malade,
qui nous aida à nous adresser à notre chemin, dont nous
avions beaucoup plus de besoin que de quantité d'apho-
rismes d'Hippocrate qu'il nous dit à propos de sa malade
à qui je crois aussi qu'ils ne firent guère plus de bien
qu'à nous. Cependant qu'on attela le carrosse par derrière pour retourner chercher un passage dans un autre
chemin au travers des haies et des berges qui bordaient
celui où nous étions, nous le continuâmes à pied jusqu'à
Sainte-Maure. Nous avions pris un guide à Sainte-Catherine que nous avions fait monter sur le cheval de
M. Clervant, qui se mit dans le carrosse. L'équipage du
guide étoit considérable, ayant un bonnet de nuit
en tête et son chapeau par dessus, car on l'avait fait
lever à la hâte. Le seul malheur étoit que ses sabots ne
pouvoient entrer dans les étriers. Le principal est qu'il
ne savoit point les chemins, de sorte qu'on le fit descendre pour mettre à sa place le guide qui menoit le chirurgien. Étant arrivés à Sainte-Maure, nous fîmes avec
beaucoup de peine lever l'hôte et l'hôtesse de la *Belle
Image*, où nous mangeâmes un dindon qui se trouva cuit
et une perdrix qu'on fit cuire. Il était minuit sonné ; cela
nous empêcha de faire difficulté de manger de la chair.
le jour des Quatre-Temps étant passé.

19. *Tombeau de MM. de Rohan. La ville. Richelieu. La
paroisse. La halle.* — Le lendemain jeudi 19. nous fûmes
à la messe à la paroisse, où il y a un beau tombeau au
milieu du chœur où sont couchées trois figures de marbre

blanc. Celle du milieu est une femme qui a ses deux maris
à ses côtés, qui sont des seigneurs de la maison de
Rohan et les ancêtres de M. de Monbazon. Il y a aussi à
côté du chœur une belle chapelle, dans laquelle est un
épitaphe pour plusieurs personnes de la maison de
Rohan. Étant partis après dîner, nous arrivâmes entre
quatre et cinq à Richelieu, après avoir passé la rivière
de Vienne dans un bac, où nous prîmes un guide qui ne
savoit les chemins non plus que celui du jour précédent.
Nous ne laissâmes pas d'arriver à Richelieu sans nous
égarer. La ville est longue, composée d'une grande rue
et traversée en trois endroits par d'autres plus courtes.
Aux deux bouts de cette rue sont de grandes places
carrées : dans celle qui est au bout qui est proche du
château, l'église est à main droite et la halle à la gauche.
L'église est fort belle et fort propre, d'ordre dorique,
à pillastres et arcades, ayant deux clochers fort hauts et
charpente couverte de plomb en forme d'obélisque. La
ville est enfermée de fossés pleins d'eau et fort larges.

*Le château : le portail, la cour, la galerie, le salon, la
chapelle haute, la chapelle basse.* — A la sortie de la
ville est une des avenues du château[1] qui a un beau
canal à la gauche et un mail à la droite. Cette avenue
a environ 150 toises. Elle aboutit à une des portes de la
basse-cour du château, qui est aussi entouré de fossés
pleins d'eau. Il est composé de quatre pavillons couverts
de domes avec des lanternes, et de trois corps de logis
qui les joignent et d'une terrasse qui est sur le devant,

---

1. Sur le château de Richelieu et sur les collections qu'il renfermait ou
peut consulter : Jérôme Vignier, *Le château de Richelieu, ou l'histoire des
Dieux et des Héros de l'Antiquité avec des réflexions morales* (Saumur, 1676,
in-8°; 2ᵉ édition, 1681 ; 3ᵉ édition, 1683) ; — *Description du château de Richelieu par un anonyme du milieu du* xviiiᵉ *siècle* (dans *Nouvelles archives de
l'art français*, 2ᵉ série, t. III, p. 211) — et *Notes sur les collections de Richelieu*, par Edmond Bonnaffé (dans *Gazette des Beaux-Arts*, 2ᵉ période, t. XXVI,
p. 5, 96 et 205; juillet, août et septembre 1886).

au milieu de laquelle est un portail élevé sur la terrasse.
Au milieu du portail, dans une arcade au-dessus de la
porte, est la statue de Louis XIII, de marbre blanc, et
aux deux côtés en bas il y a dans des niches deux statues
antiques, et, sur le faîte du portail, une Renommée de
bronze. Aux deux côtés sur la terrasse, il y a en dehors
deux colonnes rostrales et en dedans deux obélisques de
marbre jaspé. Le dedans de la cour est orné de niches
et de vides enfoncés où il y a des figures antiques et des
bustes. Le grand escalier est à deux rempants qui se
joignent en un palier ; les ballustrades et les appuis
sont d'un marbre qui
ressemble fort au
porphyre. La galerie
qui fait une des ailes
est peinte des vic-
toires et des conquê-
tes que le Roi a faites
pendant le ministère
du cardinal de Riche-
lieu. Les poutres du
plancher sont soute-
nues par des thermes
dont les gaines sont
deux fois plus lon-

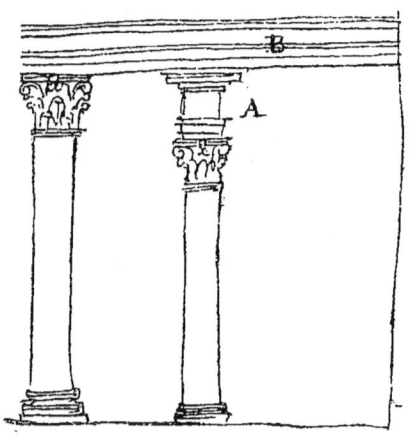

gues qu'elles ne devroient être. Il y a au bout de la
galerie un grand salon orné de quantité de statues et
de bustes antiques. On entre dans ce salon par une
ouverture large qui est soutenue par quatre colonnes de
marbre qui, parce qu'elles étoient plus courtes que les
pilastres de l'ordre du salon, on leur a fait un architrave
frise de corniche A, qui soutient l'architrave B.

Dans la chapelle, il y a un tableau d'un *Saint-Jérôme*
qui est fait en mosaïque. Les pierres, dont elle est com-

posée, ne sont pas larges d'une ligne et épaisses de
demi-ligne, ainsi que l'on pouvoit voir en un endroit qui
étoit éraillé. La grande chapelle basse a une voûte si
plate et tellement surbaissée qu'on a été contraint d'y
mettre une colonne au milieu. Après souper, comme nous
étions proche à nous aller coucher et que nous étions
retirés dans nos chambres, le sénéchal accompagné de
tous les officiers en robe vinrent haranguer M. du Laurent. Nous quittâmes nos bonnets de nuit pour assister
à cette cérémonie.

20. *Saint-Genets. Bonnivet. Escalier de Bonnivet.* — Le
vendredi 20, nous sortîmes de l'hôtellerie devant cinq
heures, après avoir acheté quatre exemplaires de plans,
élévations, profils et perspective du château, qui nous
furent vendus par notre hôte. Nous fûmes dîner à Saint-
Genets[1], à quatre lieues de là, qui en vallent plus de
sept de France. L'hôtellerie étoit fort mauvaise ; ce fut là
où on commença à se servir des cuillers et des cou-
teaux qui étoient dans notre bagage. Après dîner nous
partîmes pour Poitiers et nous vîmes en passant le château de Bonnivet où nous descendîmes[2]. Ce château qui
est bâti par un amiral de France du temps de François Ier,
comme il apparaît par les salamandes qui sont en plusieurs endroits, est beau et grand, mais imparfait, n'ayant
que le corps de logis de fait et la moitié des ailes qui
sont de chaque côté. M. de Megrigny, à qui le château
appartient, fait rebâtir la face de devant, qui est une terrasse avec une balustrade soutenue par des arcades. L'architecte qui refait cette terrasse est louable en ce qu'il la
fait du même ordre et avec des ornements aussi mal

1. Saint-Genest d'Ambière, canton de Lencloître, arrondissement de Châ-
tellerault (Vienne).

2. Les ruines du château de Bonnivet subsistent dans la commune de
Vandœuvre-du-Poitou, à 18 kilomètres au nord de Poitiers.

taillés que ceux du château, qui a par dehors deux fort
grosses tours aux deux coins sur le jardin. Le dedans de la
cour et le dehors sur le jardin est orné de pilastres d'ordre
composite, deux ordres l'un sur l'autre dont le dernier a une grande corniche soutenue par des consoles
ayant au-dessus une balustrade qui tourne tout autour

par dehors et par dedans la
cour. Cette balustrade est
composée d'ancres croisées
les unes sur les autres. Au-
dessus de cette balustrade il
y a une retraite pour le corridor sur lequel il s'élevoit
autrefois un attique avec des
lucarnes qu'on a cachées en
faisant descendre la couverture suivant sa pente pour
couvrir le corridor, et cette
saillie est soutenue par des
poteaux qui posent sur la
balustrade, ce qui gâte tout.
L'escalier est au milieu, fort
grand, fait en vis quoique
dans un carré. Les marches au
plus étroit ont huit pieds. On
y entre par deux arcades AA,

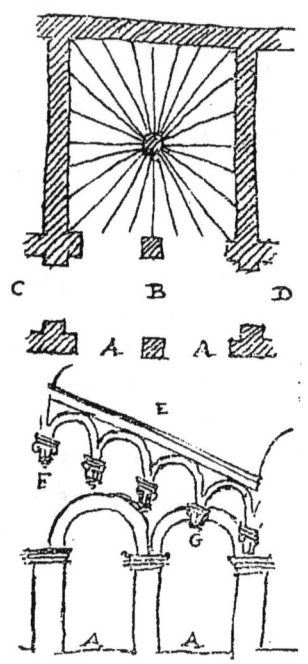

qui font un palier B, dans lequel on entre pour passer
aux deux appartements CD. La coquille E, qui est toute
unie, est soutenue par des arcades qui sont collées
contre les murs de la cage de l'escalier et qui posent sur
des chapiteaux composites F, qui aboutissent en un des
culs de lampe, dont il y en a un G qui pend plus bas que
le bandeau d'une des deux portes par lesquelles on entre
dans les paliers.

Poitiers : rues de Poitiers. — Nous arrivâmes à Poitiers [1] sur les sept heures du soir, et, sur le chemin, à une lieue et demie de la ville, on nous présenta un panier de fort beaux raisins de la part d'une jeune demoiselle qui étoit sur le bord de sa vigne. Nous entrâmes à Poitiers par un faubourg qui est sur la colline d'où on descend dans la ville, qui est d'une fort grande étendue, ayant plusieurs jardins, des vignes et des terres labourables. Elle est fort mal pavée de petits cailloux et les rues sont inégales, étant pleines de fosses et d'éminences. Elles sont de plus courtes et tortues ; les maisons sont petites et basses, mal bâties, malpropres et fort pauvres. Nous descendîmes à l'hôtellerie des *Trois Piliers*, que l'on nous dit être la meilleure de la ville, mais qui nous parut assez mauvaise. La plus belle chambre, qui fut donnée à MM. du Laurent et de Gomont, avoit deux lits de reseau recouverts comme il y en a aux villages proche de Paris, et il n'y avoit point d'autre vaisselle d'argent que les cuillers et les fourchettes.

21. *Saint-Hilaire : le sarcophage ; le caveau de Saint-Hilaire. Le Marché. Notre-Dame-la-Grande. Statue de Constantin. Le Palais.* — Le samedi 21, jour de saint Matthieu, nous montâmes dans le carrosse du lieutenant criminel, qui est de la connoissance de M. du Laurent et qui vint avec nous, en robe, pour nous faire voir les antiquités et curiosités de la ville, dont il n'étoit guère mieux informé que nous, car nous reconnumes qu'il ne lui étoit point tombé en l'esprit qu'on eut de la curiosité que pour ce qui est agréable à la vue et qu'il s'étoit seulement figuré que nous avions demandé son carrosse

1. A partir de ce passage, ce qui concerne dans le journal de voyage de Claude Perrault le Poitou et l'Aunis a été publié par M. Paul d'Estrée dans les *Archives historiques de la Saintonge et de l'Aunis*, t. XXVIII (Saintes, 1899), p. 339-359. Sur Poitiers, voyez la monographie *Poitiers et Angoulème*, par M. l'abbé de La Mauvinière, dans la collection *les Villes d'art célèbres.*

pour faire des visites. Nous fûmes à Saint-Hilaire, qui est
une église de médiocre grandeur, mais dont la structure
est assez particulière. La voute qui est en berceau, ayant
des fenêtres qui ne s'élèvent pas jusques en haut comme
en l'ordre gothique, mais qui sont en lunette, est portée
sur de grosses colonnes qui ont leurs bases de chapiteaux
approchant assez de l'ordre antique. Cette voute en berceau a des bandeaux carrés qui posent au droit des
colonnes et on a peint des arcs qui vont diamétrale-
ment de coin en coin pour représenter ceux qui sont
ordinairement en l'ordre gothique. Dans la croisée à
main droite, nous vîmes le sarcophage, qui est une espèce
de tombeau d'une pierre dure et polie, mais qui n'est
point marbre. Elle est taillée de bas-reliefs si effacés
qu'on n'y connoit rien. On dit que ce cercueil consomme
en vingt-quatre heures la chair des corps morts. Nous
fîmes l'expérience d'une autre particularité qu'a cette
pierre, qui est que quand on la frotte elle rend une
puanteur insupportable qui cesse incontinent. On nous fit
voir aussi dans un grenier ce qu'on appelle le berceau de
saint Hilaire, qui est un gros tronc d'arbre creusé où on
dit que ce saint couchoit. Il sert à présent pour y
mettre et lier les fous pendant la neuvaine qu'on fait
pour leur guérison. Nous fûmes ensuite dans le marché
qui étoit plein d'un fort vilain peuple et où il n'y avoit
presque point d'autres marchandises que de grandes pro-
visions d'ail.

A un des côtés du marché est l'église de Notre-Dame-
la-Grande, qui ne l'est pourtant guère. Ce qu'il y a de
remarquable est qu'à la muraille de l'église, du côté du
marché, il y a une arcade enfoncée où est une statue
équestre qu'on dit être de Constantin. Il y auroit plus
d'apparence de croire qu'elle est de Clovis, qui défit
Alaric près de Poitiers. Ce qu'il y a de certain est que

c'est la sculpture la plus horrible qui se puisse imaginer. Le prétendu Constantin tient une épée de fer dont le travers est presque aussi grand que la lame. Le lieutenant criminel nous dit sérieusement que cette statue étoit pareille à celle du cheval de bronze du Pont-Neuf.

Du marché nous fûmes au Palais, dans lequel on entre par une espèce de ruelle qui lui sert de cour et où deux personnes ont de la peine à passer de front. La salle du promenoir est fort grande, ayant huit toises et demie de large. Elle est aussi fort haute et n'a que de fort petites fenêtres qui sont au haut de la muraille, la plupart murées. A un des pignons elle est ouverte par trois grandes fenêtres qui sont presque bouchées par les tuyaux de trois cheminées qui occupent un des bouts de la salle et qui n'ont toutes trois qu'un seul manteau. Au devant de ces cheminées il y a une estrade de la largeur de la salle, sur laquelle on monte par neuf degrés qui sont de la largeur de l'estrade. A l'autre bout, à l'opposite de la cheminée, il y a contre la muraille un monstre attaché qu'on dit être un crocodile qui a été trouvé autrefois dans une cave ; mais ni la taille ni les dents qui sont en la mâchoire inférieure, qui est la seule qui est restée, ne sont point d'un crocodile, et il est possible que ce monstre n'a jamais eu de pieds. Cette salle était tellement sale que nous aurions cru qu'elle n'a jamais été balayée, si nous n'eussions trouvé sur l'estrade et dans la cheminée la valeur de plus de dix tombereaux d'ordures, sans compter la quantité de six autres tombereaux pour le moins qui étoit aux coins de la salle et auprès des portes par lesquelles on entre aux chambres de l'audience et du conseil qui ne sont guères plus propres que la salle.

Les Jésuites. Sainte-Radegonde. Sainte-Croix. Le Pas-Dieu. Saint-Jean. Les Arènes. — La maison des Jésuites en récompense est fort propre et leur chapelle, leur sacris-

tie, et les salles de la congrégation et du parloir sont fort
bien ornées de belles menuiseries et de beaux tableaux.
Nous entendîmes la messe à Sainte-Radegonde, dont le
tombeau est derrière l'autel, d'une cave dans laquelle on
descend par des degrés de trois ou quatre toises de large,
dont la hauteur et le giron sont de pareille grandeur.
Etant descendus dans cette cave pour y entendre la
messe, nous fûmes contraints d'en sortir à cause de la
puanteur de l'ail, qui remplit d'ordinaire toutes les
églises de cette ville, mais qui étoit tout à fait insupportable dans ce lieu bas et renfermé. Auprès de Sainte-
Radegonde est l'église du monastère de Sainte-Croix, où
on nous fit voir dans une cave ce qu'on appelle le Pas-
Dieu, qui est une pierre fort polie d'environ deux pieds
et demi en carré qui a au milieu une enfonçure qu'on dit
être le vestige du pied de Notre-Seigneur qui s'apparut
à sainte Radegonde. Nous fûmes ensuite à Saint-Jean, qui
est une église fort ancienne et assez petite. On y descend
fort bas et elle est séparée en deux ; les habitants disent
qu'elle a servi aux sacrifices des idoles et qu'en la première partie on immoloit les victimes[1]. Il y a quelques
colonnes qui paroissent de marbre, mais elles ne sont
que de pierre commune, si crasseuse que l'on n'en sauroit aisément juger. Le lieutenant criminel assuroit avec
beaucoup de véhémence que c'étoit du marbre. Quant à
moi, je ne faisois autre chose, en les râclant avec un couteau, que de faire voir qu'elles étoient de pierre commune
et lui il ne répondoit autre chose que : « Je suis votre
serviteur. »

De là nous fûmes voir ce qu'on appelle les Arènes, qui

---

1. Suivant le P. de La Croix, qui est parvenu à déterminer dans tous les
détails le plan de cet édifice, c'était un baptistère par immersion, édifié par
les chrétiens lorsque l'édit de Constantin eut reconnu officiellement leur
religion.

paroissent un reste d'amphithéâtre dont il ne reste que trois arcades du second ordre. Elles s'élèvent sur une masse de cailloux cimentés qui font comme le quart d'un rond ou d'une ovale fort grande, contre lequel plusieurs maisons sont appuyées. Ce qui reste de ces arcades n'est que le noyau et le milieu du mur dont elles étoient bâties, qui n'est que de cailloux jetés et noyés dans du mortier ayant seulement deux rangs de pierres plates épaisses seulement de trois pouces, dont la courbure et le ceintre de l'arcade est fait comme on le fait avec de la brique, c'est-à-dire que ces pierres n'ont point de coupe, étant aussi larges ou épaisses en un bout qu'en l'autre. Il y a apparence que la structure de cet édifice étoit telle que les parements des deux côtés, ayant été bâtis avec de petites pierres qui ne sont guère plus grandes que nos briques, le milieu avoit été rempli de mortier dans lequel on avait jeté des cailloux ; toutes ces petites pierres étoient tombées et il n'en étoit resté que sept ou huit jointes ensemble, comme pour un échantillon de toute la structure.

En arrivant à l'hôtellerie pour dîner, nous trouvâmes le maire de la ville avec ce qu'il y avoit d'officiers qui n'étoient point à vendanger, qui vinrent haranguer nos Messieurs et qui nous envoyèrent des présents de vin et de cire.

Lusignan. Le château de Mélusine. Le puits ou trésor de Mélusine. La fontaine où elle a été transformée. — Etant partis sur les trois heures, nous arrivâmes à six heures à Lusignan[1], qui est une petite ville élevée sur des rochers où l'on monte par un chemin fort creux, fort étroit et fort roide. On nous fit voir ce qu'on appelle le château de Mélusine, qui ne nous parut point être autre

1. Chef-lieu de canton de l'arrondissement de Poitiers.

chose que les murs de la ville qui ont quelques tours : le
tout fort ancien et fort ruiné, bâti seulement de pierres
petites et non taillées comme sont celles de melière. Le
garçon d'un maréchal qui a entendu conter à sa grand-
mère l'histoire de Mélusine, ainsi qu'il nous dit, nous
servit de guide et d'interprète pour voir les antiquités de
ce lieu si célèbre. Mais il ne put rien nous faire voir,
après nous avoir promis en allant de nous montrer la
fontaine où Mélusine se baignoit quand elle fut transformée en Mélusine, et le puits où on entend résonner l'or
et l'argent dont il est plein quand on y jette une pierre,
parce que ce puits s'est trouvé transformé en un trou
carré revêtu de maçonnerie, large environ de deux pieds
et demi en carré et profond de trois pieds. La fontaine
fut aussi métamorphosée en un petit morceau de mur
d'environ six pieds en carré, au bas duquel il y avoit un
trou carré d'environ six pouces dont il falloit supposer
que l'eau avoit autrefois sorti, mais qui étoit tout à sec.
Il nous vouloit mener à une autre fontaine nommée
Caillerot, qui guérit toutes sortes de maladies et qui est
un présage de la fertilité de l'année quand elle a de l'eau
en abondance ; mais nous n'osâmes pas y aller, de crainte
de la faire disparaître, comme les autres raretés, ce qui
auroit apporté un grand préjudice à la province qui n'est
pas trop fertile.

22. *Saint-Maixent. Les Cordeliers. Les ruines de l'église
de l'abbaye. Cave où sont les tombeaux de saint Maixent
et de saint Léger.* — Le dimanche 22, nous partîmes
entre cinq et six de Lusignan et nous arrivâmes à
dix heures à Saint-Maixent[1]. Nous fûmes descendre au
château qui appartient, de même que la ville, au duc
Mazarin ; elle fait une partie du duché de la Meilleraye.

1. Chef-lieu de canton, arrondissement de Niort (Deux-Sèvres). L'abbaye
sert aujourd'hui de caserne.

Nous y fûmes reçus par le maire et par d'autres officiers;
nous y dinâmes et y fûmes traités fort honorablement.
Avant le dîner, le lieutenant général, assisté de huit officiers, tous en robe, nous vinrent haranguer, et ensuite le
maire et les échevins.

Avant dîner nous entendîmes la messe aux Cordeliers,
où nous ne vîmes rien de remarquable que le pavé du
cloître et du chapitre qui est fait de petits cailloux de la
grosseur d'une balle, dont il y en a qui sont arrangés en
compartiments et les autres, qui composent le fond, sont
mis en confusion. Nous fûmes à l'église de Saint-Maixent,
qui a été abattue aux premières guerres des Huguenots.
Ce qui en reste est bien bâti et le clocher qui est demeuré
entier est fort large et égal à la nef de l'église, dont il
fait le portail de l'entrée. Les religieux, qui sont de la
congrégation de Saint-Maur, font le service dans la salle
qui servait autrefois de réfectoire. Au milieu de l'église
ruinée est un petit caveau où on descend par deux escaliers à droite et à gauche. C'est un petit dome dont la
coupe n'est pas plus creusée que de dix ou douze pieds et
n'est guère plus large. Elle est portée sur huit petites
colonnes qui soutiennent aussi une petite voûte qui
tourne autour des colonnes qui sont posées sur un stylobate continu. Au milieu, sous le dome, sont les tombeaux de saint Maixent et saint Léger, martyrs.

Niort : le château ; les halles. — Nous arrivâmes entre
six et sept à Niort, où nous fûmes voir le château qui est
très antique et très fort, ayant une enceinte de remparts
et de tours et de fossés, qui enferment en dedans deux
gros donjons fort hauts et couverts en plate-forme.
M. de Noailles est gouverneur de la ville. Nous vîmes
aussi les halles, qui sont fort grandes et fort spacieuses
et couvertes d'un grand comble de charpente. L'église a
un fort beau clocher couvert d'une pyramide de pierre

Pl. 12.

PORTRAIT DE CLAUDE PERRAULT,

Peint par Vercelin, gravé par Edelinck.

forte haute. Nous fûmes coucher aux *Trois Pigeons*.

23. *Fontenay-le-Comte : Notre-Dame, la Fontaine.* — Le lundi 23, nous fûmes dîner à Fontenay-le-Comte au *Petit Louvre*, qui est proche des halles, qui sont moins grandes que celles de Niort. Nous entendîmes la messe à l'église de Notre-Dame, qui n'a rien de beau que le clocher, qui est pareil à celui de Niort. Il y en a encore deux semblables dans le faubourg aux églises de Saint-Nicolas et de Saint-Jean. Il y a un vieux château assez ruiné. La fontaine est belle et bâtie du temps de François Ier, ainsi qu'il apparait par la salamandre qui est dans le tympan du fronton, qui couvre une grande arcade dans un ordre dorique, dans laquelle on descend par dix ou douze degrés. Au bas, il y a quatre gros tuyaux qui jettent chacun environ deux ou trois pouces d'eau. Les tambours de la ville nous vinrent rompre la tête à la sortie de table.

Luçon : le Palais épiscopal. — De là nous fûmes coucher à Luçon[1], qui est une ville qui n'a ni portes, ni murailles, ni fossés, et qui, hors l'église et le palais épiscopal, n'a rien que de village. Aussitôt que nous fûmes arrivés à l'hôtellerie, M. Colbert, l'évêque[2], nous envoya prier de venir souper, et il nous reçut avec toute la civilité qui se peut imaginer, et nous régala magnifiquement dans un logis qui est fort bien bâti, ayant plusieurs appartements, grandes salles, grand escalier, le tout fort bien meublé. Après souper, M. l'évêque nous pria avec des instances tout à fait obligeantes de coucher chez lui, mais il n'y eut que M. de Gomont qui demeura, à cause des affaires dont il avoit à lui parler.

---

1. Chef-lieu de canton de l'arrondissement de Fontenay (Vendée).

2. Nicolas Colbert, frère de Jean-Baptiste, d'abord garde de la bibliothèque du roi ; ensuite évêque de Luçon, de 1661 à 1671, puis, en 1672, d'Auxerre, où il mourut le 5 septembre 1676.

24. *Les ruines de l'église. Saint-Michel-en-l'Herm.*
Ruines de l'église et du monastère. Braud. La Rochelle.
— Le mardi 24, nous fûmes voir l'église cathédrale, qui,
comme toutes les autres de la province, est ruinée par
les Huguenots. Ce qui reste n'est pas fort beau. La clôture du tour de l'autel est bâtie depuis peu, assez proprement : c'est une colonnade d'ordre composite de même
qu'à Sainte-Croix d'Orléans et à Saint-Etienne-du-Mont
à Paris. Il y a des deux côtés de l'autel deux escaliers avec
des balustrades par où on monte à un autre autel qui est
fort élevé derrière le grand. Après avoir été à l'église,
nous fûmes prendre congé de M. l'évêque, qui nous vint
ensuite dire adieu à notre hôtellerie, lorsque nous étions
prêts de monter en carrosse. Quand l'évêque passe par
les rues, tout le monde se met à genoux, ce qui n'est
pas un effet de la grande vénération que ses diocésains
ont pour lui, quoique elle soit extrême, mais de la coutume.

Nous fûmes dîner à Saint-Michel-en-l'Herm[1], qui est
une abbaye dont le cardinal Mazarin a affecté le revenu
au Collège des Nations. Elle est tout à fait ruinée et
abattue tant par les Huguenots que par la vieillesse.
Nous dînâmes chez le prieur avec trois des principaux
officiers de Luçon, qui étoient venus une lieue au-devant
de nous, et qui nous accompagnèrent pour nous conduire
dans des landes jusqu'à Braud[2], qui est à l'embouchure
de la rivière de Sèvre, que nous passâmes au temps que
la marée étoit la plus haute ; ce qui nous étoit nécessaire
pour faciliter l'embarquement de notre carrosse, qu'il fal-

1. Commune du canton de Luçon, arrondissement de Fontenay-le-Comte
(Vendée).

2. L'anse de Braud est l'anse fluviale de la Sèvre, à la limite de la Vendée
et de la Charente-Inférieure. Un bac permet encore de continuer la route de
Luçon à La Rochelle.

lut mettre dans un bateau qui étoit si étroit qu'il y avoit
une roue de derrière dans l'eau.

Nous arrivâmes à La Rochelle sur les sept heures du
soir et nous fûmes coucher *au Chêne-Vert*, qui est la
meilleure hôtellerie de la ville, où nous fûmes assez mal
couchés. Le procureur du Roi, qui avoit été mandé par
M. du Laurent, nous vint offrir dès le soir de nous conduire le lendemain dans son carrosse par toute la ville.

25. *Église cathédrale. Le hâvre. La digue. Les tours
qui sont à l'entrée du hâvre. Le temple. L'hôtel de ville.
Les rues. Les fontaines.* — Le mardi 25, nous fûmes
d'abord à l'église cathédrale, qui est dans l'ancien temple
des Huguenots ; elle est octogone, à pans inégaux, ayant
20 toises de long sur 14 de large. De là nous fûmes voir
le hâvre, qui étoit presque à sec à cause du reflux de la
mer, qui étoit dans son plus bas, ce qui nous donna la
commodité de voir la digue que la mer couvre quand elle
est revenue. Nous fûmes déjeûner à un cabaret qui est
au bout de la digue, accompagnés de M. Berger, banquier, de La Rochelle, qui a plusieurs vaisseaux qui lui
appartiennent, et d'un capitaine de navire. Ayant passé
le long de la digue, nous nous embarquâmes dans une
chaloupe servie par sept matelots et nous fûmes à une
lieue de là à la voile aborder un grand vaisseau de
guerre qui étoit à la grande rade, prêt à partir pour les
îles de Saint-Christophe[1], et qui devoit mener M. de
Schomberg[2] en Portugal. Il n'attendoit que Mme de
Schomberg, qui étoit malade, fût en état de partir. Ce

1. Ile des Antilles dans laquelle les Anglais et les Français s'étaient établis
ce qui fut la cause de nombreuses difficultés. Le traité d'Utrecht la céda
définitivement à l'Angleterre.

2. Frédéric-Armand, comte de Schomberg, né en 1619, servit d'abord en
Hollande, passa au service de la France et devint maréchal de France. Il alla
en Portugal combattre les Espagnols (1660-1668). Après la révocation de
l'édit de Nantes, il passa en Prusse, puis en Angleterre, où il mourut à la
bataille de la Boyne (11 juillet 1690).

vaisseau étoit de onze à douze cents tonneaux, chargé de
60 pièces de canon et de 240 matelots, avec 110 soldats.
Nous montâmes de notre barque dans le bord, qui étoit
haut de plus de quinze pieds, par une échelle qui est
composée de morceaux de bois ou échellons qui sont
cloués sur le vaisseau, au travers desquels une corde est
passée à laquelle on se tient. Mais, outre cela, nous trouvâmes trois ou quatre matelots de chaque côté de l'échelle,
qui comme des singes étoient collés et agriffés je ne sais
à quoi, qui nous aidèrent à monter.

Étant entrés sur le bord, nous fûmes reçus par M. Gabaret[1], capitaine du vaisseau, qui nous mena déjeûner
dans sa chambre, d'où il nous conduisit dans tous les
appartements de son bâtiment. En sortant de la chambre,
nous trouvâmes tous les soldats sous les armes sur le
tillac et le grand pavillon blanc arboré à la pouppe. Nous
vîmes le détail de tout l'équipage qui est une chose surprenante, vu la quantité de choses qui y sont disposées
et dont la place est ménagée avec un soin qui n'est pas
imaginable. Nous fûmes sous le premier pont où est la
cuisine, qui a deux cheminées, l'une à droite et l'autre à
gauche, dans l'une desquelles il y avoit une marmite de
la grandeur d'un demi-muid qui bouilloit. A côté de la
cheminée est le four. Sous le second pont était une écurie. Il y avoit des tets où il y avoit des cochons avec quantité de cages pleines de poulets. On nous mena aussi dans
la sainte-barbe, qui est sous la chambre du capitaine, où
on serre tous les ustensiles qui servent à l'artillerie. Nous
retournâmes enfin dans notre chaloupe, que nous trouvâmes plus agitée que quand nous en étions sortis. Nous
retournâmes avec six avirons et en passant nous fûmes
salués de trois volées de canon qui furent tirées d'un vais-

1. Louis Gabaret d'Oléron, lieutenant de vaisseau en 1665, capitaine en 1666,
capitaine du port à Rochefort en 1671. Tué à Tabago le 3 mars 1677.

scau qui étoit à la rade, appartenant à M. Berger. Nous
trouvâmes que la mer avoit recouvert la digue et nous
entrâmes dans le port entre les tours de Saint-Nicolas et
de la Chaîne, dont la dernière est presque ruinée. Je
remarquai que la tour qu'on appelle de la Chaîne n'est
point celle à laquelle la chaîne est attachée, mais une
autre beaucoup plus petite, qui est entre celle qu'on
appelle de la Chaîne et celle de Saint-Nicolas. A est la

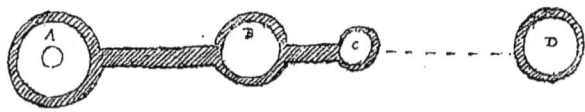

tour de la Lanterne ; B, celle de la Chaîne ; C est la petite
tour ; D est celle de Saint-Nicolas.

Étant arrivés, nous fûmes voir le nouveau temple, qui
est à un bout de la ville. Il est à peu près de la grandeur
de l'ancien, mais il est moins large. Il a de grandes gale-
ries de trois côtés qui sont fort larges, dans lesquelles
les sièges sont en amphithéâtre. Il y a un petit porche à
la porte où est une niche dans laquelle se met celui qui
tient la boîte de la quête.

Nous vîmes aussi l'hôtel de ville, qui est petit, mais
curieusement bâti d'une architecture ornée de colonnes
et de pilastres corinthiens, de niches et de figures, avec
un double escalier en perron assez joli. Toute la ville
est pleine de boutiques de marchands et d'artisans et
presque toutes les maisons sont portées sur des arcades
de pierres de taille. Il y a plusieurs fontaines dont on
tire l'eau avec des pompes. Il ne reste aucuns vestiges
des anciennes fortifications ; il n'est demeuré que les
portes, qui sont belles, ornées de pillastres assez façon-
nées avec les armes de France et les chiffres des rois
du règne desquels elles ont été bâties. Ces mêmes

armes et chiffres sont sur les portes des deux temples.

Chatelaillon. Yves. — De La Rochelle nous vinmes coucher à Yves, qui est sur le bord de la mer, à un demi-quart de lieue de Chatelaillon[1], qui est un petit hameau où il y a un château ruiné qui est sur un rocher qui pend sur la mer. La moitié d'une des tours de ce château étoit tombée dans le chemin, dont toutes les pierres étoient encore jointes ensemble. A Yves, l'hôtellerie où nous fûmes coucher étoit pleine de monde, quoique ce fût un pays assez éloigné. D'abord que nous fûmes entrés, il nous prit envie à tous d'écrire nos mémoires en attendant le souper, y ayant long temps que nous n'avions rien écrit. Le silence où nous étions nous fit trouver le bruit de l'hôtellerie fort insupportable, surtout celui qui se faisoit en une chambre proche de la nôtre, où cinq ou six personnes parloient si haut et si confusément que nous fûmes sur le point de leur aller déclarer que nous ne pouvions plus supporter l'incommodité que leur brutalité et leur emportement nous causoit, lorsque nous découvrîmes que c'étoient six pères de l'Oratoire, qui, pour ne passer point pour des Tartuffes et pour pratiquer le prescript de saint François de Sales, suivant l'air de la nouvelle manière des dévots, faisoient admirablement bien leur devoir de rire sans sujet et de paroître fort contents et satisfaits. Un d'entre eux qui se trouva de la connoissance de M. de Gomont et parent de M. du Laurent soupa avec nous et nous pensa étourdir par un ris continuel.

26. *Rochefort. Le port dans la Charente.* — Le lundi 26, nous arrivâmes sur les neuf heures du matin à Rochefort, qui est un village sur la Charente, entre Tonnay-Charente

---

1. Yves, commune du canton de Rochefort. — Chatel-Aillon, qui eut une grande importance comme place forte du xe au xive siècle, est maintenant une station de bains de mer très fréquentée.

et Soubise. En cet endroit, la Charente s'étant trouvée
fort propre à loger les vaisseaux et à leur servir de port
à cause de sa profondeur, le Roi a commencé depuis
quatre ans à y faire bâtir un arsenal pour servir de magasin et de lieu pour la construction et équipement des
vaisseaux. M. Colbert de Terron, intendant de la province[1] et qui a la direction de cet ouvrage, nous retint et
nous régala avec toute l'honnêteté et toute la civilité
imaginable, et nous fit voir fort exactement tout ce qu'il
y a d'exécuté de ce grand dessein qui nous surprit et
nous parut tout à fait royal, car il y a plus de deux mille
ouvriers qui y travaillent.

La corderie. L'étuve. La chaudière. — Nous fûmes
d'abord à la corderie, qui est une pièce qui est achevée
et dans laquelle les ouvriers travaillent actuellement.
C'est un bâtiment qui a 120 toises de long, ayant deux
grands pavillons aux bouts et un au milieu. Les corps de
logis qui sont joints par ces pavillons ont quatre toises
de large ; dans l'étage du dessus sont les moulins pour
la filure. Les rateaux qui soutiennent les fils sont fort
creux, en sorte qu'ils n'empêchent point de passer pour
peu qu'on baisse la tête, mais il faut prendre garde à ses
cheveux, autrement ils sont en danger d'être employés
à tenir les ancres des navires ou d'être condamnés aux
galères. Dans l'étage de dessous, on assemble les petits
cordons qui ont été faits dans celui d'en haut et on en
compose les gros cables. Nous y en vimes de 22 pouces
de tour. Dans un des pavillons du bout, sont les ouvriers
qui apprêtent le chanvre, et dans l'autre est l'étuve et la
chaudière pour goudronner les cables. L'étuve est une
petite chambre bien close dans laquelle on met les cables

1. Charles Colbert, seigneur de Terron, marquis de Bourbonne, cousin de
Jean-Baptiste, d'abord intendant de l'armée de Catalogne ; plus tard intendant
de marine à Rochefort ; conseiller d'Etat en 1678 ; mort le 9 avril 1684.

bien couverts de toiles, ayant dessous son plancher un fourneau qui échauffe avec un feu lent, ce qui rend les cables de durs et de roides qu'ils étaient fort souples et fort maniables et qui les dispose à être pénétrés et plus facilement imbus par le goudron, qu'on fait chauffer proche de l'étuve dans une chaudière qui a neuf à dix pieds de long sur six ou sept de large. Au dessus de la chaudière, il y a un moulinet qui tire le cable par le bout qui a premièrement trempé dans la chaudière et le dévide petit à petit, à mesure qu'il est tiré de l'étuve d'où il descend dans la chaudière et remonte sur le moulinet.

La fonderie. — Par delà la corderie est la fonderie qui n'est pas encore achevée. C'est un bâtiment qui a 31 toises de long sur 14 de large ; il est partagé par deux rangs de piliers qui soutiennent des voûtes de pierres de taille et qui composent trois allées. A un des bouts, il y a une espèce de puits d'environ trois toises de long sur deux de large et profond de trois, dans lequel il y a un degré qui rampe le long de l'un des côtés et qui ne descend que jusqu'à la moitié. Ce puits est fait pour y enterrer les moules des canons. Joignant ce puits on nous montra l'endroit où doit être le bassin à fondre le métal et le fourneau à côté un peu plus bas.

La forge pour les ancres. — Ensuite nous vîmes la forge où l'on fait les ancres, qui sont composées de plusieurs barres de fer que l'on rougit pour les souder ensemble, en les battant sur l'enclume.

L'arsenal général. L'arsenal particulier. — L'arsenal général est un autre bâtiment rempli d'un nombre infini de poulies ou roulis de toutes grandeurs pour les cordages, de clous de différentes sortes, de mousquets, de pertuisanes, etc. Cet arsenal a 31 toises de long sur huit de large. Il y a aussi un autre arsenal particulier que l'on bâtit devant, qui est divisé comme en plusieurs cellules dans lesquelles on doit amasser ce qui est nécessaire à chaque navire.

Le magasin des poudres. — Le magasin des poudres est un grand édifice vouté de pierres de taille, à deux étages séparés par un plancher de charpenterie. Le second seul est destiné pour les poudres, afin d'être sèchement. Ce bâtiment, qui a vingt toises de long sur cinq de large en dedans, est isolé et enfermé d'une muraille qui est distante du bâtiment environ six toises afin d'empêcher l'approche de ce lieu à tous ceux qui pourroient y apporter du feu.

Le hangard des mats, vergues et antennes. — Joignant le magasin des poudres est le hangard des mâts et vergues, où on travaille à équarrir et arrondir, lier et joindre ensemble les gros arbres dont on fait les mats et les vergues et antennes.

L'arsenal des futailles. — Il y a encore un grand lieu appelé l'arsenal des futailles où sont serrés et réservés les tonneaux et barriques.

La Forme. — En un autre lieu éloigné d'environ sept ou huit cents pas de ces arsenaux, on nous fit voir le commencement d'un bâtiment appelé *la Forme,* parce qu'il est en quelque façon de la forme d'un navire. Il est destiné pour refaire ce qui se trouve endommagé aux vaisseaux, principalement au-dessous, vers la quille. C'est une fosse joignant le cours de la rivière dans laquelle on fait entrer le vaisseau par une gorge étroite qui se ferme par le moyen de deux battants, et ensuite on tire l'eau qui est enfermée dans la fosse avec des pompes, calfeutrant les jointures des battants à mesure que l'eau s'abaisse afin qu'après que toute l'eau est vidée, on puisse travailler au-dessous du vaisseau, qui a été doucement posé sur des tréteaux lorsque l'eau en s'abaissant l'a laissé descendre. Car, par ce moyen, lorsque le vaisseau a été

raccommodé à loisir, on ouvre les portes et l'eau rentrant
dans la fosse lève le navire de dessus les tréteaux et le
le met en état de sortir de la fosse et d'entrer dans le
hàvre.

Il y avoit dans la Charente quantité de grands vaisseaux dont le plus beau est nommé *la Charente*, de
1.200 tonneaux, chargé de 70 pièces de canon [1]. Il y
avoit aussi une petite galère enrichie de sculptures et de
dorures fort proprement montées, dans laquelle nous
devions être conduits à Soubise pour y passer la Charente ;
mais, parce que nous tardàmes trop longtemps et que la
marée étoit devenue trop basse, M. de Terron nous
donna son carrosse pour aller jusqu'à Soubise, où notre
carrosse nous attendoit avec nos gens, qui étoient allé
passer à Tonnay-Charente.

La nouvelle ville. — Rochefort qui n'étoit qu'un village
devient de jour en jour une belle ville par les bâtiments
qui s'y font. Suivant les alignements qui sont donnés,
les rues sont larges et droites comme au Hàvre. Les
maisons sont bàties en partie par le Roi, en partie aussi
par des particuliers à qui le Roi donne la place pour
de redevance [2].

Soubise. Brouage. — Nous passàmes la Charente à
Soubise [3], qui n'est qu'un village, d'où nous fùmes dans
notre carrosse jusqu'à Brouage [4] ; nous le laissàmes sur le
bord de la mer où il passa la nuit. Lorsque nous eùmes
passé le bras de mer qui est d'un quart de lieue au plus,

1. Vaisseau de second rang, construit en 1666, et qui, d'après les documents officiels, jaugeait 1000 tonneaux, avec 66 canons et un équipage de
350 personnes, tant officiers que matelots et soldats.

2. Le chiffre est en blanc dans le manuscrit.

3. Ancienne principauté, actuellement commune du canton de Saint-Agnant,
arrondissement de Marennes.

4. Petit port, aujourd'hui fort déchu, sur le chenal de Brouage, à 13 kilomètres de Rochefort, à 2 kilomètres et demi de l'Océan, en face de l'ile d'O-
léron.

nous nous descendîmes au port, au droit de la porte, et ayant été arrêtés par la sentinelle à la palissade, nous donnâmes une lettre que nous avions de M. de Terron à M. de Campana, qui commande dans la place, qui envoya le capitaine de ses gardes et l'aide du major nous complimenter et faire excuse de ce qu'il ne nous pouvoit recevoir lui-même à cause de son indisposition. Le soir, il nous envoya encore complimenter avec des présents de vin. Il y eut un grand bruit au corps de garde, à cause que l'on n'avoit pas pris nos noms en entrant. Nous soupâmes au chevet du lit de M. de Gomont qui se trouvoit mal. MM. de La Framboisière, commissaire des guerres de la province, et de Villeneufve, parent de M. de Gomont, soupèrent avec nous. Ces messieurs, que nous avions déjà vus à La Rochelle, nous vinrent trouver à Brouage pour nous accompagner quelque temps.

27. *La ville. Les bastions. Les dehors. Les magasins.* — Le vendredi 27, nous fûmes voir la ville et les fortifications, conduits par plusieurs officiers. La ville est un village dont les rues sont allignées. Au milieu de la ville il y a une église qui est la paroisse, et, proche l'église, une fontaine. Les fortifications sont belles et achevées, qui consistent en sept grands bastions qui ont trente-six toises de face; il n'y en a qu'un qui soit rectangle, les autres sont plus obtus. Il y a une grande demi-lune détachée au milieu d'une grande courtine. Toute la place est environnée de la mer ou de marais salants, excepté l'endroit qui regarde la Saintonge qui est fortifié par un ouvrage à corne fort éloigné de la place. Le tout est revêtu de pierres de taille. Le corps des parapets est en briques, à la réserve du glacis et des embrasures qui sont de six toises en six toises dans les bastions. Il n'y a point de contrescarpe revêtue. Chaque bastion a trois guérites, l'une à chaque angle. Toutes les embrasures

sont garnies de canons. Il y a deux grands magasins, l'un où il y a trois cents muids de vin, l'autre qui est rempli d'armes pour la cavalerie et pour l'infanterie.

Remarques générales sur le pays. La manière de labourer, de couvrir les maisons. Les tuiles. Le pain. Les fruits. Le langage. — Avant qu'entrer plus avant dans la Saintonge, nous fimes les remarques générales du Poitou, qui sont que le pays que nous avons vu est désagréable et semblable à la Beauce, ayant peu de rivières, de ruisseaux et de fontaines, point de prairies, ni d'arbres, ni de collines ; que les terres sont labourées par des sillons tortus en garde de poignard ; que ces sillons sont faits et composés de deux sillons opposés qui laissent une élévation au milieu, de la largeur de six ou sept pouces ; que toutes les maisons sont couvertes de tuiles courbées, non pas à la manière de Flandre en S, mais seule-ment en C, en sorte que les bords de deux rangées qui sont couchées sur des planches qui tiennent lieu de lattes en travers sur les chevrons sont couvertes par une rangée de tuiles dont la convexité regarde le ciel. Cela fait que l'eau qui est toute rassemblée dans les canaux que font les tuiles du dessus coule fort vite et qu'il n'est point nécessaire de donner beaucoup de pente aux toits. En effet, les pignons des maisons n'ont point d'autre figure que celle des frontons de l'architecture antique, et cette pente est si douce que les tuiles sont simplement posées sans être accrochées ni clouées aux lattes comme les nôtres. Que le pain sent partout l'ivraie et la nielle. Que le raisin est vert et a la peau dure, qu'il n'y a de bon que le muscat. Que le parler même des villageois n'est guère plus différent du français que celui des paysans d'autour de Paris.

Les marais salants. — De Brouage nous fûmes coucher à Royan et vîmes en passant les marais salants, qui tiennent quatre ou cinq lieues de pays. Ce sont des lieux creusés d'environ trois ou quatre pieds, aplanis à niveau, de 50 ou 60 toises en carré. Cette place est partagée en plusieurs carreaux AA d'environ 100 pieds de surface, les uns carrés, les autres oblongs, qui sont séparés les uns des autres par de petites digues BB, larges d'un pied et demi, hautes de deux ou trois pouces. Le long de ces carrés il y a comme des allées CC, qui sont séparées des carreaux par des digues DD un peu plus hautes que celles des carrés, afin de contenir une eau plus haute que celle qui est dans les carreaux. Ces allées sont larges de trois ou quatre pieds : leur usage est de recevoir l'eau de la mer qui emplit cette allée comme un canal, où l'eau est

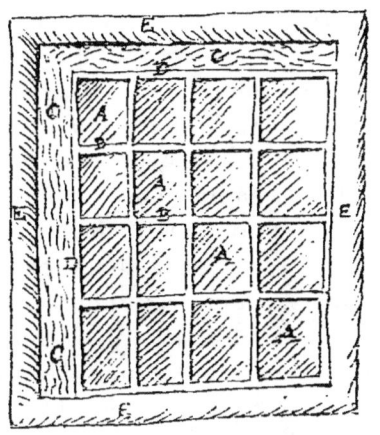

haute de quatre ou cinq pouces, afin de la faire entrer dé là dans les carrés par des brèches qu'on fait aux petites digues et qu'on ferme quand il en est entré environ deux pouces d'épaisseur. On appelle l'eau qui est dans le canal la nourriture, parce que la chaleur du soleil ne produit le sel que dans les carreaux où l'eau est peu épaisse et il dispose seulement celle qui est plus épaisse dans le canal à se changer en sel plus facilement lorsqu'on la fait entrer dans les carreaux après que celle qui y étoit a été endurcie en sel, ce qui se fait d'ordinaire en douze heures, mais toute l'eau ne s'endurcit pas. On

amasse avec des rateaux ce qui est dans chaque carreau
en un monceau sur la petite digue, où on le laisse égout-
ter, et de là on le porte sur la grande digue EE et on fait
des monceaux comme de foin dont quelques-uns sont
ronds, appelés *pilotes*, d'autres sont en long, appelés
vaches.

Saujon. — Avant que d'arriver à Royan, nous vîmes le
château de Saujon [1], bâti par le cardinal de Richelieu et
qui appartient à présent au duc de Richelieu. C'est un
bâtiment qui a trois corps de logis, flanqués par quatre
pavillons, ayant seulement au-devant un mur de clôture
et un portail, le tout enfermé de grands fossés à fond de
cuve sans jardin.

Royan. Le château. La tour de Cordouan. — Royan est
un petit village sur le bord de la Garonne, assez proche
de son embouchure, qui a un château bâti sur un rocher
qui est tout à fait ruiné et dont il n'y a de reste que les
moitiés de deux tours fort hautes. Les moitiés qui sont
abattues sont celles qui étoient du côté de la mer. Par
delà le château qui est hors la ville, il y avoit sur un
pointe de rocher une pièce de canon fort grosse et fort
rouillée qui avoit écrasé son affût, qui étoit aussi fort
pouri. De cet endroit nous vîmes avec des lunettes
d'approche la tour de Cordouan, qui est à deux lieues de
là. Nous fûmes voir pêcher des squilles, qu'on appelle
chevrottes en Normandie et de la santé en ce pays-là. Le
temps étoit si beau que nous prîmes résolution de nous
embarquer le lendemain pour aller voir de plus près ce
merveilleux édifice, quoi qu'on n'ait pas accoutumé d'y
aller après la mi-septembre. Nous fimes marché le soir
avec les matelots pour nous tenir une chaloupe prête dès
le matin pour partir avec la marée ; mais le temps chan-

---

1. Chef-lieu de canton de l'arrondissement de Saintes (Charente-Inférieure).

gea la nuit et le bruit de la mer nous éveilla et nous fit changer de résolution. Nos matelots mêmes ne nous conseillèrent pas aussi, quoique ayant beaucoup de regret, d'entreprendre ce voyage.

28. *Le port de Royan.* — Le samedi 28 nous partîmes sur les huit heures du matin, que la mer s'étoit tellement retirée que nous traversâmes le port en carrosse sur un sable qui est aussi noir et aussi menu que de la cendre, et qui, étant mouillé, est si ferme qu'à peine pouvoit-on y voir la trace des roues du carrosse et des pieds des chevaux, quoique, quand il est sec, on y enfonce jusqu'à la cheville du pied, comme dans de la boue. Nous remarquâmes que la mer en se retirant laissoit sur le sable des traces en ondes en quelques endroits, et en d'autres elle en laissoit en forme de point de Hongrie ou de chevrons brisés. Le long du chemin mon frère se trouva mal. Il avoit déjà commencé à être inquiété toute la nuit, ce qu'il attribuoit à la senteur des draps qui avoient été parmi des roses.

Saint-Fort. Saint-Disant. Le château. Saint-Bonnet. — Nous fûmes dîner à Saint-Fort [1], qui est un petit bourg. Le seigneur du lieu, nommé de Bonnefoy, vint avec beaucoup de civilité nous offrir son logis. Nous trouvâmes que c'étoit un huguenot et le prévôt de Saint-Disant [2], où nous descendîmes, nous assura qu'il étoit des plus entêtés. Nous trouvâmes ce prévôt dans le château, qui appartient à M. de Nesmond. Le château est une maison platte, non pas seulement parce qu'elle n'est pas fossoyée, mais parce que c'est fort peu de chose, et le prévôt encore moins : il avoit un justaucorps gris qui n'étoit point rapiécé à son grand préjudice. Le temps que nous

1. Saint-Fort-sur-Gironde, sur la rive droite du fleuve (Charente-Inférieure).
2. Saint-Disant du Gua, proche de Saint-Fort.

mîmes à visiter ce château fut cause que nous nous anui-
tâmes et que, nonobstant un guide que nous avions pris,
et nos flambeaux et nos lanternes, nous nous égarâmes
sur les neuf heures dans un bois où nous fûmes longtemps à attendre nos cavaliers, qui trouvèrent une maison d'où personne ne voulut sortir pour leur indiquer le
chemin, mais on leur présenta seulement le bout d'un
fusil par dessus une méchante porte à demi rompue.
Nous fûmes contraints d'avoir recours au ciel et de nous
redresser par les étoiles qui nous furent assez favorables
pour nous faire rencontrer un grand chemin à cent pas du
lieu de l'observation des étoiles. Ce chemin, dans l'espace de moins d'un demi-quart de lieue, nous conduisit
dans Saint-Bonnet[1], qui étoit le lieu pour lequel nous
étions partis à dessein d'y coucher.

Nous fûmes heurter *au Lion* où tout étoit couché. En
entrant dans la cuisine, nous ouïmes le maître qui étoit
dans son lit, qui nous offrit des perdrix et des pigeon-
neaux pour notre souper. C'étoit un samedi, en un lieu
plein de Huguenots. Nous fûmes assez peu avisés pour
dire que nous ne voulions point souper, comme en
effet nous ne soupâmes point parce que nous avions
fort bien dîné et fort tard. Cela fit que nous eûmes
toutes les peines du monde à faire lever la maîtresse
et sa servante pour faire nos lits. Cependant qu'on les
apprêtoit, M. de Gomont fut dans la cour pour quelque
affaire où il tomba dans une fosse creuse de cinq ou
six pieds, où il se pensa tuer, et d'où on le retira tout
froissé. Dans ce moment mon frère commença à se
mieux porter.

29. *Blaye. Le château. Les Minimes. Le logement du
gouverneur.* — Le dimanche 29, nous fîmes tant que nous

---

1. Saint-Bonnet, commune du canton de Mirambeau, arrondissement de
Jonzac.

mimes M. de Gomont dans notre carrosse de fort grand
matin et nous arrivâmes à Blaye sur les dix heures. A
demi-lieue de cette ville, nous rencontrâmes un train
composé de trois carrosses, dont il y en avoit un à six et
deux à quatre chevaux. Dans les trois carrosses il n'y
avoit pas plus de six ou sept personnes. Le premier étoit
garni de deux ou trois Espagnols et les deux autres de
quatre ou cinq femmes fort laides. Il y en avoit une à la
portière qui avoit une capeline de plumes blanches et
violettes, et une guenon auprès d'elle. Ce train vint descendre à l'hôtellerie où nous étions et entendit avec nous
une messe que nous avions envoyé retenir. Nous apprîmes
que ces dames étoient la marquise de Spinola et la signora
doña Francesca, avec leurs demoiselles, qui passoient de
Flandre en Espagne.

Il arriva après le dîner que, lorsque M. de Gomont étoit
dépouillé pour se faire frotter par son valet de chambre,
avec de l'esprit de vin, aux endroits où il s'étoit blessé,
on frappa à la porte de notre chambre qui étoit joignant
celle des dames espagnolles. C'étoit un de nos laquais
qui introduisoit des dames que nous prîmes d'abord
avec assez d'étonnement pour les Espagnolles lorsqu'une
d'entre elles nous présenta une tasse d'argent en nous
demandant pour les pauvres malades de la ville.

Nous fûmes au château qui est grand et fort et bien
gardé par deux cents hommes qui y sont en garnison. Il
commande et bat sur la rivière qui a plus de deux lieues
de large en cet endroit, ayant deux terrasses l'une sur
l'autre garnies de canons. Ce château étoit autrefois la
ville, mais à présent on a fait retirer les habitants dans
le faubourg. Il y a dans le château un couvent de Minimes
et au milieu de la place est le logement du gouverneur
qui est encore enfermé de fossés ; nous le trouvâmes
assez logeable pour un vieux château. M. le duc de

Saint-Simon[1] y a fait ajuster deux beaux appartements qui ont chacun un bel escalier. Nous montâmes au haut d'une tour d'où nous découvrîmes le pays d'alentour, qui est si plat que nous voyions jusqu'à Bordeaux, qui est à plus de huit lieues de là. Tout le château et les lieux d'alentour sont pleins de l'herbe appelée *absinthium latifolium*, qui y croît naturellement, de même que tous les bords de la mer et les terres marécageuses du pays d'Aunis autour de Brouage sont pleins de tamaris, dont il y en a qui ont des troncs de plus de 15 pouces de tour.

Bordeaux : la rue du Chapeau Rouge. — Sur les trois heures, lorsque la mer fut assez haute, nous nous embarquâmes dans la chaloupe du Roi, avec un archer du bureau de la douane et sept matelots, qui, ayant levé les voiles et pris les rames, nous firent arriver sur les sept heures à Bordeaux[2]. Quoique nous fussions fort à notre aise, étant bien assis et à couvert dans la chambre de la poupe, mon frère se trouva mal et vomit une partie de son dîner, et fut contraint de se mettre dans un lit en arrivant, et M. de Gomont dans un autre. Nous logeâmes *au Chapeau rouge*, la plus célèbre hôtellerie de la ville[3], et qui a donné le nom à la rue où elle est, qui est la plus belle de Bordeaux ; car on la compare à la rue Saint-Antoine et, en effet, elle est presque aussi large, ayant deux ruisseaux et elle est bordée de quantité de belles maisons.

30. *Saint-Pierre. Les Carmes. Grandeur d'un géant.* — Le lundi 30, je fis soigner M. de Gomont et mon frère,

1. Claude de Rouvroy de Saint-Simon, gouverneur de Blaye depuis 1630, duc et pair en 1635. Né le 16 avril 1607, il mourut le 3 mai 1693.

2. Sur Bordeaux, voyez l'*Histoire de Bordeaux* par Camille Jullian (1895, in-4°), qui indique toutes les sources de renseignements, et aussi la monographie de Charles Saunier, dans la collection *les Villes d'art célèbres*.

3. C'est également dans cette hôtellerie que logèrent Chapelle et Bachaumont, lorsqu'ils séjournèrent, à Bordeaux, en 1636.

que la fièvre avoit quitté, mais qui étoit encore beaucoup échauffé. Je sortis sur les neuf heures avec M. du Laurent et M. Abraham. Nous fûmes à la messe à Saint-Pierre, qui est une paroisse d'où nous fûmes aux Carmes[1], où on nous montra un anneau de fer attaché contre un pilier par une chaîne de fer qu'un carme nous dit être le collier d'un géant qui fut tué par un gentilhomme de la maison de la Lande, il y a cinq cents ans, qui fit vœu de bâtir cette église, s'il demeuroit victorieux. Cet anneau a bien neuf pouces de diamètre par le plus large, car il est un peu ovale. La hauteur du géant est aussi marquée sur le pilier, qui est de huit pieds. Il y a à côté du grand autel un tombeau avec l'effigie d'un homme armé de toutes pièces couché, et au-dessus est un épitaphe. Le carme nous dit que ce tombeau étoit celui du vainqueur du géant et que l'histoire en étoit écrite dans l'épitaphe, ce que nous trouvâmes n'être point vrai.

Le Palais. — Nous vîmes le Palais des plaideurs, qui consiste en une salle assez médiocre qui a une rangée de piliers par le milieu qui fait deux allées de différente largeur, le tout sale et malpropre, de même que les chambres qui sont petites, obscures et sales presqu'autant qu'à Poitiers.

L'Hôtel de ville. Monuments antiques. Les statues de l'empereur Claudius, de Messaline et de Drusus. La salle où sont les tableaux des jurats. — L'hôtel de ville est un peu moins hideux. A l'entrée de la porte il y a un corps de garde de sept ou huit archers qui ont des hoquetons rouges avec des hallebardes. Sous l'arcade qui leur sert

---

1. Il y avait alors à Bordeaux deux couvents de Carmes : les Grands Carmes qui n'étaient pas éloignés de l'église Saint-Pierre, et les Carmes déchaussés situés dans le quartier actuel des Chartrons. Ce sont les premiers que Perrault visita. Leur chapelle est aujourd'hui détruite. Elle avait été fondée, dit-on, en 1217 par Gaillard, seigneur de La Lande (H. Lopès, *L'église métropolitaine et primatiale Sainct-André de Bourdeaux*, éd. Callen, t. II, p. 252).

de corps de garde, il y a trois ou quatre gros canons sur leurs affuts en assez bon ordre. Par delà cette arcade, sur la gauche, il y a une pierre enchassée dans la muraille où il y a deux têtes en bas-relief assez mal faites. Il y a apparence que cette pierre, dont la sculpture est fort antique, a été prise de quelque tombeau. Il y a au-dessus gravé D M et au-dessous d'une tête TARQVX, etc. Le reste n'est pas fort lisible. Un peu plus avant dans la cour, à la hauteur du rez-de-chaussée, à main droite, est la chapelle qui est petite et obscure. Du même côté, un peu plus avant, il y a dans trois niches des figures antiques de marbre hautes de six pieds[1]. Les deux des côtés n'ont ni tête ni mains ; celle du milieu, qui est d'une femme, n'a que les mains de manque. Elles ont été trouvées dans la terre, il y a environ soixante ans. On dit qu'elles sont de l'empereur Claudius, de Messaline, sa femme, et de Drusus, son père. Elles sont vêtues de robes à petits plis, selon l'antique. Au bout de la cour qui est longue et étroite, on entre dans la salle qui n'est pas plus large ni plus élevée que la cour. Il y a à droite et à gauche dans cette salle des tableaux de jurats qui sont trois dans chaque tableau ; le premier a l'épée au côté et tous trois ont de longues robes de damas moitié rouge et moitié blanc. Dans le premier et plus ancien de ces tableaux, qui est en entrant à main gauche, au-dessus de la tête du jurat d'épée, il y a ses armes qui sont d'or à la couleuvre de sinople, qui est de Colbert[2].

La Bourse. — La Bourse[3] est un lieu qui consiste en

1. Perrault, qui reviendra encore plus loin sur ces statues, les signale dans la seconde édition de son *Vitruve* (1684, p. 217). La statue de Messaline sombra dans la Gironde tandis qu'on la transportait à Versailles en 1686. Voy. E. Espérandieu, *La « Messaline » de Bordeaux*, dans *Revue archéologique*, 1908, p. 13.

2. Note de Perrault : « Colbert est azur. »

3. La Bourse se trouvait alors sur la place de l'Ombrière, à côté de l'hôtel

une cour de dix ou douze toises en carré, qui a des boutiques tout autour, enfoncées sous des saillies sur lesquelles il y a des chambres pour les marchandises qui se vendent en gros, et les boutiques d'en bas sont pour les moindres, mais elles ne s'ouvrent qu'aux foires solennelles. Ce jour-là étoit celui de la foire aux oignons qui se tient dans un marché.

L'Ormée. La tour de la pyramide de Dureteste. Le château du Hà. — Nous fûmes ensuite à l'Ormée [1], qui est un lieu élevé proche les remparts du château du Hà, qui fait une partie de la clôture de la ville. Ce lieu a environ 70 toises de long sur 20 de large : il est planté de quelques vilains ormes étrognonnés et mis sans ordre. A un des bouts il y a une tour médiocrement haute, couverte en plateforme, sur le haut de laquelle il y a une longue barre de fer plantée où étoit naguère la tête d'un séditieux nommé Dureteste [2]. Au pied de cette tour il y a une pyramide de 15 ou 20 pieds de haut, au-dessous de laquelle il y avoit un marbre avec l'inscription contenant le procès de Dureteste, mais ce marbre n'y étoit plus. A l'autre bout de l'Ormée est le donjon et l'entrée du château du Hà [3] bâti par Charles VII, qui est un gros pavillon couvert d'ardoises, fort bien bâti de grandes et belles pierres.

Saint-André. La grosse cloche de l'hôtel de ville. — De là nous fûmes à Saint-André qui est l'église cathédrale [4]. On fait grand état de sa structure, à cause qu'elle

de la Monnaie. On trouvera un plan et une description détaillée de l'ancienne Bourse de Bordeaux dans le compte-rendu de la Commission des monuments et documents historiques du département de la Gironde, 1852, p. 16-17.

1. Plateforme élevée entre l'église Sainte-Eulalie et le château du Hà, qui tirait son nom de ce que le maréchal de Roquelaure y avait fait planter des ormes en 1620.

2. C'était un boucher qui dirigea la Fronde bordelaise, nommée aussi Ormée.

3. Ce qui en subsiste sert aujourd'hui de prison.

4. L'année qui précéda celle du voyage de Perrault à Bordeaux, l'église

n'a qu'une nef sans piliers et sans ailes, et qu'elle est fort large, ayant 7 toises et demie ; mais il y a des arcs-boutants en dehors. Le chœur, qui est fort obscur, de même que la moitié de la nef, qui est proche du chœur, est plus étroit que la nef, ce qui fait un fort mauvais effet, principalement aux voutes de la croisée. L'obscu-

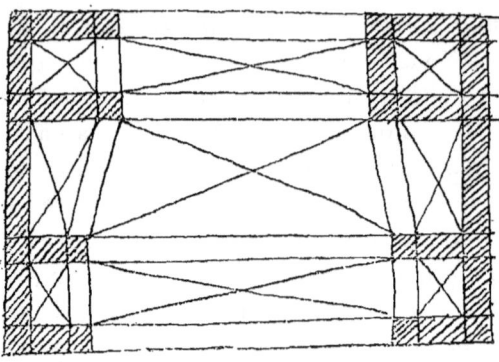

rité de cette église vient de ce que la moitié des fenê-tres sont mu-rées pour épargner les vitres. Les principales entrées sont par la croisée. Aux deux cô-tés de la porte de main gauche, il y a deux pointes en forme de clochers qui sont fort hautes. Les cloches sont dans une tour séparée de l'église, qui est fort bien bâtie et couverte de pierre. La plus grosse cloche de la ville, qui ne l'est pas beaucoup, est sur le portail de l'hôtel de ville. Elle est des meilleures que j'aie jamais enten-dues ; on dit qu'elle est moitié d'argent. Elle ne sert pas seulement d'horloge, mais on la sonne quand on se doit assembler à l'hôtel de ville et sur le point qu'on doit conclure quelque chose d'important. On la sonne aussi tous les soirs sur les sept heures.

Saint-André avait fait l'objet d'une importante publication : *L'église métropo-litaine et primatiale Saint-André de Bourdeaux*... par M. M. Hiérosme Lopès, chanoine théologal de cette église... (Bordeaux, Lacourt, 1668, in-4°). C'est à cet ouvrage qu'il convient de se reporter pour éclairer et contrôler les asser-tions de Perrault. Une réédition annotée et complétée en a été donnée par M. l'abbé Callen (Bordeaux, 1882-1884, 2 vol. in-8°).

Les piliers de Tutèle. — Après dîner nous fûmes voir un édifice fort antique, qu'on appelle les piliers de Tutèle[1]. Il est au milieu de la ville; on y entre par un cabaret à qui cet édifice sert de jardin. Il y a un stylobate continu haut environ de onze pieds, compris sa base et sa corniche. Ce stylobate en soutient un second pareil, sur lequel des colonnes disposées selon le genre pycnostyle sont posées. Ces colonnes, qui ont quatre pieds et demi de diamètre, sont composées de plusieurs tambours de deux pieds de hauteur, d'une belle et bonne pierre. Les jointures des tambours sont si serrées qu'on ne peut y introduire la pointe d'un couteau. Ces colonnes étoient au

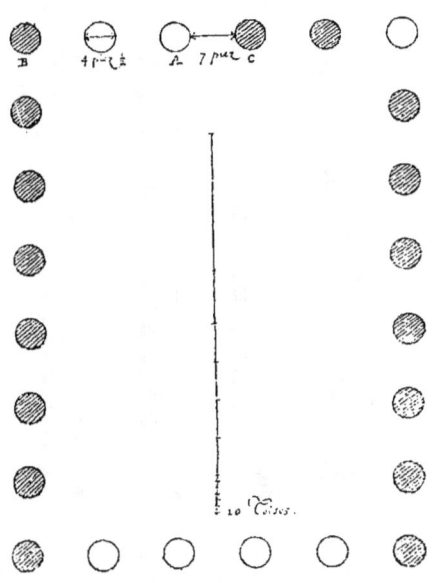

nombre de 24, mais il y en a 7 qui manquent. Elias Vinet, qui a commenté Ausone, il y a cent ans, dit que de son temps il n'y en manquait que six, et il paroit par la figure qu'il a mise dans son livre que celle qui est marquée A est tombée depuis ce temps-là[2]. Celles qui

1. Cet édifice, foyer religieux de la cité gallo-romaine, s'élevait là où est actuellement le Grand Théâtre.

2. Elle tomba avant 1621, car on trouve une harangue *Sur le sujet des ruines d'une colonne du Palais de Tutèle*, dans les *Discours prononcés par M. Daniel de Priézac, avocat au Parlement et docteur régent de l'Université de Bordeaux* (1621, in-8°, p. 125).

sont marquées B et C sont endommagées de coups de
canon, ayant été battues au dernier siège de Bordeaux du
château Trompette qui est l'opposite. Ceux de Bordeaux

avoient mis une batterie au milieu de ces colonnes qui
servoient de gabions. Ces colonnes sont d'ordre corinthien ; les feuillages des chapiteaux sont à feuilles
d'acanthe assez mal taillées ; toutes les volutes sont rom-
pues. Les canelures sous l'astragale sont évasées contre
l'ordinaire, comme il est ici marqué. Par le bas, au-dessus

Pl. 13.

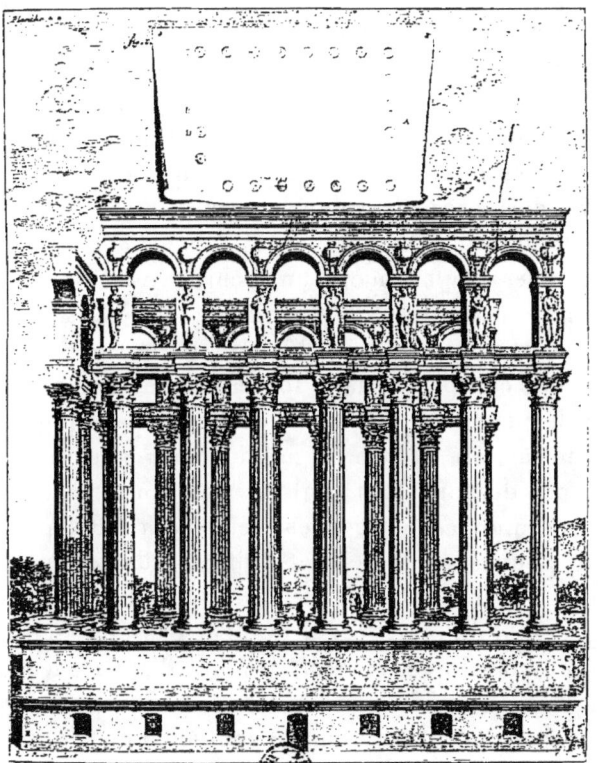

LES PILIERS DE TUTELLE A BORDEAUX.
Gravure de Le Pautre dans le Vitruve de Claude Perrault

de la base, elles sont comme on a accoutumé de les faire.

Il y a quelques-unes de ces colonnes qui ne sont point achevées par le bas et qui ont été construites selon cette manière des anciens dans laquelle on ne tailloit que les joints des pierres et on réservoit à tailler les parements après les avoir posées. Ces colonnes ne soutiennent point d'autres ornements que l'architrave, ayant au lieu de frise des arcades dont les impostes sont soutenues par des figures de demi-relief, en forme de cariatides, et sur les impostes au droit des figures il y a des vases qui ne sortent aussi qu'à moitié du mur. Au-dessus des arcades et des vases il y a encore un architrave et  on ne sauroit dire s'il y avoit quelque chose au-dessus.

Les stylobates dont il a été parlé ne sont que par dehors ; car par dedans les bases des colonnes posent sur le plancher, qui est, à ce qu'on peut juger, le ciel d'une carrière dont on a tiré des pierres, car ce plancher est par dessous tout plat, et non vouté, mais soutenu par un mur bâti de petites pierres qui n'ont pas plus de cinq pouces en carré. Cet édifice a dans œuvre treize toises de long et neuf de large. Il est bien difficile de juger ce qu'il étoit, car il ne peut passer ni pour temple ni pour basilique, et il n'y a point d'apparence qu'il ait été couvert que de charpenterie, n'ayant point d'arcs-boutants qui pussent soutenir la poussée d'une voute de neuf toises de large [1].

Le palais de Galien. L'amphithéâtre. — De là nous fûmes voir un lieu hors la ville qu'on appelle assez impro-

---

1. Cet édifice fut démoli dans les premiers mois de 1677. Voyez ce que Perrault en dit encore dans la seconde édition de son Vitruve (1684, p. 217) et aussi R. Céleste, *Les piliers de Tutelle*, dans *Revue philomatique de Bordeaux*, 1908, p. 1.

prement le palais de Gallien, parce que ce n'est point
autre chose qu'un amphithéâtre. Il n'est bâti que de
moëllons et de briques entremêlés, en sorte qu'il y a
des ceintures faites de trois briques entre sept rangées
de moëllons qui n'ont que quatre pouces en carré. Les
briques ont un pouce et demi d'épaisseur et un pied en
carré. Il paroit qu'il y avoit deux portiques tout autour.
Celui du dehors avoit des arcades plus grandes et éloi-

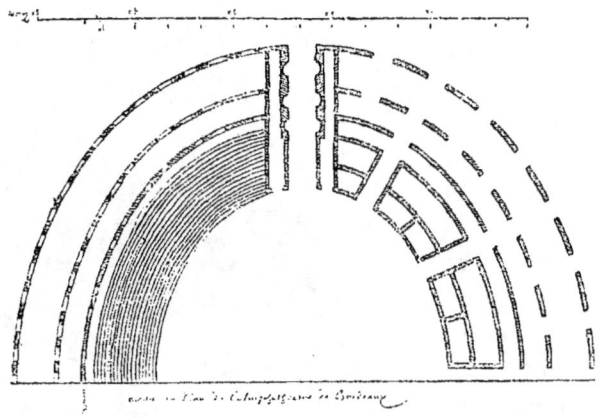

gnées les unes des autres au portique d'en bas que celui
de dessus qui avoit une petite arcade sur le milieu de la
grande et une autre sur le trumeau d'entre les arcades
d'en bas. Les portiques paroissoient n'avoir point été
voûtés, car on ne voit point d'arrachement au droit où
devoient être les reins des voûtes, et il y a seulement une
retraite au droit du plancher qui vraisemblablement étoit
de solives qui posoient sur la retraite. Il y a aussi apparence que les degrés étoient de bois. Il y avoit une entrée
et une sortie aux deux bouts, qui étoient grandes et
ouvertes et presque aussi hautes en dedans qu'en dehors,
ce qui pouvoit empêcher la vue aux degrés d'en haut,
parce que les degrés n'étoient pas coupés comme Vitruve

dit qu'ils étoient aux théâtres par la manière qu'il appelle *praecisio*. La première et plus grande ceinture qui faisoit

le dehors du plus grand portique est toute abattue, et il ne reste que les fondements. Il paroît qu'on avoit commencé à démolir la seconde enceinte, et, ainsi que je conjecture, il faut qu'il y ait peu de temps et depuis les Goths et Vandales, parce qu'il semble qu'on essaya de faire cette démolition par des mines avec de la poudre à canon parce que les piédroits qui sont entre les arcades d'en bas sont percés de quatre pieds en carré.

Le cimetière de Saint-Seurin. Le tombeau merveilleux. — Nous fûmes ensuite voir le cimetière de Saint-Seurin, où il y a quantité de tombeaux qu'on dit être fort anciens. Ce sont des pierres longues de six pieds, recouvertes d'autres pierres. Ils sont la plupart posés sur deux pierres qui les tiennent élevés de terre. Il y en a un qu'on dit être toujours plein d'eau à la pleine lune et que cette eau croit et diminue de même que la lune. Nous passâmes un mouchoir par un trou qui est à la jointure du couvercle, mais il ne se mouilla point. C'étoit le cinquième jour de la lune.

Le château Trompette. — De là nous fûmes voir le château Trompette où la nuit du samedi au dimanche dernier une face d'un des bastions s'est affaissée et entièrement ruinée par la fuite du terrain, quoiqu'il fût pilotisé et soutenu par de bons grillages bien maçonnés. Il y a apparence que la prétention qu'on a apportée pour empêcher cette ruine l'a avancée[1]; car pour faire un

---

1. Le Château-Trompette, construit par Charles VIII sur la rive gauche de la Garonne, sur l'emplacement actuel de la place des Quinconces, commandait à la fois au fleuve et à la ville. Aussitôt que Colbert fut informé de l'accident, dont parle Perrault, il s'en émut fort et s'empressa d'écrire, le 8 novembre 1669 à Lombard à ce sujet : « Je suis fort surpris de ce qu'on me mande que la maçonnerie qui s'est renversée, au bastion du Roi, ne vaut rien du tout, ce qui procède, à ce que j'apprends, du mortier que l'on assure être mauvais en ce qu'il n'avait point encore fait de corps, ainsi qu'il a été remarqué par la démolition de ce qui s'est éboulé. Si cela est véritable, je n'aurais pas sujet d'être satisfait de vos soins, d'autant que vous n'avez été établi principalement que pour prendre bien garde que toutes les matières qui entrent dans la composition de la maçonnerie fussent de la qualité nécessaire pour faire de bonnes constructions. Comme je m'en suis reposé sur vous il sera bon que vous m'informiez de ce que je dois croire dans cet avis... »

Par le même courrier, Colbert écrivait sur le même sujet au chevalier de Clerville, commissaire général des fortifications : « Ce serait un mal irréparable si tous les bâtiments dudit château, qui ont été faits avec une si prodigieuse dépense, étaient construits de même manière. Vous pouvez croire que tous ces doutes me font d'autant plus de peine qu'on m'a toujours assuré du contraire. Vous avez à présent à Bordeaux M. Perrault, qui ne s'entend pas moins en architecture et en bonnes constructions que son frère, mon commis. Ne manquez pas de lui faire voir l'état auquel sont tous ces travaux, et de conférer ensuite avec lui sur tout ce que vous avez à résoudre. Je ne vous saurais pas assez exprimer combien il importe et à vous et à moi d'apporter tous les remèdes possibles pour réparer solidement un accident si fâcheux et pour prendre de telles précautions qu'à l'avenir il ne nous arrive rien de semblable... »

Rentré à Paris, Perrault ne manqua pas de faire part à Colbert de son opinion. Elle était plutôt pessimiste, si nous en jugeons par le passage suivant d'une lettre du 27 décembre de Colbert au chevalier de Clerville. « Je

empalement qui soutint et appuyât le pied du rempart, on a voulu promptement pilotiser tout autour, mais la quantité de moutons qu'on a employés tout à la fois peut avoir ébranlé les fondements ; il y en avoit huit qui battoient ensemble.

Ce château paroît un bijou à cause des beaux ornements d'architecture dont on n'a pas accoutumé d'embellir les forteresses ; car, outre les portes et les poternes qui sont ornées de colonnes et de sculptures fort délicates, tous les remparts sont ouvragés par des bossages et par des panneaux en relief qui paroissent autant d'échelles, et, en effet, on s'en pourroit bien servir pour cela. Il y a sur chaque bastion un cavalier qui est une tour ronde, couverte en plate-forme et bordée d'une corniche soutenue par de belles consoles avec un parapet de la même grosseur que ceux du bastion. Sur chaque tour il y a deux guérites dont l'une sert à couvrir l'escalier. Elles sont toutes deux vers le bord qui regarde le dedans de la place. Il y a des contremines autour de la place, qui sont des

vous avoue qu'après avoir entendu M. Perrault, qui a vu le Château-Trompette et conféré son sentiment sur les ornements qui ont été entassés sur le plan relevé que le sieur Lombard m'a envoyé, je crains fort que, comme nous avons fait en cela une chose qui est tout à fait contre le bon sens en mettant des bossages et des tables relevées dans des faces de bastion, des colonnes et autres ornements saillants aux portes, sur le milieu des courtines, et une infinité d'autres de même nature, je crains fort, dis-je, que ce qu'il dit du peu de solidité de tous ces ouvrages ne se trouve encore véritable, d'autant plus qu'il m'assure qu'il a trouvé les pilotis trop courts et qui ne sont point enfoncés au refus du mouton, s'étant confié aux grillages que l'on a mis pardessus les pilotis. Si cela est véritable, croyez-moi, le bâtiment entier du Château-Trompette tombera par pièces : ce qui n'est pas tombé cette année tombera l'année prochaine et ainsi de suite. Vous pouvez bien facilement vérifier le fait, qui consiste à savoir si les pieux ont été chassés au refus du mouton, de quel poids il était et par combien d'hommes il était élevé. Considérez un peu, si cela arrivait, quel déplaisir le Roi recevrait d'avoir fait travailler depuis les huit années de son administration à achever une place, d'y avoir consommé plus de 8 millions de livres, et de la voir tomber par pièces. Je vous avoue que cette affaire me touche si sensiblement que je ne puis me résoudre à vous écrire d'aucune autre. » (*Lettres de Colbert*, publiées par Pierre Clément, t. V, p. 24.)

corridors voutés de huit à neuf pieds de large et qui ont de temps en temps des fenêtres et des embrasures pour tirer dans le fossé.

Profil du rempart. — Le revêtement du fossé n'est point en talus, mais tout droit, à plomb, et le talus ne com-

mence qu'au dessus du revêtement, ce qui n'est point agréable à la vue, et peut-être n'est pas fort favorable à la solidité ; du moins il est évident que le cordon qui est en haut de ce revêtement empêche la vue du pied du mur et met à couvert ceux qui y sont.

1er *octobre.* — Le mardi 1er octobre, nous fûmes encore voir le château, conduits par M. Lombard[1], qui a l'intendance du bâtiment, et par M. Desjardins[2], qui est l'ingénieur et l'architecte. Ce dernier est un homme fort emporté, qui rejette toute la faute de la ruine qui est arrivée à la place sur ce qu'il n'est pas le maître de la conduite et que le chevalier de Clerville le contrôle.

Nous entendîmes la messe dans la chapelle du château. Après la messe, MM. de Gomont et Abraham furent en chaise aux Chartreux et je m'en retournai pour voir mon

1. Joseph Lombart, d'abord ingénieur et contrôleur des travaux à Bordeaux, devint commissaire de marine en cette ville en 1671 et commissaire général en 1688. Rayé des cadres en 1691, rétabli en 1702, inspecteur général en 1704, il fut réformé en 1716.

2. Desjardins était l'ordonnateur des dépenses des travaux. Son humeur était, en effet, difficile et désagréable. Après maints avertissements, Colbert avait fini par le révoquer, en décembre 1668 ; mais, à la demande du chevalier Clerville, il avait été sursis à l'application de cette mesure. — Louis-Nicolas chevalier de Clerville, né en 1610, mort en 1677. C'est un des ingénieurs que Colbert employait le plus volontiers, car il avait une absolue confiance en ses lumières. Il avait fait créer en sa faveur, en 1662, la charge de commissaire général des fortifications de France.

frère, que je trouvai dans la rue du Chapeau Rouge. Je
lui avois conseillé de ne se point lever. Je le ramenai à
l'hôtellerie où, un peu avant dîner, on m'apporta de la
part de M. Lombart trois douzaines de bouteilles de vin
dont je pris sculement six. On me dit depuis que celui
qui me les avoit présentées avoit aussi demandé M. de
Gomont.

Après dîner, nous montâmes en carrosse. Celui où j'étois
avec mon frère et mon cousin Léonard versa et je fus
blessé à la tempe ; en sorte que je fis une trace de sang
le long de deux rues que je passai pour trouver un chirurgien ; mais n'en rencontrant point, j'entrai dans une
maison où on me vint panser. Cet accident toucha tellement mon frère que la fièvre lui reprit par une foiblesse
et nous nous en retournâmes nous mettre chacun dans
un lit. Nous fûmes visités par M. Galatheau, qui est le
plus savant médecin de Bordeaux et des plus employés[1].
Il vint avec M. Mondein, chirurgien, qui me saigna.
L'accès de la fièvre de mon frère fut fort violent, avec
des maux de cœur et des efforts de vomir extraordinaires,
qui furent suivis d'une rêverie[2] qui m'obligea de le faire
saigner, vers le minuit. Cette saignée fit cesser la rêverie.
mais la fièvre continua toute la nuit, ce qui, étant joint
avec la douleur de ma blessure, m'empêcha de dormir,
étant couché dans la même chambre.

2. — Le mercredi 2 octobre, à sept heures du matin,
MM. Galatheau et Mondein vinrent lever l'appareil de ma
blessure et trouvèrent qu'elle étoit sur l'extrémité du

1. M. de Galatheau, seigneur de Biac, reçu agrégé au Collège de médecine de Bordeaux en 1637, devint médecin ordinaire de la ville en 1677, en
remplacement de P. Lopès, et mourut en 1678. On a de lui une *Dissertation
sur la digestion de l'estomac, touchant l'humeur acide* (Paris, 1675, in-12),
et une autre *Dissertation touchant l'empire de l'homme sur les autres animaux et sur toutes les créatures sub-lunaires* (Paris, 1676, in-12). Il sera
question ci-dessous d'un autre ouvrage de lui.

2. « Délire causé par une maladie ou autre mal » (*Dict. Académie*, 1694).

muscle crotaphile vers le front et que le péricrane étoit
découvert avec une grande contusion tant du péricrane
que du muscle. M Lopès, médecin[1], qui me vint voir
ensuite, m'assura que les blessures de tête se guéris-
soient aisément à Bordeaux. M. Salomon[2], président à mortier, nous vint visiter, mon frère et moi, et nous offrit
avec beaucoup de civilité sa maison. Après dîner, MM. du
Laurent, de Gomont et Abraham furent chercher un autre
lieu pour nous loger, étant mal contents de notre hôtellerie. Nous n'avions pas tant d'envie, mon frère et moi,
d'en sortir, parce que nous ne croyions pas être mieux
autre part. Nous fûmes transférés en chaise dans une
auberge où nous trouvâmes un grand bruit que faisoient
les valets gascons de plusieurs gens d'épée qui y logeoient.
Nos messieurs ne furent pas aussi fort contents de voir
qu'on les appela au son d'une cloche pour aller souper
avec une demi-douzaine de gascons, où on les traita
encore plus mal qu'à l'hôtellerie. Pendant qu'ils sou-
poient et que nos gens étoient employés à faire le démé-
nagement de nos hardes, le frisson prit à mon frère et je
fus contraint de me lever de mon lit pour appeler sur
l'escalier et de descendre enfin dans la cuisine, où je
trouvai par bonne fortune un de nos laquais qui ne m'avoit
point entendu à cause du bruit. L'accès de mon frère fut
peu de chose et nous eûmes un peu plus de repos cette
nuit.

1. La profession de médecin semble avoir été héréditaire à Bordeaux
dans la famille Lopès, d'origine israélite et portugaise. Celui dont il est question ici est Pierre Lopès, « professeur du roi en la Faculté de médecine de
Bordeaux », fils de François Lopès, également docteur en médecine et frère
aîné du chanoine théologal, Hiérome Lopès, dont il a déjà été parlé.

2. François-Henri Salomon, seigneur de Virelade, d'abord avocat-général
au grand conseil, puis lieutenant-général du sénéchal de Guyenne, président
à mortier au Parlement de Bordeaux, il était membre de l'Académie française
depuis le 12 août 1644. On peut consulter sur lui l'étude de René Kerviler,
Henri-François Salomon de Virelade et sa correspondance inédite (Paris,
1876. in-8°.)

3. — Le jeudi 3, le frère apotiquaire des Chartreux me vint offrir de la part du Dom prieur tout ce qui se pouvoit trouver dans leur maison pour notre service. Ma plaie fut trouvée en bon état et je me levai sans sortir de la chambre. M. Galatheau, médecin, me donna un discours qu'il a composé sur un monstre dont une femme est accouchée en cette ville qui avoit la figure du fagotin même avec sa casaque. Ce discours a été prononcé en une des assemblées qui se font le vendredi chez M. Salomon, président au mortier, pour des expériences curieuses [1]. Sur les quatre heures, la fièvre reprit à mon frère, fort violente, avec les vomissements et rêverie à l'ordinaire.

4. — Le vendredi 4, je fis soigner mon frère. MM. du Laurent, de Gomont et Abraham furent dîner aux Chartreux. Mon frère se trouva beaucoup mieux et écrivit à Paris. Sur les huit heures du soir la fièvre lui prit avec un peu de froid aux pieds et son inquiétude ordinaire sans vomissements et sans mal de tête. Il passa mal la nuit, et moi aussi, à cause du bruit insupportable que firent des chiens qui abboyèrent toute la nuit.

5. — Le samedi 5, nous voulûmes saigner mon frère au pied, mais il tomba en foiblesse sitôt qu'il eut le pied dans l'eau, avant même la ligature, ce qui nous fit différer la saignée. M. Lopès nous vint visiter, mais il ne vit point mon frère qui dormoit; il me demanda des nouvelles de mon frère le Docteur, et me dit qu'il avoit vu le discours qu'il avoit fait en Sorbonne pour la défense de M. Arnauld, avec la traduction françoise qui en a été faite. Nos messieurs partirent dès le matin pour aller à

---

1. En voici le titre : *Discours prononcé dans l'assemblée de M. le président Salomon, touchant les forces de l'imagination sur le sujet d'un fœtus humain changé en celui d'un singe, par la seule force de l'imagination.* (Bordeaux, G. de La Court, 1669, in-4° de 22 p.)

Lormont, qui est la maison des champs de M. l'Archevêque[1], chez qui ils furent dîner au retour. Sur les quatre heures après midi, la fièvre reprit à mon frère plus forte qu'elle n'avoit point encore fait, avec maux de cœur, défaillances, rêveries, mouvements convulsifs, ce qui dura jusqu'à une heure après minuit qu'il s'endormit d'un profond sommeil jusqu'à quatre heures et demie et de là jusqu'à huit.

6. — Le dimanche 6, mon frère fut saigné au pied assez heureusement entre dix et onze. Nos messieurs furent l'après-dîner au prêche qui est à demi-lieue de la ville. M. Desjardins et son fils me vinrent voir et m'apportèrent le plan du château Trompette. Entre cinq et six, M. l'Archevêque vint pour nous visiter dans notre auberge. Ses laquais alloient à pied autour de son carrosse et devant il y avoit un prêtre à cheval en robe qui portoit sa croix. Sur les dix heures du soir la fièvre reprit à mon frère et lui dura toute la nuit.

7. — Le lundi 7, je le fis saigner au bras; il tomba en foiblesse. Le sang parut plus mauvais que de coutume. Il fut confessé sur le midi par un Jacobin fort honnête homme. Nos messieurs furent dîner chez le Procureur général. Le prieur des Chartreux nous envoya encore visiter. La fièvre redoubla sur les six heures du soir, un peu moins fort qu'à l'ordinaire; elle dura jusqu'au lendemain. Nous commençâmes cette nuit à avoir une garde qui dormit toujours et ne me contrôla point dans tout ce que je fis.

8. — Le mardi 8, je fis prendre à mon frère, sur le déclin de son accès, vers les quatre et cinq heures du matin, deux prises d'aposème laxatif composé de l'infu-

---

1. C'était alors Henri de Béthune qui occupa le siège de Bordeaux du 21 novembre 1646 jusqu'à sa mort, le 11 mai 1680. Sa vie a été écrite par l'abbé L. Bertrand (Bordeaux 1902, 2 vol. in-8°).

sion seulement d'un écu de sené[1] dans la décoction de
6 écus de tamarins. Après dîner MM. de Gomont et du
Laurent furent se promener à une lieue de la ville.
M. Abraham demeura avec nous. Vers les neuf heures du
soir, la fièvre redoubla à mon frère avec peu de froid ;
ce redoublement dura jusqu'à quatre heures du matin.

9. — Le mercredi 9, vers les huit heures, le curé de
Saint-Projet, qui est la paroisse de notre auberge, lui
apporta le Saint Sacrement. Sur les dix heures il prit un
lavement. Après midi il fit son testament. La fièvre lui
redoubla sur les neuf heures du soir.

10. — Le jeudi 10, MM. du Laurent, de Gomont et
Abraham partirent pour aller à la Teste de Buch[2], qui est
un voyage de trois jours. Mon frère empira beaucoup, sa
fièvre intermittente étant changée en continue, ce qui
m'obligea à le faire saigner du bras entre sept et huit
heures du matin, au lieu de lui donner la médecine qu'on
lui avoit préparée. Le sang vint assez bien sans qu'il en
parût affoibli. Sur les onze heures, il prit un lavement et
un autre sur les quatre heures du soir. Toute la journée
la fièvre lui continua, avec un grand assoupissement,
rêverie en forme de léthargie, et un hoquet. Nous lui
fîmes user sur le soir de cardiaques composés avec les
perles, la confection d'hyacinthe et l'eau de scorsonère.
Sur les dix heures la fièvre lui redoubla avec des défaillances et des convulsions si fortes et si fréquentes que je
doutai s'il pourroit passer la nuit. C'est pourquoi je lui
fis recevoir l'extrême-onction un peu après minuit. Il
demeura en cet état jusqu'à huit heures du matin, sans
pouvoir prendre que quelques gouttes de bouillon et
quelque peu d'eau avec beaucoup de difficulté.

1. C'est-à-dire le poids d'un écu.
2. Petit port situé sur le bassin d'Arçachon.

11. — Le vendredi 11, les quatre premiers et plus
employés médecins de la ville vinrent consulter avec moi.
C'étoient, avec M. Galatheau, qui le voyoit réglément
avec moi, et M. Lopès, qui le voyoit aussi souvent,
MM. Diaz, portugais, et Tartas, qui jugèrent que la
maladie avoit beaucoup de malignité, qu'elle n'étoit pas
sans danger et qu'au moins elle devoit être longue. La
conclusion fut entre autres choses qu'il seroit saigné du
pied, ce qui fut fait tout à l'heure fort promptement.
C'étoit vers le midi. A trois heures il prit un lavement
et sur les neuf heures on lui coupa les cheveux et on lui
mit un pigeon ouvert en deux sur le cœur. Le chirurgien
avoit apporté des ventouses pour lui appliquer avec sca-
rification sur les reins, mais il ne le voulut point souffrir,
quoique les quatre médecins qui étoient à la consulta-
tion en fussent d'avis ; surtout le médecin portugais dit
que ce remède étoit fort en usage en Espagne à cause des
grands et prompts effets qu'il avoit. Quant à moi, quoique
j'avouasse que le tempérament de mon frère n'est pas
fort éloigné de celui des Espagnols, je dis à M. Galatheau,
qui faisoit grandes instances pour ses ventouses, des raisons qui lui firent connoître et presque avouer que deux
palettes de sang qui sortent d'une grosse veine avec
impétuosité avoient plus de pouvoir pour faire couler les
mauvaises humeurs qui croupissent dans les grands vaisseaux que la même quantité que les scarifications tirent
des veines qui sont dans la peau, qui sont très petites,
desquelles il ne sort que le plus pur sang et dont
l'évacuation peut beaucoup affoiblir. La nuit se passa
dans un grand assoupissement. On lui appliqua plusieurs pigeons sur la tète et des vésicatoires derrière les
oreilles.

12. — Le samedi 12, on lui donna sur les six heures du
matin une prise d'aposème laxatif, et, sur les dix, une

prise d'une once seulement de vin émétique, mêlé avec autant de l'aposème laxatif. Ce remède opéra par en bas une heure après avoir été pris, et une autre heure ensuite par le vomissement. l'un et l'autre assez abondamment, mais avec de grandes défaillances. Ces évacuations qui diminuèrent son assoupissement augmentèrent beaucoup la fièvre. Il passa la nuit avec un redoublement qui le remit dans son assoupissement, mais il fut un peu moindre que les deux nuits précédentes.

Teste de Buch. Manufactures de gommes de pin, de goudron. — Ce soir. nos messieurs revinrent de leur voyage de la Teste de Buch. qui est un lieu à douze ou treize lieues de Bordeaux, dans les landes. sur le bord de la mer qui fait là un golfe. Ce lieu est fort sauvage. plein de forêts de pins qui sont terminées par de grandes montagnes de sable que le vent fait en l'enlevant de dessus le bord de la mer. Dans ces forêts de pins il y a de tout temps des manufactures pour les résines de ces arbres qui s'y en prennent et découlent comme la térébenthine, le gallipot et l'encens. ou qui se font par la cuisson du gallipot comme la poix noire de la résine. Mais depuis peu on y a établi la manufacture du goudron pour les vaisseaux. qu'il falloit autrefois faire venir de Danemark et de Suède. Il y a un Suédois qui conduit cette manufacture, qui est telle que l'on coupe en forme d'échalas le cœur des pins quand ils sont trop vieux pour jeter de la gomme: on arrange ces échalas dans une fosse de brique bâtie en forme d'entonnoir, et. après avoir amassé ce bois ainsi arrangé en forme de pain de sucre. on le couvre de gazon et on y met le feu comme pour faire le charbon ; de là il coule par en bas une gomme noircie par la fumée et par le charbon de bois. qui est le goudron.

13. — Le dimanche 13. mon frère prit un lavement au matin, qui opéra beaucoup. et ensuite fut saigné du bras :

il passa la journée avec le même assoupissement, mais plus de fièvre.

14. — Le lundi 14. il demeura dans le même état. MM. Diaz et de Galatheau se rencontrèrent et étoient d'avis de luy appliquer des sangsues derrière les oreilles, mais les ulcères que les vésicatoires y avoient faites l'empêchèrent. Il prit à plusieurs fois cette matinée une chopine de tisane laxative qui fut fort tardive à opérer, mais qui fit enfin des évacuations très considérables. M. du Laurent fut saigné le matin ; le sang qu'on lui tira parut fort échauffé. Sur le soir, MM. Tartas, Lopès et Galatheau s'assemblèrent et proposèrent d'abord de réitérer le vin émétique, et nous disputâmes fortement sur ce sujet. J'obtins enfin qu'on tarderoit encore un jour et qu'on se contenteroit en attendant de la tisane laxative qui seroit réitérée le lendemain et qu'on lui appliqueroit des sangsues aux tempes. Elles tirèrent la valeur de quatre ou cinq onces de sang. Le redoublement fut cette nuit aussi fort que de coutume.

15. — Le mardi 15. MM. Tartas, Lopès et Galatheau virent mon frère sur les sept heures du matin. On lui avoit préparé une médecine qui ne fut point donnée à cause de la grandeur de sa fièvre. Je proposai à ces messieurs une petite saignée, mais je n'osai la faire parce que tout d'une voix ils la condamnèrent. MM. de Gomont et Abraham me conseillèrent de donner les mains[1]. On se contenta d'un lavement ; l'assoupissement parut un peu diminué.

Cette matinée je fus visité par M. Urbain, qui est un opérateur pour la pierre, Lorrain de nation et habitué à Toulouse, ayant pension de la ville pour y demeurer à la place de Raoul, qui à présent dans le pays est reconnu

---

1. Consentir.

pour un charlatan. Il me fit voir une pierre d'une prodigieuse grosseur, qu'il a tirée en cette ville. Il m'apporta
aussi des instruments pour l'extraction de la pierre qu'il
a inventés et qui sont assez ingénieux et qui rendent
cette opération plus facile : car les tenestes AA ont leurs
branches pliées en sorte que, quand on les ouvre, les
branches depuis B jusqu'à C ne s'entr'ouvrent presque

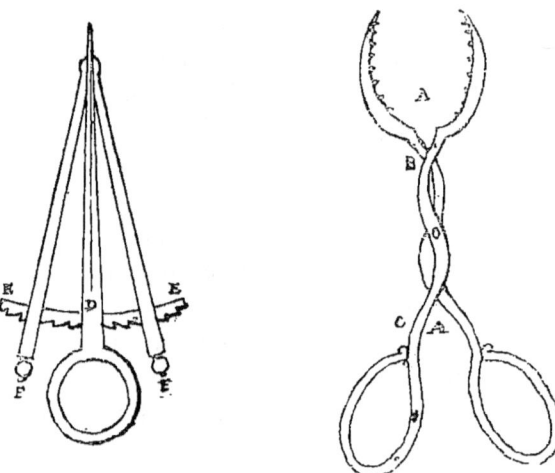

point et ne dilatent la plaie qu'autant qu'il faut. Il me
montra aussi des conducteurs fort commodes, car la
partie D du conducteur qui est tranchante, après avoir
été conduite par la coche qui est le long de la sonde,
sert à conduire la teneste et on introduit tout d'un coup
les deux autres conducteurs parce qu'ils sont joints au
premier, et par cette même raison on dilate aisément la
plaie et autant qu'il est besoin sans que rien puisse va-
ciller à cause de la crémaillère EE qui arrête les conducteurs FF à l'endroit qu'on veut. Le redoublement de
la fièvre de mon frère fut un peu moindre qu'à l'ordinaire.

16. — Le mercredi 16, il prit sur les sept ou huit heures une chopine de son aposème laxatif ordinaire, qui fut sans opérer jusqu'à quatre heures après midi. Ma cousine Léonard nous prêta du linge, celui de l'auberge ne pouvant fournir à la quantité dont nous avions besoin pour changer. Mon frère fut quelque peu moins assoupi pendant la journée, mais peu raisonnable ; la fièvre lui redoubla la nuit à l'ordinaire, avec beaucoup d'ardeur.

17. — Le jeudi 17, il prit un lavement le matin. La fièvre lui redoubla sur les deux heures ; elle dura jusqu'au vendredi matin. L'après-dinée le prieur des Chartreux nous vint voir et nous pria de dîner pour le lendemain.

18. — *Le jubé de Saint-André*[1]. — Le vendredi 18, nous saignâmes mon frère sur les huit heures du matin ; on ne lui put tirer qu'une palette de sang qui se trouva fort mauvais. Il passa la journée avec un peu plus de connoissance. Je sortis ce jour-là pour la première fois depuis ma blessure. Nous fûmes entendre la messe à Saint-André à la chapelle de la Vierge, où on dit incessamment des messes comme à celle de Paris. Je remarquai qu'il y a un jubé dans cette église qui est un ouvrage assez remarquable, étant d'une architecture fort hétéroclite, mais parfaitement bien travaillée. Il est d'un ordre ionique qui, au lieu de son architrave, a un architrave et une frise dorique avec ses triglyphes, et, au-dessus de cela, une autre frise taillée de feuillages qui est couronnée d'une corniche composite avec de grands modillons. Il y a deux beaux bas-reliefs aux deux côtés de la porte du chœur, l'un de la résurrection de Notre-Seigneur, et l'autre de sa descente aux limbes. Ils sont de dix à onze pieds en carré. Cet ouvrage paroit avoir été fait du temps de François Ier. Il n'est pas achevé ; il y manque, comme

1. Voyez J.-A. Brutails, *La nef de la cathédrale de Saint-André de Bordeaux*, dans *Revue philomatique de Bordeaux*, 1903, p. 167.

il est facile de juger, une rangée de colonnes isolées qui
devoient soutenir le couronnement qui devoit traverser
d'un côté à l'autre, ce qui paroît par les arrachements et
couronnements qui sont de chaque côté.

Nous trouvâmes M. le duc de Roquelaure [1] à la messe,
qui nous vint visiter l'après-dînée à notre auberge, mais
il ne nous y trouva point. Nous étions aux Chartreux où

nous avions dîné et où nous fûmes magnifiquement traités,
Entre autres poissons, on nous en servit de deux sortes
qui sont les plus estimées de ceux qui sont particuliers
à la province, qui sont des barbeaux et des maigres. Le
barbeau est un poisson de la grandeur et de la forme de
la perche, dont l'écaille est un peu rougeâtre, et qui se
sépare aisément avec la peau et la chair quand le poisson
est cuit, de même que la perche. Sa chair est aussi de
même séparée comme par feuillets taillés. On fait
cuire le poisson avec son foie qui lui donne une amertume pareille à celle de la bécasse. Le maigre est un
grand poisson semblable de forme à une alose et sa chair
y a aussi assez de rapport.

1. Gaston-Jean-Baptiste, duc de Roquelaure, gouverneur de Bordeaux de
1676 à 1683.

La Chartreuse. Écho dans le réfectoire. — Cette chartreuse est bâtie depuis cinquante ou soixante ans par le
cardinal de Sourdis, archevêque de Bordeaux. Les cloîtres
sont fort beaux, bâtis de belle pierre de taille, à pillastres et à arcades du côté du préau. L'église est aussi
bâtie de même et voutée de pierre[1]. Il y a, aux deux côtés
de l'autel, deux statues de marbre qui représentent l'An-
nonciation, faites à Rome par le père du cavalier Bernin[2],
dont on fait beaucoup de cas, mais qui ne sont pas grand'-
chose. Il y a un buste du cardinal de Sourdis, fait par
le même sculpteur, qui est quelque chose de bien plus
beau. Il est au-dessus de la porte par laquelle on entre
du grand cloître dans le petit. Dans la nef, il y a un
tableau de saint Bruno qui est parfaitement beau, fait par
un nommé Du Puits[3]. La voute du réfectoire des frères
lais, qui est de pierre, fait un écho d'un des coins à
l'autre, qui fait que l'on entend fort distinctement ce que
l'on dit, quoiqu'on parle si bas que ceux qui sont au
milieu n'entendent rien. Il y a six toises d'un coin à
l'autre.

Os d'un géant. Restes du tombeau d'un géant. — On
nous fit voir dans l'apotiquairerie quelque chose de plus
merveilleux, si la chose est telle qu'on l'assure. C'est l'os

1. Aujourd'hui paroisse Saint-Bruno.

2. Il se nommait Pietro Bernini et fut sculpteur comme son fils, dont il
encouragea la vocation. Les œuvres de lui dont il est question ici se voient
encore dans l'église Saint-Bruno, à Bordeaux. On les trouvera reproduites
par la photographie dans l'ouvrage de Ch. Marionneau, *Description des
œuvres d'art qui décorent les édifices publics de la ville de Bordeaux* (1861,
in-8°).

3. Perrault est le seul qui prononce le nom de l'auteur de ce tableau unanimement admiré et attribué soit à Le Sueur, soit au Dominiquin. Mais quel
est ce Du Puits ? Pierre Dupuis, membre de l'Académie royale de peinture,
dont il ne subsiste aucune œuvre authentique, mais qui ne peignait que des
fleurs (Lorin, *Réunion des sociétés des beaux-arts des départements*, 1898,
p. 193) ? Plutôt, le peintre Guy François, du Puy, qui a laissé dans le midi
de la France quelques toiles religieuses d'assez belle allure (Léon Giron,
Réunion des sociétés des beaux-arts des départements, 1897, p. 546).

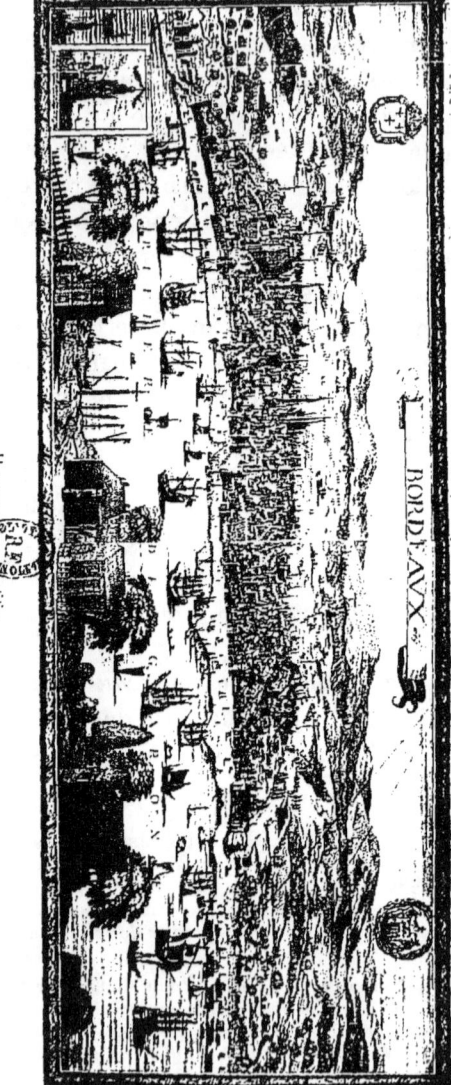

BORDEAVX

Bordeaux en 1639.
D'après une estampe de Peres.
(Bibliothèque Nationale.)

Pl. 14.

de la cuisse d'un homme, ainsi qu'on prétend, qui a été
trouvé dans un tombeau en fouillant les fondements de
la maison. Cet os, qui d'ordinaire n'a guère qu'un pied
et demi, en a deux et demi ; sa forme est approchante de
celle de l'os d'un homme, mais elle a beaucoup de choses
qui lui manquent. Le col qui soutient la tête est gros,
court et droit ; il n'y a que le grand trochantère et tout
l'os est droit et non courbé pour faire cette cavité qui est
au derrière et au-dessous de la cuisse. Cela me fit croire

que c'étoit un os d'éléphant. On assure cependant qu'il
a été trouvé dans un tombeau de pierre et on montre
deux bas-reliefs avec des inscriptions qu'on dit avoir été
pris de ce tombeau. Ils sont enchassés dans le mur aux
deux côtés de la première porte en dedans. Ce sont des
ronds de deux pieds de diamètre, d'une fort belle pierre,
dans l'un desquels il y a un bâton fiché en terre qui soutient une botte de foin [1] et au-dessus des nuées ayant aux
deux côtés deux châteaux, avec ces mots écrits tout
autour d'une bordure relevée : HOC OMNIS. Dans l'autre il
y a une tête de mort avec des os, derrière laquelle il
s'élève des épis de blé, et des nuées au-dessus avec ces
mots : AETERNAE SPES ALTERA VITAE.

---

1. Perrault avait écrit d'abord : « autour duquel il y a de la filasse ou un
écheveau de fil entortillé. »

Le parc des Chartreux. — Le parc est fort grand, enfermé de murailles. Il consiste en vignes et en prairies ; il est coupé de quantités de canaux pleins d'eau, mais le tout est fort champêtre et marécageux. Les allées ne sont plantées que de saules et de peu d'ormes étrognonnés. Elles sont étroites, mal dressées, pleines d'ornières, de pierres et de chardons, et les canaux ne sont point revêtus de pierres, mais bordés de roseaux et couverts par dessus d'écume verte.

19. — Le samedi 19 se passa un peu plus doucement pour mon frère, et la raison et le discours commencèrent à lui revenir un peu. On se contenta de lui donner un lavement. Nous reçûmes des lettres de mes frères du 12 et 13, qui nous apprirent la mort de M. Lormier, arrivée de ses blessures de Candie, et celle de M. l'évêque d'Arras. La fièvre redoubla à mon frère sur les neuf heures, à l'ordinaire, et il l'eut toute la nuit aussi forte que jamais.

20. — Le dimanche 20, nous ne lui donnâmes point la médecine qui avoit été préparée, mais seulement un lavement, et, sur les quatre heures du soir, on lui tira une palette de sang avec beaucoup de peine. Ce sang étoit extrêmement chaud en sortant, et, après s'être refroidi, il conserva une couleur de feu fort étincelante. La fièvre continua toujours assez forte. Cette après-dînée, nos messieurs furent à la comédie, et je lus cependant la *Chronique de Bordeaux* composée par de Lurbe et imprimée en 1594, et dont j'ai recueilli les inscriptions[1] qui ont été trouvées avec les statues qui sont dans l'hôtel de ville, et les conjectures que l'on a pour croire que ces

---

1. Sur les deux inscriptions citées ici par Perrault, d'après de Lurbe, voyez l'ouvrage de M. Camille Jullian, sur les *Inscriptions romaines de Bordeaux*, t. I, p. 91 et suivantes où ces textes sont reproduits, commentés et expliqués.

statues sont de Drusus, de Claudius et de Messaline.

Il dit qu'en l'an 1594, en fouillant près le prieuré Saint-Martin, hors la ville, on trouva, trois pieds avant dans la terre, ces trois statues avec des tables de marbre écornées qui rendoient les inscriptions qu'elles avoient

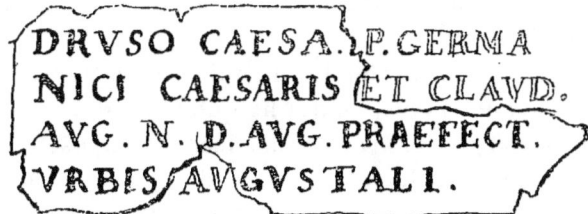

DRVSO CAESA.?P.GERMA
NICI CAESARIS ET CLAVD.
AVG. N. D.AVG. PRAEFECT.
VRBIS AVGVSTALI.

imparfaites, mais qu'il a été assez aisé de restituer. La première est DRVSO CAESARI PATRI GERMANICI CAESARIS ET CLAVDII AVGVSTI NEPOTVM DIVI AVGVSTI PRAEFECTO VRBIS AVGVSTALI. Car on sait que Drusus, fils de Livie, femme d'Auguste, était père de Germanicus et de Claudius qui fut empereur après Caligula, son neveu, fils de Germanicus ; que Germanicus et Claudius étoient appelés petits fils d'Auguste à cause qu'ils l'étoient de sa femme. Toute la difficulté est sur le PRAEFECTO VRBIS AVGVSTALI, parce qu'il ne se trouve point que personne ait été ainsi appelé que celui qu'Auguste institua en Egypte, ce qui ne convient pas bien à Drusus.

L'autre inscription est telle, qui est TIBERIO CLAVDIO DRVSI

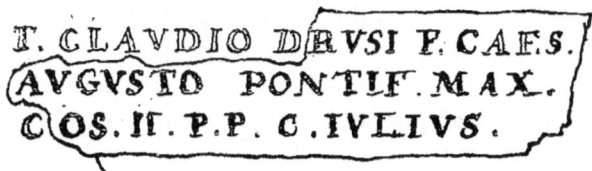

T. CLAVDIO DRVSI F. CAES.
AVGVSTO PONTIF. MAX.
COS. II. P.P. C. IVLIVS.

FILIO CAESARI AVGVSTO PONTIFICI MAXIMO CONSVLI SECVNDVM PATRI PATRIAE CAIVS IVLIVS. Car ce Caïus Julius, surnommé

Vindex, gouverna les Gaules au commencement de l'empire de Claudius, auquel temps Messaline avoit toute la puissance et tout le gouvernement entre les mains, ce qui fait qu'il y a apparence que Vindex ayant fait bâtir quelque bel édifice comme les Romains en faisoient dans leurs provinces, soit des temples, soit des bains ou des théâtres, il y fit mettre la statue de ces princes, avec celle de Messaline.

21. — La fièvre redoubla la nuit à mon frère, encore plus forte que jamais, ce qui fit que le lundi 21, nous ne l'osâmes pas purger avec une médecine composée comme nous l'avions résolu le jour précédent, mais nous nous contentâmes d'une tisane laxative qu'il prit à plusieurs fois pendant la journée. J'écrivis cette matinée à mon frère chez M. Colbert, à ma sœur à Viry, et à M\ue Abraham. L'après-dînée nous fûmes pour rendre visite à l'Archevêque, au premier président et au procureur général, mais nous ne trouvâmes personne. Nous fûmes à la foire qui est fort peu de chose. Il y a dehors dans les rues quantité de peintures à détrempe, comme en la galerie des prisonniers. Dans la cour, qui est fort petite, il y a de la clinquaille ; le reste est des merciers assez mal fournis. M. Abraham avait à faire de ruban de satin violet pour pendre sa montre. Nous fûmes à tous les merciers sans en pouvoir trouver. Étant de retour au logis, je trouvai que la médecine de mon frère commençoit à opérer un peu mieux que de coutume et il remarqua que j'avois une perruque, ce qu'il n'avoit point fait depuis quatre jours que je l'avois prise. La nuit se passa avec son redoublement à l'ordinaire, sinon que devers les trois heures il eut un frisson avec quelque petit tremblement, ce qui lui étoit déjà arrivé deux ou trois fois.

22. — Le mardi 22 je fis porter mon frère de l'auberge où nous avions demeuré vingt jours chez M. Léonard.

Pour cela, je fis faire un brancard garni d'un grand matelas plié en deux, et parce que le brancard ne pouvoit pas passer dans l'escalier, je fis emmailloter le malade dans un drap et dans une couverture afin de le pouvoir porter comme un enfant. On le posa sur le matelas du brancard qui étoit au bas de l'escalier, que l'on couvrit d'une autre couverture, soutenue d'une arche, et, en cet état, deux hommes le portèrent sans qu'il se trouvât foible, quoique jusqu'à ce jour-là on ne put le remuer dans son lit qu'il ne fût prêt à tomber en défaillance. Il plut beaucoup ce jour-là et nous éprouvâmes pour la première fois ce que c'est que les boues de Bordeaux. On peut dire que jamais Paris n'a rien eu de comparable. Ce changement de temps apporta un amendement considérable à la maladie de mon frère. La rémission de sa fièvre depuis les dix heures du matin jusqu'à huit heures du soir fut plus grande que jamais, et il parla avec plus de liberté et de raison qu'il n'avoit fait depuis dix jours.

Le soir, je fus avec nos messieurs visiter M. et Mme de Salomon, qui me réitérèrent les offres qu'il m'avoient déjà faites fort obligeamment plusieurs fois de tout ce que nous pourrions avoir besoin dans la maladie de mon frère. Le président est logé dans un palais fort magnifique et fort richement meublé. Il m'invita aussi de venir à son Académie qui se tient chez lui les vendredis. Je fus souper à l'auberge pour la dernière fois. Après souper nous comptâmes avec l'hôte et l'hôtesse qui se trouvèrent fort déraisonnables. Ces gens s'étoient attendus que nous demeurerions, mon frère et moi, tout l'hyver dans leur auberge. Ils avoient fait leur compte que nous leur payerions cent écus par mois, et en effet nous avons payé pour les vingt jours sur ce pied. Ç'auroit été cinq cents écus pour cinq mois. De sorte qu'il y eut grand bruit toute la journée entre le mari et la femme qui

s'accusoient l'un l'autre d'être cause que nous sortions
de la maison. La manière dont ils firent leur compte est
curieuse et remarquable. Ils nous firent payer à mon
frère et à moi comme aux autres cinquante sols par jour
et de plus cent livres pour le débris du malade, qui
consistoit en deux méchants matelats qui avoient été
mouillés et de fort peu de draps qui avoient été salis
parce que Mme Léonard nous en avoit fourni la plus
part du temps. Le soir M. de Gomont, qui avoit reçu
au bureau du convoi cent vingt louis d'or sur une lettre
de change, m'en donna trente. Je vins coucher chez
M. Léonard.

23. — Le mercredi 23, nos messieurs vinrent à cinq
heures du matin nous dire adieu et partirent pour Toulouse. Je fis prendre médecine à mon frère. M. Daguesseau [1], intendant de la province, qui n'étoit arrivé que de
la veille, nous envoya dès le matin visiter et nous offrir
tout ce qui dépendoit de lui. L'après-dînée, je fus faire
des visites en chaise parce que les boues sont extraordinaires. Je fus voir M. l'Archevêque qui me reçut fort bien
et me témoigna avoir eu beaucoup de déplaisir de ce que
je n'avois pas été au dîner que nos messieurs avoient
fait chez lui, non seulement à cause de la raison qui m'en
avoit empêché. Je fus ensuite faire la révérence à M. l'intendant, où il y avoit grande cour, c'est-à-dire sa cour
pleine de carrosses et de laquais. Il me fit toutes les civi-
lités imaginables et m'offrit toutes les assistances qui
pourroient lui être possibles, et que si j'avois affaire d'argent, qu'il en avoit à mon service. Je fus pour visiter nos
médecins, mais je ne trouvai que M. Tartas. Je m'entre-

1. Henri Daguesseau, d'abord intendant à Limoges, à Bordeaux en 1669 et
en 1677 dans le Languedoc ; membre du conseil d'état et du conseil royal
des finances ; membre du conseil des finances sous la régence. Mort en 1716.
Père du chancelier.

tins de l'intendant avec son fils, qui est bénéficier et
parent de M. Grosson.

M. Galatheau m'apporta et me fit voir un monstre qui
étoit né depuis un an à Bordeaux, sur lequel le discours
dont il est parlé ci-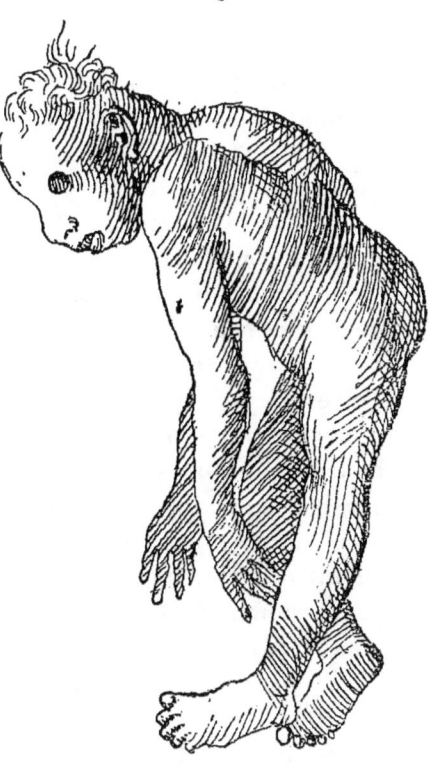
dessus a été fait[1].
C'étoit un fétus hu-
main qu'on prétend
avoir été changé en
celui d'un singe,
dans le ventre d'une
femme par l'effort
que son imagination
avoit fait en voyant
un fagotin. Mais la
vérité est que ce
monstre ne ressem-
ble point beaucoup
à un singe et tout ce
qui est de plus con-
sidérable est qu'il
avoit sur le dos une
excroissance de chair
qu'on prenoit pour sa
mandille. Il avoit des
cheveux ondés sur la
tête, mais tout le reste du corps sans poil. Les paupières
seulement étoient noires comme aux singes; les mains

---

1. La naissance de ce monstre paraît avoir suscité quelque curiosité à Bordeaux en ce temps-là. Un de ses confrères, Huguenot assurément, attaqua
l'opinion de Galatheau dans une *Censure du discours prononcé sur le changement d'un fœtus humain en singe* (S. l. ni d. de 39 p. in-4°). Galatheau
riposta par une *Censure de la censure* (Bordeaux, Pierre Abégou, 1670, in-
4° de 87 p.), et le critique, ne se tenant pas pour battu, imprima encore une
Apologie du censeur du discours prononcé dans l'Académie de Bordeaux
(in-4° de 20 p.).

n'avoient que quatre doigts et les genoux, faute de rotule, se plioient en dedans.

24. — Le jeudi 24, la fièvre ne redoubla qu'après minuit et elle dura jusqu'après-midi, avec les accidents ordinaires. M. le président Salomon nous vint voir le matin, et M. Cardon l'après-dînée, qui m'apporta un paquet de plusieurs lettres qui étoit adressé à M. de Gomont pour voir s'il n'y en avoit point quelqu'une pour moi. Ce M. Cardon est parent de MM. Menjot ; il est employé au bureau du convoi [1].

25. — Le vendredi 25, la fièvre recula de la même proportion et ne fut que sur les deux heures, et ce redoublement qui fut un peu moindre que les autres alla jusqu'à deux heures après-midi. M. de Nesmond, président, nous vint voir et nous offrit tout ce qui étoit en sa puissance. Le premier président envoya aussi savoir de nos nouvelles par son secrétaire, avec des lettres pour M. du Laurent. L'après-dînée, le sacristain des Jacobins vint savoir des nouvelles de la santé de mon frère et me dit qu'on étoit venu de notre part demander des messes autant qu'on en pourroit dire. Nous fîmes, ce jour, à la persuasion de M. Galatheau, manger une soupe de pain à mon frère dans son potage.

26. — Le samedi 26, la fièvre recula encore et ne lui prit que sur les sept heures du matin, avec un frisson et un tremblement. Cet accès dura jusqu'à quatre heures du soir. Je reçus des lettres de Paris par lesquelles je reconnus que toutes les lettres que j'avois écrites par deux ordinaires avoient été perdues ou retenues exprès, comme on m'avoit déjà averti qu'il y avoit des gens qui

1. On désignait, à Bordeaux, sous le nom de convoi des droits perçus sur les vins, les blés, le sel et diverses autres denrées alimentaires. Par extension, on désignait sous le même nom la forme établie pour assurer la perception de ces impositions, toujours lourdes et souvent arbitraires, qui furent la cause de bien des difficultés.

avoient intérêt de savoir ce que j'écrivois à Paris et ce qu'on me répondoit. Et en effet, il s'étoit passé deux ordinaires sans que j'en reçusse.

27. — Le dimanche 27, mon frère eut son accès à peu près à la même heure que le samedi, mais on ne s'apercevoit point qu'il eût des frissons. Le matin M. Lopès me fit voir des lettres de Mme Lopès, sa belle-sœur, veuve de notre confrère[1], qui lui mandoit que Mme la princesse de Conti étoit en peine de notre santé et que Mlle Lenoir l'avoit priée de lui en demander des nouvelles quand elle lui écriroit. Sur les deux heures dans la déclinaison de l'accès, je fis prendre médecine à mon frère, qui n'opéra qu'après onze heures du soir, une fois seulement. Il fut mal toute la journée et la nuit, l'assoupissement et la rêverie ayant redoublé et continué.

28. — Le lundi 28, je trouvai mon frère plus mal que jamais, le redoublement l'ayant pris sans que le précédent lui eût donné quelque relâche, ce qui me mit en une étrange peine. C'étoit le jour de la fête de saint Simon et de saint Jude. J'entendis la messe en l'église de Saint-Rémy, qui étoit notre paroisse, où je communiai[2]. Étant de retour, je trouvai une lettre de M. de La Mothe, qui m'écrivoit d'Agen des nouvelles de nos messieurs avec lesquels il alloit jusqu'à Toulouse. Je leur écrivis à tous, à savoir à M. du Laurent, à M. de Gomont, à M. Abraham et à M. de La Mothe; et en même temps j'écrivis aussi à Paris à mon frère le receveur et à M. le curé de Saint-Étienne. Ce jour, j'appris des nouvelles de mon

---

1. Le médecin bordelais Pierre Lopès eut, en effet, un frère cadet, François Lopès, également médecin, mais établi à Paris, qui mourut entre 1660 et 1667. Guy Patin fait mention de lui dans une lettre du 1er août 1656 (*Lettres*, éd. Réveillé-Parise, t. II, p. 248).

2. L'église Saint-Rémy, centre jadis d'une des paroisses les plus importantes de Bordeaux, est désaffectée depuis la Révolution. Elle sert aujourd'hui à un entrepôt de marchandises (rue Jouannet, 4).

cousin Pépin, le secrétaire, qui avoit écrit à un secrétaire du Roi qui étoit à Bordeaux, afin de savoir de nos nouvelles. Sur le soir, dans le déclin de l'accès, mon frère revint un peu du profond assoupissement dans lequel il étoit depuis deux jours et passa assez bien la nuit, c'est-à-dire à comparaison des autres.

29. — Le mardi 29, le redoublement vint sur les sept heures du matin, à l'ordinaire, mais avec un assoupissement plus grand que jamais, ce qui redoubla beaucoup ma crainte parce que c'étoit le dix-septième de son grand accès. Je reçus une lettre de mon frère par laquelle j'appris qu'il avoit reçu ma lettre du 18, et que celles du 11 et du 14 ne lui avoient point été rendues. La fièvre fut violente toute cette journée et l'assoupissement fut continuel. La nuit se passa de même. Je fis veiller son confesseur à qui il répondit toujours ou donna quelque marque qu'il l'entendoit.

30. — Le mercredi 30, sur les six heures du matin, l'assoupissement augmenta encore davantage et la difficulté d'avaler fut bien plus grande qu'à l'ordinaire. Sur les huit heures il perdit tout sentiment, et entre midi et une heure il mourut. Plusieurs personnes me vinrent voir l'après-dînée, et entre autres M. le président Salomon qui me vint offrir la sépulture qu'il a dans les Jacobins, avec des témoignages de bonté tout à fait obligeants. Ce jour je reçus une lettre de mon frère le receveur qu'il avoit mise dans le paquet de M. de Gomont, qui me fut apporté par M. Cardon.

31. — Le jeudi 31, je fus visité par M. Poullaillon, contrôleur général du bureau du convoi, et par M. de Boisgarnier, qui est un autre officier du bureau. M. l'archevêque envoya aussi un gentilhomme me faire compliment. Le matin, l'invitation pour l'enterrement fut faite par deux bourgeois, selon la coutume, qui n'est point de

Pl. 15.

DESSIN ARCHITECTURAL DE CLAUDE PERRAULT.

Dans son livre « Ordonnance des cinq espèces de colonnes ».

(Bibliothèque de l'Arsenal).

porter des billets, mais elle se fait de bouche. Sur les
cinq heures du soir, MM. les présidents de Salomon et de
Nesmond, avec MM. de Cayac, surintendant du bureau,
Pélissier, un des intéressés, Cardon, Boisgarnier et plusieurs autres commis, M. l'abbé Tartas, MM. Lombard et
Faye et Desjardins et plusieurs voisins vinrent au convoi
où M. de Salomon me conduisit. Il étoit composé de douze
prêtres qui portoient de grands cierges avec les armoi-
ries du défunt. Son cercueil était couvert d'un poêle
porté par six prêtres hibernois qui ont accoutumé de
faire cet office. Le corps étoit suivi de deux grands valets vêtus de deuil, et deux autres pareils me suivoient,
après lesquels marchoient M. de Nesmond et M. l'abbé
de Tartas, doyen de Saint-Seurin, et le reste de la compagnie. M. l'intendant étiot à l'église, qui s'étoit habillé
de noir pour cette cérémonie, mais qui n'avoit point pris
sa robe et n'étoit point venu au convoi parce qu'il ne
cède pas volontiers à Messieurs du Parlement, comme il
est obligé de faire. Le cercueil fut posé au milieu de la
nef, sur lequel on mit à droite de la tête ce qu'ils appellent une chapelle, qui est composée de six cierges liés
ensemble et tournés en manière de girandole auxquels
quantité de bouquets et de fleurs sont liés avec des rubans
de taffetas blanc. Au droit des pieds il y avoit un oreiller
fait avec du quintin rempli de feuilles de laurier, et couvert par-dessus de fleurs d'oranger, de roses et d'œuillets,
et chamarrés de branches de myrthe. Contre le pied il y
avoit encore un fort grand bouquet composé des mêmes
fleurs. Les chandeliers qui sont mis sur l'autel et ceux
qui sont autour du cercueil, qui faisoient en tout dix-huit,
ne sont point des chandeliers d'autel, mais des flambeaux d'argent qu'on emprunte chez des personnes de
condition. Il y en avoit huit à M. de Salomon, quatre à
M. le premier président et six à messieurs du bureau. On

met aussi plusieurs bassins d'argent sur le cercueil et sur
les autels ; ils servent à porter de l'argent à toute la
compagnie pour aller à l'offrande et pour le recevoir. Le
service est composé d'un *Libera* et d'autres antiennes
particulières au service des morts du pays, d'un *Venite* et
d'un nocturne à la fin duquel le curé entre dans le bal-
lustre de l'autel, prend une chappe, et les prêtres viennent à l'offrande, et le deuil ensuite, et le reste de la
compagnie, les femmes y vont aussi : chacun donne
un sol marqué, et le deuil comme les autres. On baise
un petit crucifix d'argent. On ne dit point de *Libera* en
enterrant le corps, mais un psalme et une oraison avec
le *De Profundis* qui se dit à voix basse. Il n'y a que les
prêtres qui jettent l'eau bénite ; on ne remercie point
la compagnie, mais celui qui a conduit le deuil le ramène
chez lui. En sortant de l'église on donne des flambeaux
aux gens des personnes de condition qui montent chacune dans leur carrosse. Je revins dans celui de M. de
Salomon. Le lieu de la sépulture est au pied de l'autel
de la chapelle Saint-Jean, dans l'église de Saint-Rémy,
la paroisse où nous demeurions.

1ᵉʳ *novembre*. — Le vendredi 1ᵉʳ novembre, j'entendis
la grand'messe à la paroisse, dont les prêtres ont la voix
assez bonne, mais qui chantent si faux qu'ils se trouvent
toujours à un demi-ton de l'orgue, qui est fort bonne,
mais dont un jeu de régale est fort mal accordé, selon
la coutume des provinces. C'est pourquoi le facteur a fait
prudemment de n'y point faire de voix humaine, quoique
cet orgue ait d'ailleurs toutes les curiosités des autres,
étant fourni de deux ou trois sortes d'échos. Le *Credo*
se chante sur un chant approchant de celui de la Passion.
On ne présente point le pain bénit à l'offrande, mais on
le bénit dans la sacristie avant que de commencer la
messe. On le présente devant l'offertoire. Ce sont deux

des marguilliers qui le portent par l'église : l'un en a dans
un bassin d'argent, et l'autre quête dans un autre. Il y a
quantité de petites filles de dix à douze ans qui quêtent
dans des tasses d'argent ; la manière est de présenter la
tasse vide et d'ôter ce qu'on donne. Toute la paroisse
communie au balustre du grand autel, à la fin de la messe,
après l'*Agnus Dei*, cependant que l'organiste durant un
grand quart d'heure abuse de la patience de tous les
paroissiens, lorsqu'il joint ses ennuyeuses fantaisies au
murmure importun de cinquante petits garçons qui
disent des sept pseaumes, car cette persécution des sept
pseaumes commence dès le matin de la Toussaint et la
semaine même commence dès le midi. Après vêpres je fus
visité par M. de Nesmond, accompagné de M. de La Chaise,
conseiller au Parlement ; de M. Colbert, général des Pré-
montrés, qui passoit à Bordeaux pour aller en Béarn à sa
visite ; de M. du Saux, conseiller au Parlement ; de M. Galatheau et de M. Lombard. Tous ces messieurs traver-
sèrent la petite rue où je demeurois à pied ; il n'y eut que
le carrosse de M. du Saux qui se hasarda d'y entrer. Il
pleuvoit assez fort.

2. — Le samedi 2, je fus pour voir M. Colbert, le
général, que je ne trouvai point. De là, nous fûmes
à Saint-Rémy au service de mon frère, M. Léonard
et moi seulement, car on ne prie point de compagnie
qu'à l'enterrement qui se fait toujours le soir. Je reçus
des nouvelles de Paris. Sur les onze heures, M. l'intendant me vint voir et M. Le Maigre, receveur général des
finances. L'après dînée, je fus voir M. de Salomon et
Madame, à qui je fis ma visite séparément et qui me
reçut dans un appartement séparé de celui de Monsieur. Ces deux appartements qui ont chacun leur salle,
chambre et antichambre, sont à droite et à gauche d'une
grande salle qui sert de vestibule. Je fus ensuite voir

M. l'archevêque et sur le soir M. l'intendant, qui donna
un paquet de papiers d'importance pour les donner à
Paris en main propre.

3. — Le dimanche 3, je fus entendre la messe aux
Jacobins et remercier le religieux qui avoit assisté mon
frère. Je donnai deux louis d'or à la sacristie. Ensuite je
fus voir M. Colbert, le général, M. de Nesmond, que je
ne trouvai point, mais je fis mon compliment à Madame.
Je vis M. Diaz et M. de La Chaise. Je fus chez M. Le Maigre
et M. Galatheau que je ne trouvai point.

Après dînée je fus en une maison qui appartient à
M. l'abbé de Raymond[1], où est à présent le séminaire de
Bordeaux, où je vis quantité de figures antiques qui ont
été trouvées dans la terre. La plupart sont dans des
niches en la face du bâtiment qui regarde sur le jardin.
La plus belle est un bas-relief en rond de cinq pouces et
demi de diamètre, de marbre blanc fort beau, aussi blanc
et aussi entier que s'il venoit d'être fait. C'est la tête de
l'empereur Titus. Il y a gravé autour TITVS. VES. Ce bas-
relief est enchâssé dans la clef de la porte, et il a à ses
deux côtés deux têtes de plein relief enchâssées dans le
mur. Il y en a une qui a le nez cassé, mais du reste fort
belle ; elle est d'un marbre gris, tirant sur le minime,
très fin et très poli. Au-dessus de la porte, dans une
petite niche, il y a le buste d'une femme, un peu plus
petit que le naturel, médiocrement bien fait. Au dessous
il y a écrit *Pompeia*. Je n'ai pu savoir quelle conjecture
on avoit pour lui donner ce nom, car l'inscription est
moderne. Les autres statues sont une grande de cinq à
six pieds, de marbre, à qui les mains manquent ; elle est
vêtue de togate, assez entière d'ailleurs. Il y en a d'autres

1. Jean-Charles de Raymond, abbé de la Frénade, fils du fameux controversiste Florimond de Raymond, dont il avait hérité de riches collections
archéologiques.

qui paroissent de pierre commune, fort effacée et fort
mutilée. Au milieu du jardin, il y a une colonne de
marbre jaspé, sur un piédestal où on a gravé des inscriptions depuis peu. Ce piédestal est posé sur une pierre
en forme de tambour, de trois pieds et demi de diamètre
et de deux pieds de haut, qui est taillée tout autour d'un
demi-relief assez effacé, mais qui paroît par les attitudes
des figures avoir été quelque chose de fort beau : ce sont
des jeunes garçons de sept à huit ans. Cette même après-
dînée, je fus encore voir le palais de Gallienus et j'en pris
des mesures un peu plus exactes que celles que j'avois
prises la première fois.

4. — Le lundi 4, je reçus un paquet de Toulouse avec
une lettre de M. Abraham, qui me mandoit qu'il n'avoit
point reçu mes lettres. Je fus invité par M. de La Lane,
conseiller au Parlement, d'aller voir avec M. Galatheau
son père qui étoit malade, chez M. l'abbé de Saint-
Ferme [1]. Nous consultâmes pour sa maladie, et ensuite
M. l'abbé me fit voir sa maison, qui n'est pas achevée et qui est une des plus belles de Bordeaux. Après
dînée je fus faire mes adieux chez M. Galatheau, que
je ne trouvai point, et chez MM. de Nesmond et Salomon, Pellissier et de Cayac que je trouvai. M. Pellissier,
qui venoit de Provence et de Languedoc, me fit voir une
description et un plan des canaux pour la jonction des
deux mers. Mais sa description et son plan ne s'accor-
doient point.

5. — Le mardi 5, je partis pour Paris entre cinq et
six du matin. Je me mis dans une chaloupe avec quatre
messieurs de ceux qui devoient faire le voyage avec
moi et deux de leurs valets. Nous arrivâmes à Blaye
un peu après neuf heures, à l'aide de cinq rameurs. Nous

1. Léon de La Lane.

dinàmes avec deux autres encore des messieurs de notre
carrosse et nous couchâmes encore au même lieu.

6. — Le mercredi 6, nous partimes sur les onze
heures. Nous étions dans le carrosse six maitres, un
valet de chambre et une femme qui avoit un enfant
de trois ans sur ses genoux. Les cinq maitres qui étoient
avec moi étoient M. de Brossé, béarnais, avocat général
du Parlement de Pau, qui avoit un valet de chambre ;
M. Cappier, languedocien, fils du doyen des conseillers
de la Cour des aides de Montauban ; M. de La Fond, fils
d'un ancien jurat de Bordeaux ; M. de Montagnet,
bordelais, neveu de M. d'Artagnan, qui alloit à Paris
pour être mousquetaire du Roi ; et M. Souard, flamand
de Bruxelles, ingénieur et conducteur des fontaines du
Palais royal de Bruxelles, qui revenoit d'Espagne où il
étoit allé avec le marquis de Castel Rodrigo pour donner
son avis sur une entreprise qu'on avoit à Madrid pour
grossir la rivière du Mançanarès par la jonction d'une
autre rivière qui s'est trouvée beaucoup plus basse que
le Mançanarès. La femme et l'enfant étoient des personnages un peu plus ambigus. La femme qui étoit un peu
sur l'âge, comme de 45 ans, avoit été autrefois belle et
l'enfant l'étoit aussi, fort grand, fort vif et fort avancé
pour l'âge que la femme lui donnoit, qui se disoit sa gou-
vernante. Nous la trouvâmes fort épleurée quand nous
partimes et qui demandoit au cocher la huitième place
qui lui restoit. Lorsqu'elle l'eut obtenue, elle nous conta
son histoire qui est assez bizarre. Elle nous dit que [1]...

1. Le manuscrit de Claude Perrault s'arrête ici brusquement et ne contient
rien sur son voyage de retour à Paris.

APPENDICES

I

L'OBSERVATOIRE[1]

« M. Colbert, qui était persuadé que les sciences et les beaux arts ne contribuent pas moins à la gloire d'un règne que les armes et toutes les vertus militaires, n'eut pas plutôt établi la petite académie des inscriptions et des médailles, qu'il porta Sa Majesté à former une autre académie plus ample et plus nombreuse, où, à la réserve de la théologie qui a des universités et des sociétés pour être enseignée, et la politique, dont il est malaisé de parler beaucoup sans émouvoir des disputes de périlleuses conséquences, toutes les autres sciences seraient soigneusement cultivées et portées, s'il se peut, à leur dernière perfection, particulièrement l'astronomie, la géographie, la géométrie et toutes les autres parties des mathématiques, la physique, la botanique et la chimie, à l'exclusion néammoins des secrets de la pierre philosophale, à quoi il serait défendu de s'appliquer en faisant les autres opérations de la chimie, de même qu'à l'art de deviner et de prédire en travaillant aux observations de l'astronomie.

« La première chose que M. Colbert fit entendre à ceux qui furent choisis et dans la France et dans les pays étrangers pour composer cette académie, fut qu'il ne tiendrait qu'à eux que leur compagnie ne se rendît la plus savante et la

1. Voici un autre récit par Charles Perrault lui-même de la construction de l'Observatoire. Il est intitulé : *Pourquoi et comment l'Observatoire a été bâti*, et daté d'août 1667. Il avait été inséré par Perrault dans le recueil manuscrit de la bibliothèque du Louvre aujourd'hui brûlé.

plus célèbre qu'il y eût au monde, parce que le Roi leur four-
nirait de son côté tous les secours qu'ils pourraient désirer;
qu'on avait commencé à les établir dans la bibliothèque du
Roi, où rien ne leur pouvait manquer du côté des livres et
des manuscrits, et que les ordres allaient être donnés pour
construire dans le même lieu un laboratoire, avec tous les
accompagnements et les commodités qu'ils pourraient
souhaiter. Que, pour un observatoire, dont l'astronomie ne
pouvait se passer, ils n'avaient qu'à choisir un lieu qu'ils
jugeassent propre pour y bien observer, et qu'aussitôt il y
serait construit un édifice qui non seulement surpasserait
en grandeur, en beauté et en commodité, les observatoires
d'Angleterre, de Danemark et de la Chine, mais, ce qui était
tout dire, qui répondrait en quelque sorte à la magnificence
du prince qui le faisait bâtir.

« On pensa d'abord à placer l'Observatoire sur le tertre
de Montmartre, comme le plus proche de Paris qui fut assez
élevé pour bien découvrir tout l'horizon. Mais on trouva que
les fumées qui s'élèvent continuellement de Paris, situé au
midi de Montmartre, étaient un obstacle perpétuel à toutes
sortes d'observations. De sorte qu'il fut conclu qu'il fallait
choisir une situation tout opposée à celle-là et qui eût Paris
à son nord, pour avoir le levant, le midi et le couchant entièrement libres et dégagés de toutes les fumées et de toutes les
vapeurs qui s'élèvent continuellement de la ville. Cela fut
cause que l'on se détermina à placer l'Observatoire à l'issue
du faubourg Saint-Jacques, sur une place de 7 arpents ou
environ, que les anciennes fortifications de la ville ont rendu
un peu plus élevée que le reste du terrain, et d'où, sans
monter davantage, on découvre tout l'horizon du levant, du
midi et du couchant. Elle a encore cet avantage qu'on y arrive
par les deux plus grandes rues qu'il y ait à Paris, la rue Saint-
Jacques, en continuant tout le long du faubourg du même
nom, et la rue de la Harpe, en continuant le faubourg Saint-
Marcel.

« La résolution ne fut pas plutôt prise qu'il se trouva une
grande difficulté à son exécution. Le terrain était creux par
dessous, par de grandes carrières, en sorte qu'il n'était pas
en état de porter le fardeau du grand édifice qu'on proposait

d'y construire. Cependant, comme il n'y allait que de faire
la dépense de remplir ces carrières de maçonnerie aux
endroits où l'édifice serait planté, on passa outre. On trouva
même que cette rencontre était heureuse, parce que cela
donnerait des lieux souterrains où l'on pourrait faire plusieurs expériences pour la physique et les mathématiques. »

A la suite de cette note, se trouvait, dans le manuscrit
original, plusieurs plans de l'Observatoire tracés par Claude
Perrault. On lisait en marge du plan principal :

« Le bâtiment de l'Observatoire est bâti de telle sorte qu'il
peut suppléer tout seul à tous les principaux instruments
d'astronomie dont on se sert pour les observations.

« Sa situation donne une ligne méridienne dans l'étage
haut, depuis la fenêtre du milieu qui regarde le midi jusqu'à
celle qui regarde le septentrion, de 17 toises de longueur,
le plus juste qui se puisse faire.

« Les deux pavillons octogones sont coupés de manière
qu'un de leurs pans donne le lever du soleil au solstice
d'hiver, et l'autre son coucher au même solstice ; qu'un autre
donne le lever du soleil à l'équinoxe et l'autre le coucher au
même équinoxe ; que deux autres pans donnent l'un le lever
du soleil d'été et l'autre le coucher du même soleil.

« Le trou ou ouverture qui perce l'Observatoire depuis le
fond des carrières jusqu'au-dessus de la terrasse donne
juste le zénith, sans qu'il y ait besoin pour tout cela de quart
de cercle ni d'aucun autre instrument. » (Passage extrait du
manuscrit de la bibliothèque du Louvre, intitulé : *Notes et
dessins de Claude Perrault*, recueillis et annotés par Charles
Perrault. Ces extraits ont été insérés dans les *Lettres, instructions et mémoires de Colbert*, par Pierre Clément, t. V,
p. 515.)

II

LE LOUVRE

Charles Perrault rapporte aussi dans le premier volume
manuscrit dont nous venons de parler « que, dans ce temps,

Sébastien Serlio, architecte Italien, vint en France, et que le Roi lui ordonna de faire un dessein pour le Louvre; ce qu'il fit avec une sorte de succès : mais que néanmoins celui de Pierre Lescot, Parisien, abbé de Clagny, fut préféré et exécuté tel qu'on le voit aujourd'hui, avec l'applaudissement unanime des citoyens et des étrangers. On peut remarquer, dit-il, que la même chose est arrivée sous le règne de Louis XIV. Ce monarque, ayant résolu de faire continuer le bâtiment du Louvre, et d'y ajouter une façade digne de ce qui était déjà fait, et, s'il se pouvait, proportionnée à la grandeur de son règne, fit venir de Rome le cavalier Bernin, célèbre architecte, pour y travailler. Cependant le dessein de Perrault, aussi Parisien, mérita la préférence, et a été exécuté avec un succès qui égale ce que les Grecs et les Romains ont fait élever de plus grand et de plus somptueux en édifice. »

Après avoir rapporté dans les notes précédentes les principaux traits historiques que nos écrivains nous ont laissé sur le Louvre, nous allons continuer de donner dans cette description une partie de ce que Charles Perrault en a dit d'après Claude Perrault, son frère, dans les deux volumes manuscrits déjà cités, et nous y ferons quelques remarques, selon que l'occasion paraîtra l'exiger.

La situation du Louvre, dit cet écrivain, « est très belle et très avantageuse ; il est bâti sur le bord de la Seine, à l'endroit où toutes ses eaux, après avoir été séparées en plusieurs bras par les îles qu'elles forment, se réunissent en un large canal, fort droit, et long d'une grande demi-lieue ; du bord de ce canal on découvre des aspects très agréables, tant du côté de la campagne, d'où l'on aperçoit les beaux côteaux de Chaillot et de Meudon, que du côté de la ville, d'où l'on voit les édifices du Pont-Neuf, de la place Dauphine, les tours de l'ancien Palais, celles de l'église Notre-Dame, et tout ce qui borde les quais des deux canaux. Au delà du fleuve est le magnifique bâtiment du Collège des Quatre-Nations, qui forme une grande place en tour creuse, dans le fond de laquelle est le portail de l'église de ce Collège, couronné d'un dôme très agréable, et tout le monument enrichi des plus beaux ornements de l'architecture et de la sculpture. A l'endroit de ce large canal, qui

sépare le Louvre de cet édifice, est un port qu'on peut
considérer comme un objet amusant à certains égards,
parce que les appartements qui regardent sur la rivière
en sont assez éloignés pour empêcher que ni le bruit, ni
la vue trop distincte de ce qui se passe sur le port, n'ait
quelque chose de désagréable, y ayant entre la rivière et
ces appartements un jardin d'une largeur assez considérable.

A l'égard du ciel, le Louvre se trouve encore fort heureusement placé ; car les aspects du midi et du couchant (les
meilleurs pour l'hiver, qui est la saison où ce palais est le
plus habité) sont les aspects des appartements destinés pour
le service du Roi et de la Reine. .

Le fond sur lequel ce bâtiment est posé a été jugé par
tous les architectes le meilleur qu'on puisse choisir, étant
un sable ferme et égal, qui peut soutenir les masses des édifices les plus pesants, sans qu'il soit nécessaire de creuser
les fondements bien avant, ni de les piloter.

Le rez-de-chaussée est suffisamment élevé au-dessus de
la rivière pour empêcher que les bâtiments ne soient incom-
modés par les plus grandes crues d'eaux, et pour laisser
cependant la commodité des canaux souterrains, qui passent
aux endroits où le cours d'une grande eau est nécessaire
pour les nettoyer.

La grandeur et l'étendue de ce palais n'est pas moins considérable que la commodité de sa situation ; son bâtiment,
dont on peut compter qu'il y a plus d'un tiers d'achevé, y
comprenant le palais des Tuileries qui y est joint par la
grande galerie, contient plus de quarante arpents, c'est-à-
dire cinq fois plus que n'en occupe l'Escurial, qui est
regardé comme le plus grand bâtiment du monde, et
soixante fois plus que le Palais Farnèse. Cette grande étendue, qui, avec le jardin dépendant du palais des Tuileries,
est comprise dans la ville, ne lui cause aucune incommodité, ni ne lui en devait causer aucune, suivant le projet
général qui en a été fait[1], qui laisse un passage dans son

1. Voyez ce projet du dessein de Claude Perrault, planche première, que
Charles Perrault prétend avoir été approuvé par Louis XIV (note de J.-F.
Blondel).

milieu, pour communiquer du quartier Saint-Honoré à celui du faubourg Saint-Germain.

M. Colbert, suivant les intentions de Sa Majesté, s'étant proposé d'achever ce grand bâtiment et de commencer par la face principale de l'entrée, ne voulut rien négliger pour le porter à sa dernière perfection ; et, quoiqu'il eut une très bonne opinion de la capacité de Claude Perrault en fait d'architecture, cependant, comme celui-ci n'était pas architecte de profession, et qu'il avait beaucoup d'ennemis, ce ministre crut que le plus sûr moyen de se disculper de toutes les fautes qui pourraient survenir dans la composition d'un édifice de cette importance, était de préférer un architecte dont le nom seul arrêtât la critique des plus hardis, et donnât de la réputation à l'ouvrage. Pour cet effet, il fit venir de Rome le cavalier Bernin, l'architecte le plus en vogue de son temps, et surtout le plus habile à se faire valoir par ses manières hardies et décisives ; il vint et fut reçu avec un appareil qui peut-être n'a jamais eu d'exemple. Son dessein pour la face principale du Louvre fut agréé, et on y travailla pendant près d'une année : mais quand les fondations furent jetées, et qu'il fut question d'élever la façade, l'examen qu'on en avait fait à loisir en dégoûta ; et comme son projet général allait à abattre presque tout ce qui était déjà construit, parce qu'il proposait quatre nouveaux corps de logis dans la grande cour, qui auraient couvert les murs de face de ceux qui y sont, et en auraient fait des murs de refend, en refondant toute l'architecture et la sculpture, ce qui est sans doute refaire un bâtiment, il fut décidé qu'on abandonnerait son dessein, lequel était directement opposé à la condition essentielle de ne rien abattre, sur laquelle on avait fait venir cet architecte en France, et il fut résolu qu'on suivrait le plan de Claude Perrault ; ce qui a été exécuté très heureusement, et offre à la postérité un des plus beaux édifices qui soit dans le reste du monde. »

JACQUES-FRANÇOIS BLONDEL, *Architecture française* (1756), t. IV, p. 5.

III

LE PLAN DU LOUVRE

« Tous les bâtiments qu'exprime ce projet, dit Perrault, sont séparés en quinze cours, indépendamment de la grande place E et de la rue F qui sépare ce palais d'avec celui des Tuileries. De ces cours, il y en a trois grandes dont la première A, qui a soixante-trois toises en carré, est environnée des appartements destinés pour les personnes royales[1]. La seconde B, qui est octogone, de quarante-six toises et demie de diamètre, a dans deux de ses côtés les appartements de cérémonie, l'un pour l'été, l'autre pour l'hiver, et dans lesquels on entre par une grande salle des gardes I, de 24 toises de longueur sur 9 de largeur, qui leur est commune, et qui occupe le côté de l'entrée de cette cour; dans celui qui lui est opposé est placée une grande chapelle M, composée de deux étages, celui de dessous pour servir de paroisse aux officiers de l'enclos du Louvre, celui de dessus pour les appartements du premier étage[2]. Entre ces deux

1. Perrault rapporte dans son manuscrit, « que plusieurs personnes ayant prétendu que le diamètre de cette grande cour était trop considérable, eu égard au module des ordres et à l'ordonnance de l'architecture de ses façades, cela l'avait engagé à la diviser en cinq cours chacune de 26 toises de diamètre, dont celle du milieu était circulaire, et les quatre autres de forme irrégulière, ainsi que l'expriment les lignes ponctuées marquées légèrement ; il convient néanmoins que cette considération lui avait paru peu importante, mais que cependant, comme cette opinion avait fait beaucoup d'impression sur les esprits, il avait usé de ce moyen, autorisé, dit-il, par l'exemple du palais de l'Escurial, dont la principale cour n'est que de 26 toises sur 14 ou 15 de large, et dont la plupart des autres n'en ont que 8 en carré ; que par ce projet d'ailleurs on ne touchait pas aux pavillons des angles extérieurs de la cour du Louvre, qui se conservaient entièrement, ce qui était essentiel alors, le projet du cavalier Bernin ayant déplu pour la grande partie, parce qu'il fallait démolir presque toutes les façades de ce palais ». [J.-F. Blondel, *Architecture française*, t. IV (1756), p. 24.]

2. Les dessins de cette chapelle projetée par Perrault sont peut-être ce que cet artiste célèbre nous a laissé de plus parfait en architecture ; il y règne une pureté et une élégance dans les parties, qui est si bien d'accord avec la majesté des masses, que le tout présente l'assemblage le plus accompli qu'il soit possible d'imaginer. La décoration de la cour octogone B s'y trouve

grandes cours A, B, est un corps de bâtiment qui les joint l'une à l'autre, et dans lequel devait être compris un grand et magnifique escalier double, marqué G, enfermé dans un péristyle[1] de 32 colonnes, hautes de 36 pieds, lesquelles

aussi dans le même genre de perfection ; l'ordonnance principale de cette dernière consiste dans un grand ordre corinthien de 6 pieds de diamètre et de 54 pieds de hauteur qui embrasse deux étages. La répartition des ornements de ces façades, leur proportion en général, le choix des profils et la similitude des parties, sont autant de chefs-d'œuvres et d'exemples à imiter. A l'égard de la chapelle, elle devait avoir 19 toises de largeur hors d'œuvre. Son plan extérieur est octogone, et son intérieur est composé d'une coupole, dont les angles, qui sont à pan au rez-de-chaussée, portent les panaches du dôme. Les dehors sont décorés d'un ordre de pilastres corinthiens, élevé sur un soubassement formant un double piédestal dans chaque face de l'octogone, et au-dessus des pilastres est un fronton triangulaire, derrière lequel règne un attique orné de bas-reliefs et couronné d'une balustrade.

Au-dessus de cette balustrade s'élève la coupole, d'un plan circulaire, et décorée de colonnes composites isolées : derrière règne le mur aussi circulaire qui forme la coupole ; ce mur sert à soutenir le dôme en pierres qui s'élève au-dessus et qui est terminé par une lanterne surmontée d'une croix élevée du sol de la cour de 38 toises ; élévation plus considérable de 5 toises que les tours de Notre-Dame à Paris. On voit encore dans ce même livre un autre projet pour cette chapelle, d'une ordonnance plus colossale, quoique contenu dans les mêmes dimensions. Ce dernier projet a peut-être quelque chose de plus ferme, de plus imposant et de plus analogue à la grandeur de tous les bâtiments qui environnent cette chapelle, que le précédent ; mais on peut dire en général que ces deux productions ne peuvent avoir de rivales en France que le Val-de-Grâce et la chapelle du château de Fresne, édifices élevés sur le dessein de François Mansard, et qu'il semble que Perrault ait pris pour modèles dans ses deux compositions ; mais qu'il a perfectionnées avec tant de succès, de goût et d'intelligence, qu'elles mériteraient les plus grands éloges, si les talents supérieurs de cet homme illustre n'étaient au-dessus de toute apologie.

Nous n'avons pu graver ces desseins originaux, parce qu'ils font partie des œuvres manuscrites de Perrault qui appartiennent à Sa Majesté ; nous dirons seulement qu'ils méritent l'attention de tous les amateurs. D'ailleurs ils sont dessinés avec beaucoup de soin, d'exactitude et de goût. On les trouve dans les pages 63, 65, 67, 69, 73 et 75 du premier volume des œuvres que nous venons de citer. (Note de J.-F. Blondel.)

1. Cet escalier d'une très belle composition, devait avoir dans œuvre 19 toises de longueur sur 17 de largeur, avoir deux rampes, être éclairé par en haut et enrichi de 32 colonnes d'ordre composite ; il devait aussi être terminé par une calotte, et couvert de dalles de pierre, ainsi qu'on en voit les desseins dans le premier volume original déjà cité, pages 13, 59 et 61. Cet escalier a été gravé en plusieurs planches : mais elles sont devenues très rares. On a vu aussi pendant longtemps le modèle de cet escalier au Louvre, taillé en pierres, d'une grandeur très satisfaisante : mais ces gravures et ces modèles n'existent plus. On voit encore, p. 101, dans le recueil de Perrault, un autre projet d'escalier pour la même place, mais d'une forme circulaire et

forment une galerie tout à l'entour, par laquelle les habitants de la cour carrée et ceux de la cour octogone devaient se communiquer.

« La troisième des grandes cours marquée H, qui a 93 toises de long et 82 de large, est la cour du palais des Tuileries ; ce palais est joint à celui du Louvre par une galerie, marquée O, bâtie le long de la rivière, dont nous parlerons dans son lieu.

« Les douze autres cours D, C, environnent la cour octogone, dont les six C, vers la rivière, sont pour éclairer les cuisines et offices, en faveur de la commodité du port ; celles D sont pour la communication des bâtiments des officiers logés dans le Louvre, pour ceux destinés aux assemblées du Conseil, pour les différentes Académies, la Bibliothèque, les cabinets de tableaux, de figures antiques, les salles de bal, de comédie, de festins ; enfin pour les salles de bains, les jeux de paume, etc.

« Quoiqu'il n'y ait qu'environ le tiers de ce palais qui soit bâti, et que le grand escalier G, la cour octogone B, où sont les grands appartements de cérémonie, et la grande chapelle M qui doit s'élever au milieu de ce superbe palais, soient des pièces qui surpasseraient de beaucoup ce qui est déjà fait, on peut dire néanmoins qu'il ne se voit rien dans le monde qui égale la grandeur et la majesté des bâtiments qui sont achevés.

« Les bâtiments qui environnent la grande cour carrée du Louvre ont 90 toises de face hors œuvre, de chaque côté, sur 10, 12 et 14 toises de profondeur.

« La face principale du côté de Saint-Germain l'Auxerrois [1] est composée d'un grand avant-corps au milieu, de deux ailes et de deux pavillons aux extrémités [2]... Le soubassement

d'un très beau dessein. Voyez-en le plan en petit, marqué C dans la planche II, où nous l'avons inséré à la place de l'escalier carré dont nous parlons, et qu'il paraît que Perrault préférait, puisqu'il l'avait répété dans ses deux projets. Voyez aussi dans ce recueil de desseins de Perrault, premier volume, une suite assez considérable de plans et élévation d'escaliers projetés pour le Louvre, tous d'une composition fort ingénieuse, et d'un goût de décoration qui prouve à plus d'un titre la capacité de cet excellent génie. (Note de J.-F. Blondel.)

1. J.-F. Blondel, t. IV, planche VII.

2. Ces suppressions sont le fait de J.-F. Blondel, qui a trouvé le texte de

a 30 pieds de haut; au-dessus de ces ailes sont les deux
péristyles, ayant chacun 14 colonnes; ces colonnes sont
corinthiennes et isolées...

« Les plafonds de ces péristyles sont construits de pierres
toutes plates entre les architraves, qui comme des poutres
de pierre passent des colonnes aux pilastres ; ouvrage dont
la hardiesse n'a pas d'exemple, ni dans l'architecture
ancienne, ni dans la moderne.

« Le dessus de ces portiques est couvert de grandes
pierres en terrasses. Pour aller d'une terrasse à l'autre, on
passe sur le fronton de l'avant-corps du milieu, couvert de
marches ; la cimaise supérieure de la corniche de ce fronton
est d'une seule pierre de chaque côté, dont chacune a
52 pieds de long, 8 de large et 18 pouces d'épaisseur : au
haut de l'avant-corps du milieu, il y a un grand réservoir où
les eaux du ciel s'amassent et se déchargent, quand le réservoir est plein, dans une espèce de puits pratiqué dans
l'épaisseur du mur, par le moyen d'un gros tuyau de plomb
affermi par des barres de fer, qui forment comme un escalier pour visiter et réparer le tuyau quand il en est besoin.
Les eaux amassées dans ce réservoir sont pour servir en
cas d'incendie. Par le moyen de ce puits on n'a plus besoin
de gouttières ni de descentes qui ruinent et qui défigurent
les bâtiments.

« Les trois autres faces extérieures de ce bâtiment qui environnent la grande cour ont aussi chacune deux pavillons aux
encoignures, et un avant-corps au milieu. Celle qui regarde
la rivière est de même ordonnance que la précédente, à la
réserve qu'il n'y a que des pilastres, et que ces pilastres ne
sont pas accouplés, afin que les trumeaux ne soient pas trop
grands. Les deux autres sont simples, et ont seulement la
même corniche de l'entablement, et les mêmes ornements
aux chambranles des croisées.

« Le dedans de la cour est plus enrichi d'ornements ; car
chaque étage a son ordre, celui d'en bas est corinthien, le
second composite italien, et le troisième doit être composite
français.

Perrault « obscur en certains endroits », et remarqué, à la vérification, que
les mesures n'étaient pas suffisamment exactes.

« Comme[1] il y aura lieu de faire un grand nombre de beaux appartements dans toute l'étendue du grand dessein du Louvre, je proposai à M. Colbert d'en faire à la manière de toutes les nations célèbres qui sont au monde, à l'italienne, à l'allemande, à la turque, à la persane, à la manière du Mogol, du roi de Siam, de la Chine, etc. ; non seulement à cause de la beauté que causerait cette diversité si curieuse et si étrange, mais afin que, quand il viendrait des ambassadeurs de tous ces pays-là, ils pussent dire que la France est comme l'abrégé du monde, et qu'ils se retrouvassent en quelque façon chez eux, après s'en être éloignés de tant de lieues. Il trouva cette pensée digne d'être exécutée; comme aussi une autre idée à peu près semblable, que le Roi eut, dans ses divertissements, des danses et de la musique telles qu'on en donne au Grand Seigneur, au Sophi, au Mogol, au roi de la Chine, etc. Dans cette vue M. de La Croix, que M. Colbert avait envoyé dans tous ces pays-là pour y apprendre les langues[2], en avait apporté quantité d'instructions et d'aventures, avec les instruments particuliers à ces peuples : ce qui aurait sans doute eu lieu, si ce palais immense avait reçu son entière perfection. »

JACQUES-FRANÇOIS BLONDEL, *Architecture françoise*, t. IV (1756), p. 9.

IV

LA COUR DU LOUVRE

Charles Perrault, dans le manuscrit des œuvres que nous avons cité précédemment s'explique ainsi : « La pensée de faire un troisième ordre au Louvre avait pour fondement une raison que M. Perrault n'a jamais bien goûtée. On prétendait que

1. Ce passage a été reproduit, d'après le manuscrit de Perrault, dans les *Lettres de Colbert*, publiées par Pierre Clément, t. V, p. xxxv, note 3.

2. « Et dont il est revenu le plus habile interprète qu'il y ait eu il y a très longtemps », disait encore Perrault, en parlant du célèbre Pétis de La Croix.

les façades du dedans du Louvre étaient assez élevées avec
l'attique, lorsque la cour du Louvre ne devait avoir que le
quart de sa superficie actuelle ; au lieu que cette cour ayant
été agrandie, il fallait donner plus de hauteur aux corps de
logis qui l'environnent ; mais, continue notre écrivain, il
n'est point vrai que la hauteur d'un bâtiment doive être proportionnée avec son étendue ; car il faudrait par cette raison
que la galerie du Louvre sur la rivière fût deux ou trois fois
plus élevée que les tours Notre-Dame. D'ailleurs, il n'est point
convenable qu'au dessus du logement du prince qui doit être
tout de plain-pied, et dans un même étage, il y en ait un
autre aussi beau, aussi grand et d'un plancher aussi élevé
que celui qu'il occupe, et où il faille monter près de
126 degrés. Il est certain qu'un attique, tel que celui qu'on
voit exécuté, est plus convenable pour y loger les officiers
qui doivent être proche la personne du prince, que ce grand
étage formé par le troisième ordre qui paraît trop beau
pour ces espèces de logements. Cependant, malgré cette
considération qui n'est pas du tout indifférente, le cavalier
Bernin ayant été aussi d'avis qu'il fallait donner au bâtiment
de la cour du Louvre plus d'exhaussement qu'il n'en a, non
seulement parce qu'il était bien aise de trouver à redire à
tout ce qu'il voyait à Paris, mais encore parce qu'en Italie,
où l'on aime l'ombre, on aime aussi les bâtiments fort élevés,
la chose fut résolue ainsi.

« Néanmoins, comme plusieurs personnes n'approuvaient
pas qu'on fit un nouvel ordre français, Claude Perrault proposa des cariatydes dans tout ce troisième étage[1]. Ce genre
de décoration fut fort applaudi ; mais, ayant considéré néanmoins que cent quarante figures de femmes rangées sur la

---

1. « On voit dans le premier volume manuscrit de Perrault, page 51, une
élévation où il avait substitué aux colonnes des figures de femmes ; mais bien
loin d'applaudir à cette décoration, nous ne pouvons qu'en blâmer l'usage ;
ces ouvrages, quelqu'estimables qu'ils puissent être, relativement à l'habileté
des sculpteurs, sont toujours contraires à nos mœurs, qui ne nous permettent
pas d'asservir nos pareils à des emplois si pénibles. Certainement on ne doit
regarder cet ornement, dans l'architecture, que comme un accessoire qui
demande à être placé avec beaucoup de discernement : autrement de tels
objets, qui supposent à toutes figures du mouvement et de l'action, s'accor-
dent mal avec la solidité qu'on doit observer dans les bâtiments. » (Note de
J.-F. Blondel.)

même ligne, et dont il serait impossible de varier les attitudes, feraient une décoration monotone, on décida l'ordre
composé français, qui se trouve élevé aujourd'hui sur l'ordre
composé italique.

« On prévit néanmoins tant de difficultés pour l'invention
de ce nouvel ordre, qu'on proposa un prix de 3 000 livres à
celui des architectes qui le composerait plus heureusement.
Il en fut fait un grand nombre de desseins et de modèles,
tant en France qu'en Italie ; la plus grande partie fut trouvée
extravagante, et quelques-uns reçurent assez d'approbation,
mais celui de Claude Perrault fut préféré. »

J.-F. BLONDEL, *Architecture françoise*,
t. IV (1756), p. 63.

V

L'ARC DE TRIOMPHE

« Quand M. Colbert entra dans la surintendance des bâtiments, il ne se proposa pas seulement de continuer le bâtiment du Louvre et de mettre toutes les autres maisons
royales au meilleur état qu'il serait possible. Comme il avait
une passion démesurée pour la gloire de son maître, il fit
aussi dessein de lui faire élever tous les monuments qu'il
croirait les plus convenables et les plus propres pour conserver et transmettre à la postérité la mémoire de ses
grandes actions. Dans cette vue, il commença dès le mois
de janvier de l'année 1663 (un an entier avant qu'il ne fut
pourvu de la charge de surintendant des bâtiments du roi) à
former chez lui une assemblée de gens de lettres afin de les
consulter sur tout ce qu'il aurait à faire pour donner de
l'esprit, de la majesté et de la grandeur à tous les ouvrages
qui s'entreprendraient, soit aux dessins de peinture et de
sculpture dont il faudrait orner les édifices, soit pour faire
des médailles et des devises pour l'histoire du Roi, soit
enfin pour bien diriger les divers monuments que les diffé-

rentes actions de Sa Majesté donneraient occasion d'imaginer pendant le cours glorieux de sa vie. Cette académie continue encore depuis plus de trente ans qu'il y a qu'elle est établie.

« Les conquêtes que le Roi fit en Flandre pendant les années 1666 et 1667 et celle qu'il fit de la Franche-Comté dans le même temps firent penser M. Colbert à construire un arc de triomphe, comme le monument le plus convenable de tous pour célébrer des actions semblables. Il en fit faire des dessins à M. Le Vau, premier architecte du Roi, à M. Le Brun, son premier peintre, et à M. Perrault, de l'Académie royale des sciences, dont le dessin fut préféré à ceux des deux autres et à plusieurs encore que divers architectes firent d'eux-mêmes, sans en être sollicités.

« On choisit l'extrémité du faubourg Saint-Antoine pour placer l'arc de triomphe, comme étant un des plus beaux endroits par où l'on aborde Paris et le plus propre pour la cérémonie d'un triomphe. Ce fut aussi par là que le Roi et la Reine firent leur entrée triomphante en l'année 1661, après leur mariage et la conclusion de la paix générale. Le Cours de Vincennes qui lui sert d'avenue y ajoute encore un grand ornement, joint à cela que le château qui est à l'autre extrémité de cette avenue est très propre pour recevoir et loger le triomphateur jusqu'au jour de son entrée, et pour y disposer toutes choses pour le jour de la cérémonie. »

On lisait le passage suivant dans une autre note relative au même monument:

« Comme M. Colbert affectionnait extraordinairement l'ouvrage de l'arc de triomphe, il voulut qu'on n'omît rien de ce qui pouvait lui donner de la beauté et de la solidité. Pour cet effet, les fondations en ayant été creusées jusqu'à vingt-quatre pieds de profondeur, où le fonds se trouve aussi bon que l'on pouvait le souhaiter, elles furent remplies de grands quartiers de pierre, la plupart d'une à la voie, taillées toutes par leurs lits, leurs joints et leurs parements et posées en liaison avec le meilleur mortier que l'on pût faire. M. Colbert en posa la première pierre et mit dessous une médaille d'or et cinq ou six d'argent ayant la tête du Roi d'un côté, et de l'autre la représentation de l'arc de triomphe, avec ces paroles autour : *Pour les conquêtes de Flandre et de Franche-*

Comté. Jamais fondations n'ont été faites si solides... Toutes
les pierres des quatre piles, depuis le rez-de-chaussée jusqu'aux bases des colonnes, sont de huit ou dix pieds de longueur, posées l'une sur l'autre et l'une contre l'autre, sans
aucun mortier entre deux. » (Extrait du manuscrit de la
bibliothèque du Louvre, *Notes et dessins de Claude Perrault,* recueillis et annotés par Charles Perrault. Cité dans
Lettres, instructions et mémoires de Colbert, publiés par
Pierre Clément, t. V, p. 522).

VI

VERSAILLES

« Louis XIV ayant fait quelques promenades agréables à
Versailles vint à l'aimer, le fit embellir de peintures pour
le rendre plus agréable et lui donner toute la perfection
qu'il pouvait avoir. Dans sa petite étendue, c'était un château
flanqué de quatre pavillons, bâti de pierres et de briques,
avec un balcon vert qui tournait tout autour et qui dégageait
tous les appartements. Une fausse braie l'entourait aussi,
et au delà un fossé à fond de cuve revêtu de briques et de
pierres de taille avec une balustrade. A peine fut-il achevé
et M. Colbert se fut-il réjoui de voir une maison royale
achevée, où il ne serait plus besoin d'aller que deux ou trois
fois l'an pour y faire les réparations qu'il conviendrait, que
le Roi prit la résolution de l'augmenter de plusieurs bâtiments pour y pouvoir loger commodément, avec son conseil, pendant un séjour de quelques jours. On commença
par quelques bâtiments qui, étant à moitié, ne plurent pas
et furent aussitôt abattus. On construisit ensuite les trois
grands corps de logis qui entourent le petit château et qui
ont leur face tournée sur les jardins. Quand ces trois corps
de logis, qui sont du dessein de M. Le Vau, furent faits,
comme ils sont beaux et magnifiques, on trouva que le petit
château n'avait aucune proportion ni aucune convenance
avec ce nouvel édifice. On proposa au Roi d'abattre ce petit

château et de faire en la place des bâtiments qui fussent de la même nature et de la même symétrie que ceux qui venaient d'être bâtis... Mais le Roi n'y voulut point consentir. On eut beau lui représenter qu'une grande partie menaçait ruine, il fit rebâtir ce qui avait besoin d'être rebâti, et se doutant qu'on lui faisait ce petit château plus caduc qu'il n'était pour le faire résoudre à l'abattre, il dit, avec un peu d'émotion, qu'on pouvait l'abattre tout entier, mais qu'il le ferait rebâtir tout tel qu'il était, et sans y rien changer » (Passages extraits du manuscrit de la bibliothèque du Louvre intitulé : *Notes et dessins de Claude Perrault,* recueillis et annotés par Charles Perrault. Ces extraits ont été insérés dans les *Lettres, instructions et mémoires de Colbert,* publiés par Pierre Clément, t. V, p. 266, en note.)

VII

DESSEIN D'UN OBÉLISQUE[1]

L'Architecture a été de tout temps employée pour deux sortes d'édifices, dont les uns étaient destinés à quelque usage nécessaire, comme les Temples, les Palais, les Murs des villes, les Ponts, les Portes, les Aqueducs, les Fontaines, les Bains, les Marchés, les Théâtres et les lieux pour les exercices appelés Gymnases ; les autres qui n'ont pour but que la pompe et l'éclat étaient appelés monuments par les anciens, comme étant des marques et des témoignages qu'ils laissaient à la postérité, ou de leur dévotion envers les Dieux, ou de leur piété envers les morts, ou de la vénération et de la reconnaissance qu'ils avaient pour les belles actions que les grands personnages avaient faites pour le bien de la République.

---

1. Projet de la main de Claude Perrault, en tête duquel son frère Charles a écrit : « Vu par Monseigneur qui a trouvé ce dessein très beau et me l'a rendu pour le garder le 30 août 1667. » C'est tout ce qui a été sauvé, à notre connaissance, des nombreux projets élaborés par les Perrault (Bibliothèque nationale, cabinet des manuscrits, fonds français, n°ˢ 24, 713, f°ˢ 145-150).

Pl. 16.

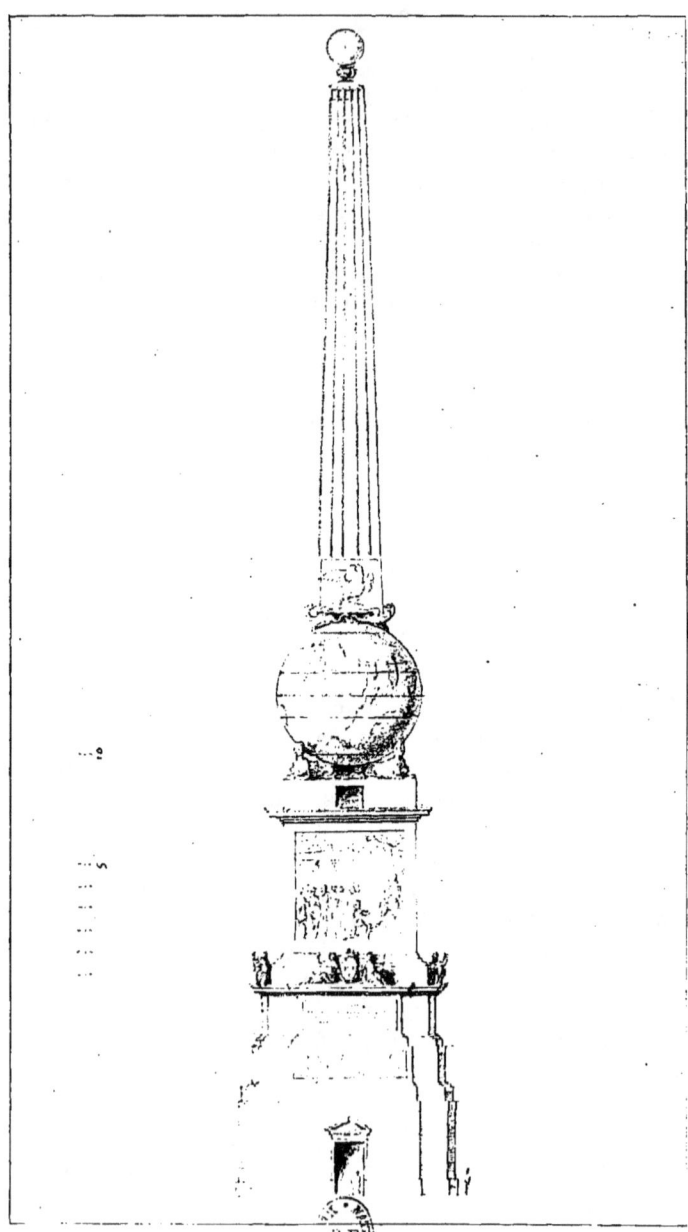

PROJET D'OBÉLISQUE.

Dessin original de Claude Perrault.

(Bibliothèque Nationale, manuscrit français n° 21713.)

Ces monuments consistaient en Obélisques, en Colonnes, en Pyramides et en Arcs triomphaux, les deux derniers desquels étaient particulièrement destinés, les uns à représenter les victoires des princes, les autres à conserver leurs cendres : les obélisques et les colonnes étant indifféremment employés à l'un et à l'autre[1], car parmi les obélisques que les Égyptiens dédiaient d'ordinaire au Soleil, Ptolémée Philadelphe en fit tailler un pour marque de l'amour qu'il avait pour sa femme, et l'on en voit à Rome d'élevés en l'honneur d'Auguste et de Tibère. La colonne de Trajan qui fut bâtie en mémoire des victoires que cet empereur avait remportées sur les Daces lui servit aussi de tombeau, ses cendres ayant été mises dans un globe que tenait sa statue posée en haut de cette colonne : et l'on croit qu'en général les colonnes étaient mises aux sépulcres des grands pour signifier qu'ils avaient été le soutien de l'État[2].

Or on peut dire que non seulement il nous manque à présent beaucoup de ces édifices que j'appelle nécessaires, et qui étaient en usage parmi les anciens, à savoir : les Théâtres, les Amphithéâtres, les Bains, les Gymnases et les Marchés, mais que presque toutes les espèces de monuments ont toujours été négligées parmi nous, à la réserve de quelques marques de piété qui se voient en des croix, des montjoies et des sépultures. Ce qui semble être un témoignage que notre Architecture tient encore de l'ancienne barbarie, n'ayant pas toute la perfection dont elle est capable, et que comme nous avons ignoré les belles-lettres pendant que toute la science était renfermée dans les cloîtres, aussi peut-on dire que la plus belle et la plus délicate Architecture nous sera inconnue jusqu'à ce que nous l'ayons fait sortir des cimetières, pour la parer des ornements et de la délicatesse de la cour, par la construction de toutes les espèces des beaux monuments dont l'antiquité nous fournit des modèles.

C'est ce que le roi François Ier avait entrepris de faire pour

1. *Obeliscum Numoreus Rex post cæcitatem visu reddito ex oraculo soli sacravit.* Plin., lib. 36, cap. 9.

2. *Columnæ mortuis nobilibus superponuntur ad ostendendum eorum columen.* Serv. in libr. 8 Æneid.

l'accomplissement du glorieux dessein qu'il avait d'établir
en France les sciences et les arts qui n'y étaient devant lui
qu'étrangères[1]. On dit qu'entre plusieurs monuments qu'il
avait intention d'ériger, les colonnes surtout lui plaisaient
et qu'il s'était proposé de faire faire des creux de tous les
bas-reliefs de la colonne Trajane pour les jeter en bronze et
en revêtir une colonne pareille.

Mais comme nous apprenons[2] que le grand Constantin fit
transporter d'Egypte à Rome un obélisque d'une prodigieuse grandeur, qu'Auguste n'avait osé entreprendre de
remuer, il y a aussi apparence que le grand roi François ne
jugea pas que l'Architecture de son temps fût assez forte
pour l'exécution d'un si grand dessein et que de pareilles
entreprises étaient réservées à celui de ses successeurs dont
la puissance et le courage auraient atteint cette grandeur
dont il n'avait perçu encore que l'idée.

Et ce n'est point sans raison que l'on peut dire que le Roi
est en état de donner à la postérité de ces marques écla-
tantes et extraordinaires de l'excellence de son règne,
puisqu'il ne lui manque rien de ce qui est nécessaire
pour une telle entreprise. L'inclination vraiment royale que
S. M. a pour toutes les grandes choses se trouvant tout
à fait proportionnée aux puissants moyens qu'il a de les
exécuter.

Car, pour ce qui est d'architectes et d'ouvriers capables de
réussir dans les plus hardis et les plus beaux ouvrages, on
ne s'en doit point mettre en peine, et il faut demeurer d'accord que tout ce qu'il y a de plus merveilleux dans les édifices des anciens est plutôt l'effet du courage et de la persé-
vérance des princes qui les ont fait bâtir que de l'artifice de
ceux qui y ont travaillé. Quand un roi d'Égypte employait dix
années seulement à faire apporter les pierres nécessaires pour
la construction d'une Pyramide, ou quand un consul
romain faisait transporter d'Athènes à Rome quarante
colonnes, pour chacune desquelles il fallait presque une
flotte entière pour la soutenir et pour la conduire, il ne

1. Casalius lib. de urbe et imperio romano.
2. Ammianus Marcell. lib. 17.

s'agissait point de la réputation et du nom célèbre d'un architecte, pour se pouvoir promettre que ces masses prodigieuses
donneraient de l'étonnement et de l'admiration à toute la
postérité ; et il y aurait eu beaucoup d'injustice d'accuser un
architecte d'ignorance s'il ne pouvait pas achever en un an
ce à quoi 346.000 hommes ont été employés pendant vingt
ans [1].

Et il ne faut pas que la dépense et le temps que l'on a mis
à parfaire ces ouvrages, pour être des choses blâmables
pour leurs excès, soient absolument évitées, puisque sans
elles tout l'artifice ne peut rien, et d'ailleurs aussi il faut être
persuadé que si on donnait lieu à nos ouvriers d'employer
le temps et le soin exact qu'il faut pour le choix des matériaux
et de tout ce qui, hors l'artifice, est nécessaire aux grands
ouvrages. ils égaleraient tout ce que l'antiquité a jamais
produit de plus accompli, puisqu'en effet on commence à
avouer que le plus grand avantage qu'ait la peinture et l'architecture antique, est réduit à l'éclat des couleurs et à la
grosseur et solidité des pierres, étant certain qu'il n'y a rien
qui fasse tant estimer l'antiquité à notre préjudice que la
prévention que les grands maîtres ont intérêt d'entretenir
pour n'être pas obligés de louer les ouvrages modernes
qu'ils n'ont pas faits, et pour ne paraître pas eux-mêmes
vanter les leurs avec trop d'arrogance,

Enfin, si le Roi veut faire un monument digne de sa grandeur, comme il le peut, l'architecte qui l'aura conduit sera
le plus célèbre du siècle ; que si au contraire on se contente
d'entreprendre des ouvrages médiocres, les architectes du
royaume demeureront dans l'obscurité où le défaut des
grands emplois et des secours nécessaires les a laissés jusques à présent.

La plus grande difficulté qui puisse arrêter dans l'exécution de ce dessein du Roi, serait de choisir entre toutes les
grandes actions de S. M. celle qui doit être le sujet de ce
monument. Que si l'on juge que cette unité d'action ne soit
pas nécessaire, je crois que l'on pourrait comprendre ce
qu'il y a de particulier et d'éclatant au gouvernement présent dans le corps de la devise du Roi dont on pourrait former

1. Plin. lib. 36.

un obélisque que je voudrais placer au Pré aux Clercs, ce lieu étant à la vue du Louvre, du cours de la Reine, du Pont-Neuf et l'endroit le plus découvert et le plus beau des environs de Paris.

Je choisis l'obélisque plutôt que la colonne parce qu'il est capable de plus de magnificence, la colonne ne pouvant pas être élevée que sur un seul piédestal, au lieu que l'obélisque peut être posé sur d'autres édifices qui donneront occasion à beaucoup d'ornements. D'ailleurs l'obélisque convient heureusement à la devise du Roi, les Égyptiens l'ayant inventé pour le consacrer au Soleil dans la ville d'Héliopolis, à cause de sa figure qui en s'élargissant représente un rayon : c'est pourquoi ils y gravaient des caractères qui contenaient toutes leurs sciences divines, humaines et naturelles dont ils reconnaissaient le Soleil auteur.

Un globe terrestre de six toises et demi de diamètre, posé sur un plinthe et affermi par quatre sphinges de marbre noir, soutient un obélisque affermi aussi sur ce globe par quatre dragons de bronze. L'obélisque a trois toises par le bas et neuf pieds par le haut et 24 toises de hauteur. Au haut de l'obélisque, qui est percé par une vis de cinq pieds de diamètre pour monter jusques en haut, est une cage de fer qui soutient un globe de cuivre doré de dix pieds de diamètre capable de contenir dix personnes fort à l'aise. La cage est composée de vingt montants, quatre à chaque face, sans ceux des quatre coins, qui laissent 20 ouvertures d'un pied de large pour regarder. Ces montants sont couverts de grosses lames de cuivre doré de la largeur de huit pouces qui descendent tout le long de l'obélisque, en lient la maçonnerie et représentent les rayons du soleil qui partent du globe doré qui en est comme le corps.

Le plinthe sur lequel est posé le globe est soutenu d'un grand piédestal qui pose sur un socle grand et massif ayant dix toises de tous sens et n'ayant aucun vide au dedans que la cavité de quatre pieds de largeur sur dix de hauteur pour un escalier qui rampe autour d'un massif qui soutient l'obélisque. Ce socle est recoupé en dehors par quatre

avant-corps qui n'ont qu'autant de saillie qu'il en faut pour
soutenir des statues assises deux à chaque face et tenant
des cartouches où sont les armes, la devise, les chiffres et
l'image du Roi.

Chacune des faces de cet édifice est affectée à chacune
des quatre parties du monde. Au bas de l'obélisque sont
quatre bas-reliefs qui représentent quatre animaux solaires
regardant vers le globe doré qui représente le soleil. Dans
chaque face du dé du piédestal, sont des bas-reliefs où sont
représentées quatre actions mémorables que le Roi a faites
dans les quatre parties du monde et au-dessous sont des
inscriptions en quatre langues, à savoir en Français, en Per-
san, en Abyssain et en Américain.

Au côté d'occident, au bas de l'obélisque est un aigle
regardant le soleil avec ces mots : VIX. SVSTINET. L'aigle, le
plus noble de tous les oiseaux de l'Europe, représente l'empereur qui est le seul des princes de cette partie du monde
qui ose, s'il faut ainsi dire, regarder le Roi. Au-dessous, dans
le piédestal, est représentée la contestation pour la pré-
séance des ambassadeurs du Roi sur ceux des autres princes
de l'Europe. Au-dessous est cette inscription :

LA. VALEVR. LA. PRVDENCE. LA. IVSTICE. LA. CIVILITE.

ET. TOVTES. LES. VERTVS. MILITAIRES. ET. POLITIQVES.

DONT. L'EVROPE. SEVLE. A. DROIT. DE. SE. GLORIFIER.

ECLAIRANT. L'ESPRIT. DES. PRINCES. QVI. LA. GOVVERNENT.

AVTANT. QV'ELLES. ELEVENT. LEVR. COVRAGE.

LEVR. FONT. CONAITRE. ET. AVOVER.

QVE. LA. GRANDEVR. ET. LA. PVISSANCE. DE. LOVIS. EST.

INCOMPARABLE.

Sur la corniche qui couronne la table où est l'inscription
sont les statues de Mars et de Minerve qui signifient les
inclinations des peuples de l'Europe.

Au côté du levant, au bas de l'obélisque est un phénix
regardant le soleil avec ces mots : HVNC. SVSPICIT. VNVM. Pour
dire que comme le phénix qui est admiré de tous les autres
oiseaux adore le soleil, ainsi le Grand Seigneur que l'on peut
nommer le phénix des princes de l'Asie méprise tous ceux
de la terre et n'a du respect que pour le Roi de France. Au-

dessous dans le piédestal est représentée la bataille de Raab avec cette inscription :

SI. L'ENVIE. M'A. VOVLV. FAIRE. PASSER. POVR. BARBARE.
MA. RICHESSE. MA. BEAVTE. MA. DOVCEVR.
M'A. TOVIOVRS. FAIT. TROVVER. HEVREVSE. PRETIEVSE. DELITIEVSE.
COMME. ETANT. LA. SOVRCE. DE. LA. LVMIERE. DV. IOVR.
LA. MÈRE. DES. PREMIERS. ET. DES. PLVS. PVISSANS. ROIS.
L'ACCOMPLISSEMENT. DES. MERVEILLES. DE. LA. NATVRE.
ET. CELLE. QVI. NE. VOIT. RIEN. AV-DESSVS. DE. SOI. QVE. LA.
FRANCE. ET. QVE. LOVIS.

Les statues de Mercure et de Vénus sont au-dessus, qui sont les étoiles qui accompagnent toujours le soleil à son lever, et qui sont les symboles de la douceur et de la volupté qui règnent en cette partie du monde.

Au côté du midi, au bas de l'obélisque, est un éléphant adorant le soleil avec ces mots : ET. COLIT. IMMANIS. FERITAS, pour montrer que la brutalité des peuples de l'Afrique ne les empêche pas d'avoir de la vénération pour le Roi. Au-dessous dans le piédestal sont représentées les alliances faites en Madagascar entre les Français et les Africains avec cette inscription :

LES. PEVPLES. SAVVAGES. DE. L'AFRIQVE.
TEMOIGNANT. QV'ILS. NE. SONT. PAS. TOVT. A. FAIT. INCAPABLES.
DE. CONAITRE. D'ADMIRER. D'ESTIMER.
CE. QVI. REND. LA. GRANDEVR. DE. LOVIS. EXTRAORDINAIRE.
MERITENT. QVE. L'ON. CROIE.
QV'ILS. CONSERVENT. ENCORE. PARMI. EVX. LE. SANG.
DV. PLVS. SAGE. DE. TOVS. LES. HOMES
ET. QV'ILS. ONT. ETE. LES. PREMIERS. INVENTEVRS.
DES. SCIENCES.

Les statues d'Hercule et d'Isis sont sur la corniche qui sont deux déités qui ont été célèbres en Afrique et qui représentent la force du corps et la faiblesse des esprits superstitieux de ses habitants.

Au côté du septentrion, au bas de l'obélisque, est un dragon regardant le soleil et couché sur un tas de Pistoles et de Patagons avec ces mots : HVIC. DEBITA. SERVO, pour signifier que de même que l'Amérique reconnaît devoir au soleil ses trésors comme à leur auteur, elle les garde aussi pour le Roi à qui ils sont mieux dus qu'à aucun autre prince de la terre. Au-dessous, dans le piédestal, est représenté le trafic en Amérique et les Anglais chassés de l'île de Saint-Christophe. Au-dessous est cette inscription :

A. LOVIS. QVE. LE. CIEL. A. DONNE. A. LA. TERRE.
LA. TERRE. AMERICAINE.
OFFRE. LES. TRESORS. QV'ELLE. A. RECVS. DV. CIEL.
EN. RECONNOISSANCE.
DES. BIENS. QVE. CE. GRAND. PRINCE. LVI. A. FAITS.
EN. LA. DELIVRANT. DE. SA. PROPRE. BARBARIE.
ET. DE. CELLE. DE. SES. CRVELS. ENNEMIS.

Les statues d'Apollon et de Diane sont au-dessus de la corniche pour signifier les richesses que le soleil produit dans cette partie du monde, et la navigation à laquelle Diane préside et qui est nécessaire pour le commerce.

Cet édifice ainsi exécuté vaudrait bien les Pyramides d'Egypte, et, pour n'être pas aussi massif, il n'en serait pas moins admirable par sa hauteur et par la beauté et la fermeté de sa structure.

Ce 20 octobre 1666.

INDEX DES NOMS PROPRES

TABLE DES GRAVURES

TABLE DES MATIÈRES

ÉVREUX, IMPRIMERIE CH. HÉRISSEY ET FILS

H. LAURENS, Éditeur, 6, rue de Tournon, PARIS (VIe)

COLLECTIONS IN-8° RAISIN ILLUSTRÉES

Les Études d'Art à l'Étranger

Saint François d'Assise et les origines de l'Art de la Renaissance, par le professeur THODE. Traduit de l'allemand sur la deuxième édition par Gaston LEFÈVRE. Deux volumes illustrés de 60 planches hors texte . . . . . . 15 fr.

Écrits d'Amateurs et d'Artistes

Charles Perrault. Mémoires de ma Vie. **Claude Perrault.** Relation du voyage à Bordeaux (1669), publiés par Paul BONNEFON. Un volume illustré de 16 planches hors texte . . . . 9 fr.

L'École d'Art

L'Art et les Mœurs, par MM. F. BENOIT, L. DESHAIRS, E. HINZELIN, H. MARCEL, A. MICHEL, F. MONOD, Ch. NORMAND, E. PILON, Ed. SARRADIN, etc., etc. Un volume illustré de 24 planches hors texte . . . . 12 fr.

Histoire du Paysage en France, par MM. H. BOUCHOT, R. BOUYER, Ch. DIEHL, Th. DURET, L. GILLET, P. MARCEL, L. ROSENTHAL, Ch. SAUNIER, etc., etc. 1 volume illustré de 24 planches hors texte . . . . 12 fr.

Dante. Essai sur sa vie d'après l'œuvre et les documents, par PIERRE GAUTHIEZ. 1 volume illustré de 12 planches hors texte . . . . 9 fr.

Les Doctrines d'Art en France, Peintres, Amateurs, Critiques. De Poussin à Diderot, par André FONTAINE. 1 vol. illustré de 12 planches hors texte . . 9 fr.

Les Pierres de Venise, par John RUSKIN. Traduction par M. P. Crémieux. Préface de Robert de la Sizeranne. 1 volume illustré de 24 planches hors texte . . . 12 fr.

Les Matins à Florence, par John RUSKIN. Traduction par E. Nypels. Annotations par E. Cammaerts. Préface de Robert de la Sizeranne. 1 vol. illustré de 12 planches hors texte . . . . 6 fr.

Hippolyte Flandrin, par Louis FLANDRIN. Préface de M. F. Brunetière, de l'Académie française. 1 volume avec 20 planches hors texte . . . . 12 fr.

Les Conquêtes artistiques de la Révolution et de l'Empire, par Charles SAUNIER. 1 volume avec 12 planches hors texte . . . . . . 12 fr.

ENVOI FRANCO CONTRE MANDAT-POSTE

ÉVREUX, IMPRIMERIE CH. HÉRISSEY ET FILS